HOJE, DEPOIS, AMANHÃ

RACHEL LYNN SOLOMON

HOJE, DEPOIS, AMANHÃ

Tradução
Mel Lopes

1ª edição

RIO DE JANEIRO
2023

PREPARAÇÃO
Angélica Andrade

REVISÃO
Carlos Maurício

DIAGRAMAÇÃO
Abreu's System

CAPA
Helder Oliveira

TÍTULO ORIGINAL
Today, Tonight, Tomorrow

CIP-BRASIL. CATALOGAÇÃO NA PUBLICAÇÃO
SINDICATO NACIONAL DOS EDITORES DE LIVROS, RJ

S674h

Solomon, Rachel Lynn
　　Hoje, depois, amanhã / Rachel Lynn Solomon ; tradução Mel Lopes. –
1. ed. – Rio de Janeiro : Galera Record, 2023.

Tradução de: Today, tonight, tomorrow
ISBN 978-65-5981-243-1

1. Romance americano. I. Lopes, Mel. II. Título.

22-81489

CDD: 813
CDU: 82-31(81)

Gabriela Faray Ferreira Lopes – Bibliotecária – CRB-7/6643

Copyright © 2020 by Rachel Lynn Solomon
Direitos de tradução adquiridos mediante acordo com a Taryn Fagerness Agency
e Sandra Bruna Agencia Literaria, SL.

Todos os direitos reservados.
Proibida a reprodução, no todo ou em parte, através de quaisquer meios.
Os direitos morais da autora foram assegurados.

Texto revisado segundo o Acordo Ortográfico da Língua Portuguesa de 1990.

Direitos exclusivos de publicação em língua portuguesa somente para o Brasil adquiridos pela
EDITORA GALERA RECORD LTDA.
Rua Argentina, 120 – Rio de Janeiro, RJ – 20921-380 – Tel.: (21) 2585-2000,
que se reserva a propriedade literária desta tradução.

Impresso no Brasil

ISBN 978-65-5981-243-1

Seja um leitor preferencial Record.
Cadastre-se e receba informações sobre nossos
lançamentos e nossas promoções.

Atendimento e venda direta ao leitor:
sac@record.com.br

Para Kelsey Rodkey,
a primeira pessoa que amou este livro

MENSAGEIRO

Pelo que vejo, senhorita, o cavalheiro não consta em seus livros.

BEATRIZ

Não. Caso constasse, eu teria de queimar meus estudos.

— *Muito barulho por nada*, comédia de William Shakespeare

Eu costumava sonhar com você toda noite
Eu acordava gritando
— "Make Good Choices", canção de Sean Nelson

15h54

McNerd do mal

Bom dia!

Quem avisa amigo é: faltam três (3) horas para você sofrer uma derrota humilhante nas mãos do seu futuro orador e melhor aluno da turma.

Traga lencinhos. Eu sei que você é chorona.

A mensagem me arranca da cama um minuto antes do alarme das 5h55. Três bipes rápidos me informam que a pessoa que eu mais odeio no mundo já está acordada. Neil McNair (McNerd nos meus contatos) é irritantemente pontual, uma de suas poucas qualidades.

Andávamos nos provocando por mensagem de texto desde o segundo ano, depois que uma sequência de ameaças matinais nos fez chegar atrasados na aula. Durante um período do ano passado, decidi ser mais madura e prometi a mim mesma transformar meu quarto em uma zona livre de McNair. Colocava o celular no silencioso antes de me deitar, mas, sob o travesseiro, meus dedos ficavam coçando para digitar respostas bélicas. Não conseguia pegar no sono com a ideia fixa de que ele poderia estar me mandando mensagens. Incitando. *Esperando.*

Neil McNair se tornou meu despertador, se é que despertadores pudessem ter sardas e conhecer todas as suas inseguranças.

Jogo os lençóis para longe, pronta para a batalha.

> ah, não sabia que as pessoas ainda achavam que chorar é um sinal de fraqueza

> em nome da precisão, gostaria de salientar que você só me viu chorar uma vez, o que não me torna necessariamente uma "chorona"

> Por causa de um livro!

> Você estava inconsolável.

> isso se chama emoção

> recomendo sentir uma (1) alguma vez na vida

Na cabeça de McNair, o único sentimento que alguém deveria ter ao ler um livro é o de superioridade. Ele é o tipo de pessoa que acredita que toda a Verdadeira Literatura já foi escrita por homens brancos mortos. Se pudesse, traria Hemingway de volta à vida para um último coquetel, fumaria um charuto com Fitzgerald e dissecaria a natureza da existência humana com Steinbeck.

Nossa rivalidade remonta ao primeiro dos quatro anos do ensino médio, quando a escola toda participou de um concurso de redação para escrever sobre o livro que mais havia nos impactado e um (pequeno) painel de jurados declarou a redação de Neil vencedora. Fiquei em segundo lugar. McNair, em toda a sua originalidade, escolheu *O grande Gatsby*. Optei pelo romance *Álbum de casamento*, meu livro favorito da Nora Roberts, escolha que ele ridicularizou mesmo depois de ganhar, insinuando que eu não deveria ter ficado em segundo lugar por ter escolhido um *romancinho*. Era um posicionamento bastante válido para alguém que provavelmente nunca havia lido um.

Eu o acho um idiota desde então, mas não posso negar que ele tem sido um antagonista à altura. Depois daquele concurso de redação, fiquei determinada a vencê-lo na próxima oportunidade que tivesse, não importando o que fosse... e venci, na eleição para representante da turma do primeiro ano. Neil reagiu e me derrotou em um debate na aula de história. Então recolhi mais latas do que ele para o clube do meio ambiente, o que consolidou ainda mais a rivalidade. Passamos a comparar notas de provas e médias gerais, além de nos enfrentarmos em tudo, desde projetos escolares até torneios de flexão na aula de educação física. Pelo jeito a gente não conseguia parar de tentar superar um ao outro... até agora.

Após a formatura, que vai ser no próximo fim de semana, nunca mais vou precisar vê-lo. Chega de mensagens matinais, chega de noites sem dormir.

Estou quase livre.

Coloco o celular de volta na mesa de cabeceira, ao lado do meu diário. Está aberto em uma frase que rabisquei no meio da noite. Acendo a luminária para dar uma olhada, só para verificar se minhas bobagens das duas da madrugada fazem sentido à luz do dia, mas o quarto está escuro.

Irritada, aperto o interruptor mais algumas vezes, então saio da cama e tento a luz do teto. Nada. Choveu a noite toda, uma tempestade de junho que jogou galhos e agulhas de pinheiro na nossa casa, então o vento deve ter rompido algum fio da rede elétrica.

Pego o celular de novo. A bateria está em doze por cento.

(E nenhuma resposta de McNair.)

— Mamãe? — chamo, saindo depressa do quarto e descendo as escadas. A ansiedade deixa minha voz mais aguda. — Papai?

Minha mãe põe apenas a cabeça para fora do escritório. Os óculos cor de laranja estão tortos na ponta do nariz, e os longos cachos escuros, que eu herdei, estão mais rebeldes que o normal. A gente nunca conseguiu domá-los. Meus dois grandes inimigos da vida: Neil McNair e meu cabelo.

— Rowan? O que está fazendo acordada? — pergunta minha mãe.

— Já é... de manhã.

Ela endireita os óculos e olha o relógio de pulso.

— Acho que perdemos a noção do tempo.

O escritório sem janelas está às escuras, exceto por algumas velas no meio da mesa enorme, que iluminam pilhas de páginas rabiscadas com caneta vermelha.

— Vocês estão trabalhando à luz de velas? — pergunto.

— Não teve outro jeito. A energia acabou na rua inteira, e estamos em cima do prazo.

Meus pais, a dupla Jared Roth, ilustrador, e Ilana García Roth, autora, escreveram mais de trinta livros juntos, desde os infantis sobre amizades improváveis entre animais até uma série sobre uma paleontóloga pré-adolescente chamada Riley Rodriguez.

Minha mãe nasceu na Cidade do México, filha de mãe judia russa e pai mexicano. Tinha treze anos quando sua mãe voltou a se casar, dessa vez com um texano, e se mudou com a família para o norte. Antes de ir para a faculdade e conhecer meu pai judeu, ela passava o verão no México com a família do pai dela, e, quando começaram a escrever (palavras: mamãe; ilustrações: papai), a intenção era explorar como uma criança poderia abraçar ambas as culturas.

Meu pai aparece atrás dela, bocejando. O livro em que estão trabalhando é o *spin-off* da irmã mais nova de Riley, uma aspirante a confeiteira. Bolos, tortas e macarons saltam das páginas.

— Oi, Ro-Ro — diz ele, me chamando pelo apelido de sempre. Quando eu era criança, ele costumava cantar "Ro-Ro, Ro-Ro, pra casa *agora* Ro-Ro", e fiquei arrasada quando descobri que não era a letra verdadeira da música infantil. — Feliz último dia de aula.

— Nem acredito que finalmente chegou — comento.

Olho para o tapete, de repente sentindo os nervos à flor da pele. Já esvaziei meu armário na escola e fiz as provas finais sem problemas. Tenho muito que fazer hoje, como copresidente do conselho estudantil, estou organizando a assembleia de despedida dos alunos do último ano, para ficar nervosa agora.

— Ah! — exclama minha mãe, como se acordasse de repente. — Precisamos de uma foto com o unicórnio!

Solto um gemido. Tinha esperança de que eles tivessem esquecido.

— Não pode ficar pra mais tarde? Não quero me atrasar.

— Só vai levar dez segundos. E hoje você não vai só assinar anuários e participar de gincanas? — Minha mãe segura meu ombro e me sacode de leve. — Tá quase acabando. Não precisa se estressar tanto.

Ela sempre diz que carrego muita tensão nos ombros. Que quando eu tiver trinta anos, eles provavelmente vão tocar os lóbulos das orelhas.

Minha mãe vasculha o armário do corredor e volta com a mochila em formato de unicórnio que usei no primeiro dia do jardim de infância. Naquela primeira foto de primeiro dia, estou toda solar e irradiando otimismo. Quando meus pais tiraram outra foto no último dia de aula, parecia que eu queria tacar fogo naquela bolsa. Acharam tão engraçado que tiraram fotos de primeiro e último dia de aula todo ano desde aquela época. Usaram o fato de inspiração para o best-seller *O unicórnio vai à escola*. Às vezes é estranho pensar em quantas crianças cresceram me conhecendo sem de fato me conhecer.

Apesar da minha relutância, a mochila sempre me faz sorrir. O chifre do coitado do unicórnio está preso apenas por uma linha e falta um casco. Estico as alças ao máximo e faço uma pose sofrida para meus pais.

— Perfeito. Você parece mesmo estar sofrendo — diz minha mãe, rindo.

Esta cena com meus pais faz com que me pergunte se hoje vai ser um dia de últimos momentos. Último dia de aula, última mensagem matinal de McNair, última foto com a mochila velha.

Não sei se estou pronta para dizer adeus a tudo.

Meu pai dá uma batidinha no relógio de pulso.

— Temos que voltar pro batente. — Ele joga uma lanterna para mim. — Assim você não precisa tomar banho no escuro.

Último banho do ensino médio.

Talvez esta seja a definição de nostalgia: ficar sentimental com o que deveria ser insignificante.

Depois do banho, prendo o cabelo em um coque úmido, sem confiar que os fios vão ficar bonitos se secarem sozinhos. Desenho um delineado gatinho impecável de primeira, mas depois tenho que me contentar com um traço medíocre no lado esquerdo. Daria tudo pela capacidade de maquiar um rosto simétrico.

Último olho gatinho do ensino médio, penso, então paro porque, se chorar por causa de um delineado, não tenho a menor chance de sobreviver ao dia.

McNair, com sua pontuação correta e suas iniciais em maiúsculas, reaparece como o pior jogo de acertar toupeiras do mundo:

> Você não mora naquele bairro que está sem energia?

> Eu odiaria registrar seu atraso... ou ver você perder o prêmio de assiduidade perfeita.

> Será que já existiu um (co)presidente do conselho estudantil que não ganhou nenhum prêmio?

A roupa que dias atrás planejei usar espera no guarda-roupa: meu vestido favorito, azul sem mangas e com gola Peter Pan, que encontrei na seção vintage da Red Light. Quando o experimentei e enfiei as mãos nos bolsos, soube que tinha que ser meu. Uma vez, minha amiga Kirby descreveu meu estilo como "uma mistura de bibliotecária hipster com dona de casa da década de 1950". Meu corpo tem o que as revistas femininas chamam de "formato de pera", com seios grandes e quadris mais largos, e não preciso me esforçar para caber em roupas vintage como faço com as atuais. Finalizo o look com meias até o joelho, sapatilhas e um cardigã cor de creme.

Estou enfiando um brinco simples de ouro no lóbulo de uma orelha quando o envelope chama minha atenção. É óbvio, eu o deixei ali no começo da semana e tenho olhado para ele todos os dias com uma mistura de pavor e empolgação aos tapas na minha barriga. Na maioria das vezes, o pavor vence.

Na minha caligrafia de catorze anos, com letras um pouco maiores e mais arredondadas do que agora, está escrito: ABRA NO ÚLTIMO DIA DO ENSINO MÉDIO. É uma espécie de cápsula do tempo, no sentido de que o fechei há quatro anos e, desde aquela época, só pensei nisso por alguns momentos. Não tenho certeza do que tem dentro.

Não tenho tempo para ler agora, então coloco o envelope na mochila JanSport azul-marinho, com meu anuário e o diário.

> Como é possível que você não tenha esgotado os jeitos de me zoar depois de quatro anos?

> O que posso dizer? Você é uma fonte inesgotável de inspiração.

> e você é uma fonte inesgotável de enxaquecas

— Estou indo, amo vocês, boa sorte! — grito para os meus pais, então fecho a porta da frente e percebo, com uma pontada no coração, que não vou poder fazer isso no ano que vem.

> Analgésico e lencinhos, NÃO ESQUECE.

Meu carro está estacionado do outro lado do quarteirão. A maioria das garagens de Seattle mal tem espaço para nossos enfeites de Halloween. Assim que entro, conecto o celular no carregador, pego um grampo do porta-copos e o enfio no emaranhado de cabelo, imaginando que poderia ser o espaço entre as sobrancelhas do McNerd.

Estou muito perto de ser a primeira da turma e, assim, a oradora oficial. Só faltam três horas, como a primeira mensagem McNair me lembrou tão prestativamente. Durante a assembleia de despedida, a diretora da Escola de Ensino Médio Westview vai chamar um de nós e, na minha fantasia de último dia perfeito, eu sou a escolhida. Sonho com isso há anos: a disputa acima de todas as disputas. A chave de ouro da minha experiência de Ensino Médio.

A princípio, McNair vai parecer tão arrasado que não vai conseguir nem olhar para mim. Seus ombros vão se curvar, e ele vai ficar encarando a própria gravata; afinal sempre se veste bem nos dias de assembleia. Vai ficar tão envergonhado, aquele mauricinho perdedor. A pele pálida cheia de sardas vai corar para combinar com o cabelo ruivo flamejante. Ele tem mais sardas do que rosto. Vai passar pelas cinco fases do luto antes de aceitar o fato de que, depois de tantos anos, eu enfim o superei. Eu *venci*.

Então vai olhar para mim com a expressão de mais profundo respeito. Vai abaixar a cabeça em deferência. "Você mereceu. Parabéns, Rowan", ele dirá.

E vai ser sincero.

Delilah Park HOJE em Seattle!

Delilah Park Divulgação <noticias@delilahpark.com>
Destinatários ocultos
12 de junho, 6h35

Bom dia, amantes do amor!

A turnê de lançamento do livro *Escândalo ao pôr do sol*, da autora best-seller internacional Delilah Park, continua esta noite com um evento na livraria Books & More, em Seattle, às 20 horas. Não perca a oportunidade de conhecê-la pessoalmente e de tirar uma foto com uma réplica de três metros de altura do gazebo de Sugar Lake!

Aproveite para adquirir *Escândalo ao pôr do sol*, já à venda!

Beijinhos e abraços,
Equipe de divulgação de Delilah Park

6h37

McNERD

Tique-taque.

O céu cinzento reverbera com a ameaça de chuva, e os cedros estremecem ao vento. Café é minha prioridade, e a Two Birds One Scone fica no caminho para a escola. Trabalho lá desde os dezesseis anos, quando meus pais deixaram evidente que não teriam como bancar uma universidade fora do estado. Embora eu tenha passado a vida inteira em Seattle, sempre quis fazer faculdade em outro lugar. As bolsas vão cobrir a maior parte do primeiro semestre em uma pequena faculdade de artes liberais em Boston chamada Emerson. O dinheiro da Two Birds vai cobrir o restante.

A cafeteria é decorada como um aviário, com corvos e falcões de plástico observando as pessoas de todos os ângulos. Apesar do nome, não são famosos pelos seus pãezinhos *scones*, mas pelos rolinhos de canela do tamanho de um recém-nascido, cobertos com cream cheese e servidos quentes.

Mercedes, uma recém-formada pela Universidade de Seattle que trabalha no período da manhã para conseguir tocar à noite na sua banda cover feminina do Van Halen, a Anne Halen, acena para mim de trás do balcão.

— Oi, oi — cumprimenta ela com a voz animadinha demais para as sete da manhã, já pegando um copo compostável. — Latte de avelá com chantili extra?

— Você é maravilhosa. Obrigada.

A Two Birds é pequena e tem uma equipe de oito funcionários, com dois trabalhando por turno. Mercedes é minha favorita, principalmente porque põe as melhores músicas para tocar.

Enquanto aguardo, meu telefone vibra e ouço Mercedes cantarolar com o álbum *Greatest hits* da banda Heart. Esperava que fosse McNair... mas, na verdade, é algo muito mais emocionante.

Faz meses que a sessão de autógrafos de Delilah Park está na minha agenda, mas, no meio da confusão do último dia de aula, esqueci que hoje à noite vou conhecer minha autora favorita. Tinha até deixado alguns livros na mochila no início da semana. Delilah Park escreve romances com heroínas feministas e heróis tímidos e gentis. Devorei *Esses corações protegidos*, *Conte-me tudo* e *Doce como Sugar Lake*, pelo qual ela ganhou o maior prêmio do país na categoria romance comercial quando tinha vinte anos.

Delilah Park foi quem me faz acreditar que os rabiscos no meu diário podem se tornar algo um dia. Mas ir a uma sessão de autógrafos em que os livros assinados são romances comerciais significa admitir que sou alguém que ama esse gênero, o que parei de fazer depois do fatídico concurso de redação no primeiro ano.

E talvez admitir que sou alguém que está escrevendo um romance comercial também.

Eis o dilema: minha paixão é, na melhor das hipóteses, o prazer culposo de outra pessoa. Boa parte dos leitores aproveita qualquer oportunidade para menosprezar o gênero que põe as mulheres no centro de um modo que a maioria das outras mídias não faz. Romances comerciais são motivo de piada, apesar de constituírem um mercado milionário. Nem meus pais conseguem ter um pingo de respeito. Minha mãe chamou de "lixo" mais de uma vez, e meu pai tentou doar uma caixa cheia de livros meus no ano passado só porque eu fiquei sem espaço na estante e ele achou que eu não sentiria falta deles. Felizmente, eu o peguei no flagra na hora em que ele saía pela porta.

Hoje em dia, tenho que esconder a maioria dos meus livros. Comecei a escrever um romance em segredo acreditando que contaria aos meus pais em algum momento. Mas faltam apenas alguns capítulos para eu terminar, e eles ainda não sabem.

— O melhor latte de avelã de Seattle — anuncia Mercedes ao me entregar a bebida. A luz bate nos seis piercings no seu rosto, nenhum dos quais eu teria coragem de fazer. — Tá trabalhando hoje?

Balanço a cabeça.

— Último dia de aula.

Ela leva a mão ao coração fingindo nostalgia.

— Ah, a escola. Eu me lembro com carinho. Ou pelo menos me lembro de como eram as arquibancadas quando eu ficava atrás delas fumando maconha com meus amigos.

Mercedes não vai me cobrar, mas coloco uma nota de um dólar no pote de gorjetas mesmo assim. Passo pela cozinha ao sair, gritando um rápido "Oi/Tchau" para Colleen, a proprietária e padeira-chefe.

Os semáforos da rua 45 estão todos apagados, o que obriga os carros a pararem por completo em cada cruzamento. Minha aula começa às 7h05. Vou chegar em cima da hora, um fato que enche McNair de prazer, com base na frequência com que ele faz a tela do meu celular acender.

Quando paro, mando mensagem para Kirby e Mara para que saibam que estou presa no trânsito e canto minha trilha sonora para dias chuvosos: os Smiths, sempre os Smiths. Tenho uma tia obcecada por *new wave* que toca as músicas deles sem parar quando passamos as festas do Chanuca e do Pessach na sua casa em Portland. Nada combina mais com um clima nublado do que as letras do Morrissey.

Eu me pergunto como as músicas vão soar em Boston, pulsando nos meus tímpanos enquanto caminho por um campus coberto de neve, vestindo um casaco de lã e com o cabelo enfiado em um gorro de tricô.

O SUV vermelho na minha frente avança. Eu avanço. A noite que está por vir se desenrola na minha mente. Entro na livraria, de cabeça erguida, nada de ombros curvados, algo pelo qual minha mãe sempre me repreende. Ao me aproximar de Delilah na mesa de autógrafos, elogiamos os vestidos uma da outra e conto a ela como seus livros mudaram minha vida. No final da conversa, ela vê tanto talento em mim que pergunta se pode ser minha mentora.

Não percebo que o carro à frente parou até colidir nele, o café quente espirrando no meu vestido.

— Ai, *merda.*

Depois de me recuperar do choque de ser jogada para trás, respiro fundo algumas vezes tentando processar o que aconteceu enquanto meu cérebro viajava até uma festa exclusiva para autores à qual Delilah me convidaria. O som fino de metal contra metal vibra nos meus ouvidos, e os carros atrás de mim buzinam. *Eu sou uma boa motorista!*, quero dizer a eles. Nunca me envolvi em um acidente e sempre respeito o limite de velocidade. Talvez não consiga fazer baliza, mas, apesar das evidências contrárias, sou uma *boa motorista.*

— Merda, merda, merda.

O buzinaço continua. O motorista do SUV coloca um braço para fora da janela e me faz sinal para segui-lo até uma rua paralela. Obedeço.

É difícil respirar enquanto me atrapalho com o cinto de segurança. O café escorre pelo meu peito e se acumula no colo. O motorista vai até a parte de trás do próprio carro, e o nó de pavor no meu estômago aperta.

Bati na traseira do garoto que terminou comigo uma semana antes do baile.

— Sinto muito — digo saindo toda atrapalhada do carro. Não reconheço o dele. — Hum. Ganhou um carro novo?

Spencer Sugiyama faz uma cara feia para mim.

— Semana passada.

Inspeciono Spencer inspecionando o estrago. Com o cabelo preto comprido cobrindo metade do rosto, ele se ajoelha ao lado do carro, que mal arranhou. O meu está com o para-choque dianteiro destroçado e a placa amassada. É um Honda Accord usado, prata e bem desinteressante, com um cheiro estranho do qual nunca consegui me livrar. Mas é *meu*, pago com o dinheiro que recebi da Two Birds One Scone no verão passado.

— Mas que merda, Rowan!

Spencer, o segundo clarinetista da banda da escola com quem fiz um projeto de história no início do ano, costumava olhar para mim como se eu tivesse todas as respostas. Como se eu o deixasse impressionado. Agora seus olhos escuros parecem cheios de uma mistura de frustração e, talvez, alívio, por não estarmos mais juntos. Sinto uma onda de prazer por ele nunca ter conseguido ser o primeiro clarinetista. (E, sim, ele bem que tentou.)

— Acha que foi de propósito? — Desnecessário dizer que o término não foi amigável. — Você freou do nada!

— É um cruzamento! Por que você estava tão rápido?

É óbvio que não menciono Delilah. É possível que o acidente tenha sido mais por minha culpa.

Spencer não foi meu primeiro namorado, mas foi o namoro que mais durou. Tive alguns namorados de uma semana, no primeiro e no segundo ano, o tipo de relacionamento que termina por mensagem de texto porque você tem muita vergonha de fazer contato visual na escola. No fim do terceiro ano, namorei Luke Barrows, um jogador de tênis que fazia todo mundo rir e gostava um pouco demais de festas. Eu pensava que o amava, mas acho que o que eu amava de verdade era como me sentia perto dele: engraçada, rebelde e linda, uma garota que gostava de redações de cinco parágrafos e de dar uns amassos no banco traseiro de um carro. Quando as aulas recomeçaram, no outono, já tínhamos terminado. Ele queria se concentrar no tênis, e eu estava feliz por ter tempo sobrando para fazer as inscrições nas faculdades. A gente ainda se cumprimenta nos corredores.

Com Spencer, porém... com Spencer foi complicado. Queria que ele fosse o namorado perfeito do ensino médio, o cara do qual um dia eu me lembraria com minhas amigas, em meio a drinques com nomes escandalosos. Tinha sonhado com esse namorado durante a segunda metade do fundamental inteiro, supondo que chegaria ao ensino médio e ele estaria sentado atrás de mim na aula de inglês, batendo no meu ombro e pedindo uma caneta emprestada, meio tímido.

O tempo para encontrar o tal namorado perfeito estava se esgotando, e pensei que, se a gente passasse bastante tempo juntos, Spencer e eu poderíamos chegar àquele ponto. Mas ele era retraído, o que me deixou grudenta. Se eu gostava de quem eu era com Luke, odiava quem era com Spencer. Detestava me sentir tão insegura. A solução óbvia era *terminar*, mas fui levando, esperando que as coisas mudassem.

Spencer tira o cartão do seguro da carteira.

— A gente tem que trocar informações, certo? — pergunta ele.

Lembro-me vagamente disso da autoescola.

— É. Certo.

Não foi horrível o tempo todo com Spencer. Na primeira vez que transamos, ele me abraçou por um tempão depois e me convenceu de que eu era preciosa e especial.

— Talvez a gente ainda possa ser amigos — sugeriu ele no dia que terminou comigo.

Um término digno de um covarde. Ele queria se livrar de mim, mas não queria que eu ficasse com raiva. Fez isso na escola, antes de uma reunião do conselho estudantil. Disse que não queria começar a faculdade namorando.

— Spencer e eu acabamos de terminar — contei a McNair antes de começarmos a reunião. — Então, se puder não ser cruel comigo pelos próximos quarenta minutos, eu agradeceria.

Não tenho certeza do que esperava... que ele parabenizasse Spencer? Dissesse que eu merecia? Mas suas feições se suavizaram em uma expressão que eu nunca tinha visto e não sabia nomear.

— Tudo bem. Eu... sinto muito — disse.

O pedido de desculpas soou muito estranho na voz dele, mas começamos a reunião antes que eu pudesse pensar mais sobre o assunto.

— Eu realmente achei que a gente podia continuar amigos — diz Spencer depois que tiramos fotos dos cartões do seguro um do outro.

— Somos amigos no Facebook.

Ele revira os olhos.

— Não foi o que eu quis dizer.

— O que você quis dizer? — Apoio o corpo no meu carro e me pergunto se agora finalmente vou conseguir encerrar tudo de um jeito apropriado. — Vamos mandar mensagens um pro outro com os horários das aulas da faculdade? Ver um filme juntos quando estivermos passando as férias em casa?

Uma pausa.

— Provavelmente não — admite ele.

Então vamos encerrar tudo de um jeito apropriado.

— A gente devia ir pra escola — continua Spencer quando fico em silêncio por um tempo. — Já estamos atrasados, mas eles não devem se importar no último dia.

Atrasados. Não quero nem pensar nas McMensagens que esperam por mim no celular.

Dou um pequeno aceno com meu cartão do seguro, então coloco-o de volta na carteira.

— Acho que o seu pessoal vai ligar pro meu. Ou sei lá — digo.

Ele acelera antes que eu dê a partida. Meus pais não precisam saber ainda, não agora que estão correndo para cumprir o prazo. Ainda trêmula, pelo impacto ou pela conversa, não tenho certeza, tento relaxar os ombros. Realmente há muita tensão neles.

Se eu estivesse em um romance comercial, o acidente teria sido com um cara bonitão, dono de um bar e que trabalha meio período na construção civil, o tipo de homem que é bom com as mãos. Quase todos os protagonistas desse tipo de romance são bons com as mãos.

Eu me convenci de que, se passasse um tempo com Spencer, ele se transformaria naquele cara e o que tínhamos se transformaria em amor. Embora eu ame romances comerciais, nunca acreditei no conceito de almas gêmeas, que sempre pareceu um pouco com o ativismo pelos direitos dos homens: não é real. O amor não é imediato nem automático; é preciso esforço, tempo e paciência.

A verdade é que eu talvez nunca tivesse o tipo de sorte no amor que as mulheres das cidades litorâneas fictícias têm. Mas às vezes me vem essa sensação estranha, uma dor não por algo de que sinto falta, mas por algo que nunca tive.

Quando me aproximo da Escola Westview, volta a chover, porque, sabe como é, Seattle é… Seattle. A chamada já começou, e admito que minha vaidade é mais forte do que a necessidade de chegar no horário. Já estou atrasada. Mais alguns minutos não vão fazer diferença.

No banheiro, tenho uma visão nítida de mim mesma no espelho e quase tenho um treco. A mancha cobre um peito inteiro e metade do outro. Passo um pouco de água e sabonete no vestido, esfregando com toda a força, mas, passados cinco minutos, a mancha ainda está bastante escura e meu único feito foi me apalpar no banheiro do primeiro andar.

Não é mais o look perfeito para o último dia, mas é o que tenho. Absorvo a umidade com uma toalha de papel para parecer um pouco menos que estou amamentando e ajeito o cardigã de modo que esconda a mancha ao máximo. Ajeito na franja, penteando-a com os dedos para a direita e depois para a esquerda. Nunca consigo decidir se vou deixá-la crescer ou mantê-la curta. Ela roça minhas sobrancelhas, o comprimento é suficiente para eu conseguir enrolar nos dedos. Talvez eu dê uma aparada quando for para a faculdade, experimente um visual meio Bettie Page.

Estou quase terminando de me arrumar quando algo atrás de mim no espelho chama minha atenção: um pôster vermelho com letras em caixa alta.

UIVO

12 DE JUNHO

MEIO-DIA

GRANDE PRÊMIO SER ANUNCIADO

Outra coisa que me escapou na correria da manhã. O Uivo é uma tradição da Escola Westview para os formandos. É um jogo meio Assassin's Creed, meio caça ao tesouro. Os jogadores perseguem uns aos outros enquanto tentam decifrar enigmas que os levam por toda a cidade. O primeiro a desvendar todas as pistas ganha um prêmio em dinheiro. É preparado pelos alunos do terceiro ano que são do conselho estudantil como uma despedida para os formandos, e no ano passado McNair e eu quase nos matamos tentando organizá-lo. É óbvio que vou participar, mas só vou pensar nisso depois da assembleia.

Quando saio do banheiro, a Sra. Grable, minha professora de inglês no segundo e no terceiro ano, sai apressada da sala dos professores do outro lado do corredor.

— Rowan! — diz ela, os olhos brilhando. — Não acredito que está nos deixando!

A professora Grable, que não deve ter nem trinta anos, fez questão de que nossa lista de leitura fosse composta em sua maioria de mulheres e autores negros. Eu a amava.

— Tudo que é bom tem seu fim. Até o ensino médio — digo.

Ela ri.

— Talvez você seja um dos meus cinco alunos que já se sentiu assim. Eu não devia te falar isso. — E ela se inclina, põe a mão em concha sobre a boca em um gesto conspiratório. — Mas você e Neil eram meus alunos favoritos.

Meu coração despenca até os dedos dos pés. Na Westview, sempre sou colocada no mesmo balaio com McNair. Nunca somos mencionados separadamente, mas é Rowan contra Neil e Neil contra Rowan, ano após ano após ano. Já observei tudo quanto é coisa, do terror à alegria genuína, passar pelo rosto de um professor no início do ano ao perceber que nós dois estávamos em sua aula. A maioria acha nossa rivalidade divertida e escala a gente um contra o outro nos debates e como parceiros em projetos. Parte da razão pela qual quero tanto ser a oradora da turma é conseguir terminar o ensino médio como eu mesma, não como metade de uma dupla de rivais.

Eu me forço a sorrir para a professora Grable.

— Obrigada.

— Você vai pra Emerson, certo? — pergunta ela, e eu assinto. — Suas dissertações sempre foram muito perspicazes. Planeja seguir os passos dos seus pais?

Seria tão difícil assim dizer sim?

Embora, é óbvio, eu esteja preocupada com o modo como as pessoas reagem aos romances comerciais, tem outro medo que me faz dar de ombros quando me perguntam o que quero ser quando crescer. Enquanto ser escritora for um sonho que fica só na minha cabeça, eu não vou ter que encarar a realidade de talvez não ser boa o suficiente. Na minha cabeça, sou minha única crítica. Lá fora, todo mundo é um crítico.

Assim que eu me assumir como escritora, haverá expectativas em torno do fato de eu ser filha de Ilana e Jared. E, se eu frustrar essas expectativas de algum jeito, se for confusa e imperfeita, ou ainda estiver aprendendo, o julgamento vai ser mais severo do que se meus pais fossem podólogos, chefs de cozinha ou estatísticos. Contar às pessoas significa que acho que sou razoável nesse ofício, que sou *boa* nesse ofício, e, embora eu queira desesperadamente que seja verdade, estou apavorada com a possibilidade de não ser.

Pelo menos ninguém espera que eu já saiba no que vou me graduar, então, embora tenha escolhido a Emerson em grande parte por causa do ótimo programa de escrita criativa, quando me perguntam o que vou estudar digo que ainda não tenho certeza. Nunca esperei querer seguir os passos dos meus pais, mas aqui estou eu, sonhando em deslizar o dedo pelo meu nome em uma capa. (De preferência impresso em alto-relevo com verniz.)

— Talvez — admito, por fim.

Parece uma meia confissão, mas justifico para mim mesma com o fato de que não vou ver a professora Grable de novo após a formatura. Para alguém que adora palavras, às vezes não sou muito boa em enunciá-las.

— Se tem alguém capaz de publicar um livro, esse alguém é você! A não ser que Neil passe na sua frente.

— Preciso ir pra sala — digo da maneira mais gentil que consigo.

— Claro, claro — concorda ela, e me dá um abraço antes de seguir pelo corredor.

Hoje o dia está repleto de últimas oportunidades, e talvez a mais importante seja a de poder derrotar McNair de uma vez por todas. Como melhor aluna, vou dar um fim ao nosso cabo de guerra acadêmico. Vou ser Rowan Luisa Roth, oradora da Escola Westview, com um ponto no final. Nada de vírgula, nada de "e". Apenas eu.

A garota certinha que existe em mim me guia para a secretaria, e não para a sala da chamada. Vou me sentir mal se aparecer sem uma licença para o atraso, mesmo no último dia. Quando chego, abro a porta, endireito os ombros... e dou de cara com Neil McNair.

Rowan Roth *versus* Neil McNair: um breve resumo

SETEMBRO, PRIMEIRO ANO

O concurso de redação que deu início a tudo. Ele foi anunciado na primeira semana de aula do ensino médio para nos dar as boas-vindas após as férias de verão. Estava acostumada a ser a melhor da classe em redação. Foi assim durante todo o ensino fundamental, da mesma maneira, imagino, que esse ruivo magrelo cheio de sardas deve ter sido na escola dele. Primeiro lugar, McNair e seu amado Fitzgerald; segundo lugar, Roth. Prometo vencê-lo na próxima oportunidade que tiver.

NOVEMBRO, PRIMEIRO ANO

O presidente do conselho estudantil visita as salas pedindo um voluntário para ser o representante de turma. A experiência em liderança causará uma boa impressão nas minhas futuras inscrições para as universidades e preciso de bolsas de estudo, então me ofereço. McNair também. Eu não sei se ele quer isso de verdade ou só me atormentar ainda mais. De qualquer maneira, eu ganho por três votos.

FEVEREIRO, SEGUNDO ANO

Nós dois somos forçados a fazer ginástica na aula de educação física, apesar de passarmos uma hora tentando convencer o orientador pedagógico de que íamos precisar de espaço na grade para as matérias avançadas. Nenhum de nós consegue tocar os dedos dos pés, mas McNair faz três flexões, ao passo que eu só consigo fazer uma e meia. Seus braços não têm nenhuma definição, então não entendo como é possível.

MAIO, SEGUNDO ANO

McNair consegue a pontuação máxima, 1.600 pontos, nas provas gerais, e eu faço 1.560 pontos. Repito o exame no mês seguinte e faço 1.520. Não conto a ninguém.

JANEIRO, TERCEIRO ANO

O professor de química avançada nos torna parceiros de laboratório. Depois de algumas discussões, derramamentos de produtos químicos e um (pequeno) incêndio (que talvez tenha sido mais culpa minha, mas vou levar a informação comigo para o túmulo), ele nos separa.

JUNHO, TERCEIRO ANO

Na eleição para presidente do conselho estudantil, empatamos. Nenhum dos dois cede. Relutantes, viramos copresidentes.

ABRIL, QUARTO ANO

Antes que as cartas de admissão das universidades comecem a chegar, eu o desafio a ver quem consegue mais aprovações. McNair sugere que a gente compare porcentagens. Supondo que ambos estejamos sendo abrangentes e tentando várias instituições, concordo. Sou aprovada em sete das dez universidades em que me inscrevo. Só depois do fim de todos os prazos, fico sabendo que McNair, astuto e ultraconfiante como é, se inscreveu em apenas uma.

E foi aprovado.

7h21

— ROWAN ROTH — DIZ meu pior pesadelo atrás do balcão da secretaria. — Tenho uma coisa pra você.

Meu coração dispara, como sempre acontece antes de uma disputa com McNair. Tinha esquecido que ele é assistente da secretaria (também conhecido como "auxiliar em puxa-saquismo"... por favor, até eu sou melhor que isso) durante as chamadas. Esperava manter o contato com ele restrito ao celular até a assembleia.

Com as mãos cruzadas à frente do corpo, ele parece um rei malvado sentado em um trono feito com os ossos dos seus inimigos. O cabelo avermelhado está úmido por causa do banho matinal, ou talvez da chuva, e, como previ, ele está vestindo um dos ternos de dia de assembleia: paletó preto, camisa branca, gravata azul estampada com o nó mais apertado e medonho que eu já vi. Ainda assim, consigo identificar suas imperfeições na hora: a calça tem um centímetro a menos do que deveria; as mangas, um centímetro a mais. Há uma mancha de impressão digital na lente esquerda dos óculos e uma mecha de cabelo teimosa atrás da orelha que não baixa.

Mas seu rosto... seu rosto é a pior parte, com os lábios em um sorriso torto que ele aperfeiçoou depois de ganhar o concurso de redação no primeiro ano.

Antes que eu possa responder, ele enfia a mão no bolso do paletó e me joga um pacote de lencinhos para viagem. Graças a Deus eu consigo pegá-lo, apesar da falta de coordenação motora grave.

— Não precisava — digo, inexpressiva.

— Só estou cuidando da minha copresidente no último dia do nosso mandato. O que traz você à secretaria nesta manhã tempestuosa?

— Você sabe por que estou aqui. Só me dá uma licença. Por favor.

Ele franze a testa.

— Que tipo de licença, exatamente, você quer?

— Você sabe que tipo. — Quando ele dá de ombros, fingindo uma ignorância persistente, eu me curvo em uma reverência profunda e dramática. — Ó McNair, senhor da secretaria — digo com uma voz que transborda melodrama, com a intenção de responder sua pergunta da forma mais desagradável possível. Se ele vai transformar isto em uma encenação, vou entrar no jogo. Afinal, tenho só mais algumas oportunidades de sacaneá-lo. Melhor ser ridícula enquanto ainda posso. — Peço humildemente que me conceda um último pedido: a porra de uma licença por atraso.

Ele gira a cadeira para pegar uma pilha de folhas de papel verdes da gaveta da escrivaninha, movendo-se no ritmo do xarope de bordo em um dia de temperatura abaixo de zero. Até conhecer McNair, não sabia que a paciência poderia ser uma sensação física, algo que ele estica e torce sempre que tem chance.

— Essa foi sua imitação da princesa Leia nos primeiros vinte e cinco minutos de *Uma nova esperança*, antes que ela percebesse que não era realmente britânica? — pergunta ele. Quando eu lhe lanço um olhar perplexo, McNair estala a língua, como se o fato de eu não sacar a referência doesse em um nível molecular. — Continuo esquecendo que citar minhas grandes falas vintage de *Star Wars* são um desperdício de tempo com você, Artoo.

Por causa do meu nome aliterativo (*Rowan Roth*), ele me apelidou de *Artoo*, o jeito como se lê em inglês o R2 de R2-D2, e, embora eu nunca tenha visto os filmes, sei que R2-D2 é algum tipo de robô. É obviamente um insulto, e seu interesse obsessivo pela franquia matou qualquer desejo de assisti-la.

— Acho que é justo, uma vez que tantas coisas são desperdiçadas com você — rebato. — Como o meu tempo. Por obséquio, continue fazendo isso o mais lentamente possível.

A sabotagem faz parte da nossa rivalidade quase desde o início, embora nunca tenha sido maldosa. Teve a vez que ele esqueceu o pen drive conectado a um computador da biblioteca e eu o enchi de música eletrônica *dubstep*, a vez que derramou o misterioso molho chili do refeitório no meu dever de matemática. E a minha favorita: a vez que subornei a zeladora com uma coleção autografada dos livros dos meus pais para os filhos dela em troca da combinação do armário de McNair. Vê-lo se debatendo para tentar abri-lo depois que eu troquei a senha foi inestimável.

— Não me provoque. Posso ficar ainda mais lento. — Para provar, ele leva dez segundos inteiros para destampar uma caneta esferográfica. É uma performance teatral, e preciso reunir toda a minha força de vontade para não avançar sobre a escrivaninha e arrancar o papel das suas mãos. — Acho que isso significa nada de prêmio de presença perfeita para você — afirma ele enquanto escreve meu nome.

Até as mãos são pontilhadas de sardas. Uma vez, no meio de uma reunião do conselho estudantil, eu estava entediada, então tentei contar as sardas do rosto dele. A reunião terminou quando cheguei a cem, e ainda tinha mais.

— Só quero ser a oradora da turma — digo, forçando o que espero ser um sorriso doce. — Nós dois sabemos que as conquistas menores não significam nada. Mas vai ser um belo prêmio de consolação pra você. Pode pendurar o certificado na sua parede ao lado do alvo de dardos com meu rosto.

— Como você sabe como é o meu quarto?

— Câmeras escondidas. Por toda parte.

Ele bufa. Estico o pescoço para ver o que está escrevendo ao lado de "motivo do atraso".

Tentou tingir o vestido de marrom. Falhou categoricamente.

— Isso é mesmo necessário? — pergunto, puxando o cardigã por cima do vestido e da mancha de café com leite que grita "Olha aqui pros meus peitos!". — Fiquei presa no trânsito. Todos os semáforos do meu bairro estavam apagados.

Não conto sobre a batida.

Ele assinala o quadradinho SEM JUSTIFICATIVA e arranca a folha do bloco, rasgando-a ao meio.

— Ops — diz ele em um tom que sugere que não se sente nem um pouco mal. — Acho que tenho que preencher outra.

— Legal. Não tenho nenhum outro compromisso.

— Artoo, é nosso último dia — declara ele, levando a mão ao coração. — Temos que valorizar esses momentos preciosos que temos juntos. Na verdade — Ele enfia a mão no bolso do paletó para pegar uma caneta chique —, seria uma ótima ocasião pra praticar caligrafia.

— Você só pode estar brincando.

Sem piscar, ele me espia por cima dos óculos de armação oval e fina.

— Como Ben Solo, eu nunca brinco sobre caligrafia.

Esta com certeza é minha história de origem do vilão. Ele pressiona a ponta da caneta no papel e começa a riscar as letras do meu nome outra vez, com os óculos escorregando pelo nariz. O rosto concentrado de McNair é meio hilário, meio aterrorizante: dentes cerrados e mandíbula travada, boca levemente franzida para um lado. O terno o faz parecer tão rígido e tenso quanto um contador, um vendedor de seguros ou um gerente de baixo escalão de uma empresa que produz softwares para outras empresas. Nunca o vi em uma festa. Não consigo imaginá-lo relaxado o suficiente para assistir a um filme. Nem mesmo *Star Wars*.

— Muito impressionante. Bom trabalho — digo em um tom sarcástico.

Mas, realmente, meu nome fica bem bonito na tinta preta e delicada. Dá para imaginá-lo na capa de um livro.

Ele passa a folha de papel para mim, mas a segura com força, o que me impede de escapar.

— Espera um pouco. Quero te mostrar uma coisa.

McNair solta o papel tão de repente que eu me desequilibro, depois salta da cadeira e sai da secretaria. Estou irritada, porém curiosa. Então o sigo. Ele para em frente à estante de troféus da escola e agita o braço de um jeito dramático.

— Faz quatro anos que estudo aqui, então já vi essa estante — digo.

Mas ele está apontando para uma placa em particular, gravada com nomes e datas de formatura. Bate no vidro com o dedo indicador.

— Donna Wilson, 1986. Primeira oradora da Westview. Sabe o que ela acabou fazendo?

— Escapou de anos de agonia ao se formar três décadas antes de você se matricular aqui?

— Chegou perto. Ela se tornou a embaixadora dos Estados Unidos na Tailândia.

— Como isso é "chegar perto"?

Ele acena com a mão.

— Steven Padilla, 1991. Ganhou o Prêmio Nobel de Física. Swati Joshi, 2006. Medalhista de ouro olímpico no salto com vara.

— Se você está tentando me impressionar com seu conhecimento sobre oradores do passado, está funcionando. — Eu me aproximo, dando uma piscadinha charmosa. — Estou tão excitada!

É apelativo, eu sei, mas essa sempre foi a maneira mais fácil de perturbar esse cara aparentemente imperturbável. McNair e sua última namorada, Bailey, nem sequer se cumprimentavam na escola, e eu me perguntava como agiam fora de lá. Quando eu o imaginava desfazendo seu exterior de pedra para uma sessão de amassos, sentia um tremorzinho estranho na barriga. Para você ver como eu achava horrível a ideia de alguém beijar Neil McNair.

Como eu esperava, ele ficou corado. Sua pele cheia de sardas é tão clara que ele nunca consegue esconder suas emoções.

— O que estou tentando dizer — declara depois de pigarrear — é que a Escola Westview tem um histórico de oradores bem-sucedidos. O que diriam de você? Rowan Roth, crítica de romancinhos? Não está muito no nível dos outros, né?

Falei para Kirby e Mara que não leio mais esse tipo de romance, mas McNair os traz à tona sempre que pode. Seu tom depreciativo é a razão de eu guardá-los só para mim nos últimos tempos.

— Ou talvez você se gradue só pra escrever o seu próprio. Mais um romancinho: exatamente do que o mundo precisa.

As palavras me abalam tanto que suas sardas viram um borrão. Não quero que ele saiba o quanto o comentário me enfureceu. Mesmo que alcance o patamar de ter o termo "autora de romances comerciais" ligado ao meu nome, pessoas como McNair não vão hesitar em me esnobar. Em rir daquilo que amo.

— Deve ser triste desprezar tanto os livros de romance a ponto de a ideia de outra pessoa encontrar alegria nele ser tão repulsiva pra você.

— Achei que você e Sugiyama tivessem terminado.

— Eu... O quê?

— A alegria que você encontra no romance. Presumi que fosse Spencer Sugiyama.

Sinto o rosto esquentar. A conversa tomou um rumo inesperado.

— Não. Não o Spencer. — Então desfiro um golpe baixo: — Você tá diferente hoje, McNair. Suas sardas se multiplicaram nessa madrugada?

— É você que tem as câmeras escondidas.

— Infelizmente elas não gravam em alta definição. — Eu me abstenho de fazer uma piada imprópria que quero muito, muito fazer. Sacudo o papel verde na cara dele. — Já que você teve a gentileza de escrever essa licença pra mim, eu deveria, sabe, usar.

Última chamada. Espero que a caminhada até a sala de chamada seja suficiente para que meu sangue volte a fluir normalmente. Minha adrenalina sempre trabalha dobrado quando estou falando com McNair. O estresse que ele tem me causado deve ter subtraído cinco anos da minha expectativa de vida.

Com um aceno de cabeça, ele fala:

— É o fim de uma era. Você e eu, quero dizer.

Ele aponta de mim para si mesmo, a voz mais suave do que há dez segundos.

Fico quieta por um momento, me perguntando se o dia de hoje tem o mesmo caráter de desfecho para ele que tem para mim.

— A-há. Acho que sim — respondo.

Então McNair faz um gesto como se me enxotasse. Sou arrancada da nostalgia e inundada pelo desprezo que tem sido tanto um cobertor quente quanto uma cama de pregos. Um conforto e uma maldição.

Adeus, adeus, adeus.

AVISO DE ATRASO

Biblioteca da Escola de Ensino Médio Westview
<bibliwestview@escolasdeseattle.org>
para: r.roth@escolasdeseattle.org
10 de junho, 14h04

Esta é uma mensagem automática da BIBLIOTECA DA ESCOLA WESTVIEW.

Nossos registros mostram que os seguintes itens estão com o prazo de devolução vencido. Por favor, renove-os ou devolva-os à biblioteca imediatamente para evitar multas.

— *Guia para obter a nota máxima em cálculo avançado* / Rhoda Griffin
— *Como gabaritar provas de cálculo avançado* / Carlyn Wagner
— *Sobre o amor: a ficção romântica ao longo das eras* / Sonia Smith e Annette Tilley
— *Analisando Jane Austen* / Marisa Ramirez
— *E agora? A vida depois da escola* / Tara Holbrook

8h02

QUINZE MINUTOS COM ele, e já sinto uma McEnxaqueca chegando. Esfrego o espaço entre os olhos enquanto corro para a chamada.

— Nossa futura oradora de turma — diz a professora Kozlowski com um sorriso quando entrego minha licença por atraso.

Espero que ela esteja certa.

As salas de chamada são mistas para promover o entrosamento entre as turmas. McNair fez a proposta há dois anos no conselho estudantil, e a diretora caiu. Não era a pior ideia do mundo, acho, se a gente ignorasse todos os outros problemas mais prementes: o plágio desenfreado entre os alunos calouros, a necessidade de ampliar o cardápio no refeitório para atender restrições alimentares e a redução da pegada de carbono da escola.

Antes de me aproximar de Kirby e Mara, um trio de garotas do terceiro ano se lança sobre mim.

— Oi, Rowan! — cumprimenta Olivia Sweeney.

— A gente ficou preocupada achando que você não ia chegar! — revela sua amiga Harper Chen.

— Entendi… mas estou aqui — respondo.

— Graças a Deus! — exclama Nisha Deshpande, e as três dão risadinhas.

Somos todas do conselho estudantil, e elas sempre me apoiaram em detrimento de McNair, algo pelo qual sempre fui grata. Elogiam minhas roupas, trabalharam nas minhas campanhas e me deram cupcakes de presente quando entrei na Emerson. Kirby e Mara dizem que são o meu fã-clube. Na verdade, são muito fofas, mesmo que um pouco ansiosas demais.

— Tá tudo pronto pro Uivo? — pergunto.

As três trocam sorrisos maliciosos.

— Faz semanas. Não quero dizer que vai ser o melhor Uivo que a escola já viu, mas quem sabe? — diz Nisha.

— Não vamos te dar nenhuma dica — acrescenta Harper.

— Por mais que a gente queira — declara Olivia, e se abaixa para puxar até o joelho uma das meias, que são estranhamente parecidas com o par que estou usando.

— Sem dicas — concordo.

McNair e eu organizamos o jogo no ano passado, mas nenhum dos locais pode ser usado de novo.

— Pode assinar nossos anuários? Já que é seu último dia? — pergunta Nisha.

Três braços empurram canetas para mim. Assino todos com mensagens ligeiramente diferentes e, depois de um coro de agradecimentos, me viro para Kirby e Mara, que acenam para mim de um canto da sala. Minha mãe estava certa: a única tarefa do dia vai ser assinar anuários. Vamos ter uma chamada estendida, depois a assembleia seguida de aulas mais curtas para os outros que ainda estudam aqui.

— Olha quem chegou — anuncia Kirby. Seu cabelo preto está trançado em uma coroa ao redor da cabeça. Nós três passamos horas aprendendo a fazer tranças holandesas no ano passado, mas só Kirby dominou a técnica.

— O que aconteceu hoje?

Relato o começo do dia, desde a queda de energia até a batida no carro de Spencer.

— E aí eu fui McAtormentada na secretaria. Então, sim, já vivi um dia e meio, e são apenas oito da manhã.

Mara coloca a mão no meu braço. Ela é mais quieta e mais delicada que Kirby, quase nunca é a primeira a falar em uma conversa em grupo. O único momento em que é o centro das atenções é quando está dançando um solo no palco.

— Você tá bem?

— Estou ótima. McNair só foi implicante como sempre. Acreditam que ele escreveu minha licença fazendo caligrafia? Foi igual ao que aconteceu no outono, quando ele baixou todos aqueles vídeos de cachorro pra deixar a internet da biblioteca lenta enquanto eu fazia pesquisas pro meu artigo sobre Jane Austen. Ele faz qualquer coisa pra me atrasar.

Mara arqueia uma sobrancelha.

— Eu estava perguntando sobre o acidente.

— Ah. Certo. Um pouco abalada, mas estou bem. Nunca tinha batido em ninguém.

Não sei por que minha mente foi direto para McNair, sendo que o acidente foi obviamente o evento mais traumático da manhã.

— Mara — começa Kirby, então aponta para uma foto do anuário das duas dançando no show de talentos de inverno no início deste ano. — Olha só como a gente é fofa.

Kirby Taing e eu viramos amigas primeiro. Aconteceu quando fomos parar no mesmo grupo para um rito de passagem do quarto ano do ensino fundamental: a experiência do vulcão. Kirby quis adicionar mais bicarbonato de sódio para criar uma erupção maior. Fizemos uma bagunça. Tiramos 8. Ela conheceu Mara Pompetti em uma aula de balé alguns anos depois, embora Mara sempre tenha sido a dançarina mais dedicada.

Acabamos na mesma escola no segundo ciclo do fundamental e nos tornamos inseparáveis desde então. Embora eu ame as duas, durante anos me senti um pouco mais próxima de Kirby. Ela me ajudou a superar a morte do meu avô no sétimo ano, e eu fui a primeira pessoa para quem ela se assumiu no primeiro ano, quando disse que só gostava de garotas. No ano seguinte, Mara contou para gente que era bissexual e que queria começar a usar esse termo. Por um tempo, ela e Kirby me fizeram de pombo-correio, tentando descobrir como uma se sentia em relação à outra. No ano passado, foram ao baile juntas e agora são um casal.

Elas riem de alguém do último ano que saiu com o cabelo esquisito na foto enquanto folheio o anuário, embora, como editora-chefe, tenha visto cada página centenas de vezes. Para a listinha de previsões sobre os veteranos, o editor de fotos fez McNair e eu posarmos um de costas para o outro, com os braços cruzados. Acima de nós está escrito "MAIS PROPENSOS A TER SUCESSO". Na foto e na vida real, temos exatamente a mesma altura: 1,65 metro. Assim que acabou, ele pulou para longe de mim, como se a parte de trás da sua camisa tocando a minha fosse contato físico demais para dois rivais.

— Por favor, a gente já pode ir? — implora Brady Becker, o astro da equipe de futebol americano, à professora Kozlowski. Ele é o tipo de cara que tirava 8 porque os professores adoravam quando o time vencia, mas isso era improvável se Brady Becker tirasse 4. — Todas as outras turmas já foram liberadas.

A professora Kozlowski ergue as mãos.

— Tudo bem, certo. Podem sair. Só não se esqueçam de ir ao auditório depois de…

Já estamos do outro lado da porta.

Dividindo um pretzel de queijo e um pacote de batatas chips que compramos na lojinha dos alunos, Mara e eu nos recostamos nos armários que são nossos desde o primeiro ano. As combinações vão ser alteradas na próxima semana, depois que formos embora. A gente deveria ter esvaziado no início da semana. Kirby está fazendo isso agora, o que é bem a cara dela.

— Será que fico com isso? — pergunta ela ao erguer sua camiseta do uniforme de educação física.

Tivemos que fazer uma intervenção para que ela a lavasse no segundo ano porque sempre se esquecia de levá-la para casa.

— Não! — dizemos Mara e eu em uníssono.

Mara aponta a câmera do celular para Kirby, que posa como se estivesse dançando valsa com a camiseta.

— As aulas de ginástica no segundo ano foram um tipo especial de tortura. Não acredito que não nos deram dispensa — comento.

— *Você* queria dispensa — corrige Kirby. — Já eu, gostei de descobrir meu talento oculto pro badminton.

Ah, saquei. Devo ter presumido que, como eu detestava essas aulas, elas também detestassem. Mas acho que fomos só McNair e eu que insistimos com o orientador sobre a mudança na grade de disciplinas.

Se eu costumava ser a melhor amiga de Kirby, isso mudou um pouco desde que ela e Mara começaram a namorar. Mas é normal. Apesar de passarem muito tempo sozinhas, na maioria das vezes estamos tão próximas quanto estávamos no ensino fundamental.

Do outro lado do corredor está a estante de troféus com a placa com os nomes dos oradores. Diz muito sobre o que nossa escola considera mais importante — não os troféus de futebol americano ou basquete, mas as conquistas acadêmicas. Na Westview, um aluno não é bem-visto se não cursar pelo menos uma matéria de nível avançado que não seja teoria musical, já que todo mundo sabe que o professor Davidson usa as aulas como desculpa para tocar os discos da sua banda tosca de *jams*. Também dá pontos extras para quem vai a um dos shows. Kirby e eu fomos quando ela cursou a matéria no segundo ano, e permita-me dizer que eu poderia ter morrido sem ver um professor de meia-idade rasgar a camiseta suada no palco e jogá-la para a plateia.

Mara vira o celular para mim, e eu estico ao máximo o cardigã na frente do corpo.

— A mancha no meu peito não precisa ser imortalizada no Instagram.

Kirby acena com a camiseta para mim.

— Olha uma camiseta perfeita aqui. Ganhei muitos jogos de badminton com ela.

— Mal dá pra ver a mancha — diz Mara, tão meiga que quase não parece mentira. Então fica de queixo caído. — Kirby Kunthea Taing, isso é um preservativo?

— Da aula de saúde do ano passado! — afirma, segurando o que é com certeza se trata de uma camisinha. — Estavam distribuindo, e eu não quis ser mal-educada…

Mara esconde uma risada atrás de uma cortina de cabelos loiros ondulados.

— Tenho certeza de que nenhuma de nós precisa disso.

— Quer? — Kirby me pergunta. — Tem espermicida.

— Não, Kirby, não quero sua camisinha velha da aula de saúde. — Se eu precisar, tenho uma caixa na cômoda, enfiada atrás das minhas calcinhas absorventes. — Além disso, deve ter passado da validade.

Ela confere.

— Vale até setembro. — Ela abre o zíper da minha mochila e a joga lá dentro, dando um tapinha assim que o fecha. — Você tem três meses pra encontrar um pretendente digno.

Com um revirar de olhos, ofereço a última batatinha do pacote para Mara, que nega com a cabeça. Kirby joga sua camiseta de educação física e algumas outras bugigangas em uma lata de lixo próxima. De vez em quando, um grupo corre pelo corredor e grita "VETERANOS!" e nós gritamos de volta. Cumprimentamos Lily Gulati com soquinhos, Derek Price com um toca aqui e as Kristens (Tanaka e Williams, melhores amigas quase inseparáveis desde o primeiro dia do primeiro ano) com assobios.

Até Luke Barrows aparece com a namorada, Anna Ocampo, primeiro lugar no ranking colegial de tênis feminino, para trocarmos anuários.

— Estou contando os dias pra cair fora daqui — diz Luke.

— Desde o primeiro ano? — pergunta Anna. Virando-se para mim, ela diz: — Vou sentir falta dos seus anúncios matinais de quarta-feira. Você e Neil sempre me matavam de rir.

— Fico feliz por ter proporcionado um pouco de diversão.

Ambos conseguiram bolsas de estudo de tênis para universidades da Primeira Divisão, que são as que oferecem as melhores estruturas para os atletas, e estou feliz de coração por eles. Espero que possam fazer o namoro a distância dar certo.

— Meu Deus Kirby! — exclama Anna, abafando uma risada quando uma pilha de papéis cai do armário de Kirby.

— Eu sei — diz Kirby com um pequeno gemido.

Os anuários são devolvidos aos donos, e Luke me abraça apertado com os braços musculosos de tantos backhands matadores.

— Boa sorte — diz ele.

Por que todos os términos não podem ser assim? Sem drama, sem aquele constrangimento prolongado.

Enquanto Mara posta um vídeo no Instagram de Kirby tirando um cachecol de dois metros e meio do armário, com uma trilha sonora assustadora de filme de terror, eu alcanço minha mochila para pegar o diário. Mas sinto os dedos roçarem em outra coisa: o envelope que enfiei lá mais cedo.

Sei o que é. Ou, pelo menos, tenho uma ideia geral. Mas não me lembro dos detalhes exatos, o que me deixa um pouco apreensiva. Com cuidado, passo o dedo na aba do envelope e retiro a folha de papel dobrada.

O Guia de Rowan Roth para o Sucesso no Ensino Médio, diz no topo, e depois há dez itens numerados. As palavras me levam de volta ao verão antes do ensino médio. Adicionei o décimo item no primeiro mês do primeiro ano. Como sempre, tinha sido inspirada por algo que li em um livro. Estava muito animada com o começo das aulas, meio apaixonada pela pessoa que imaginei que seria no final. Na verdade, é mais uma lista de objetivos do que um guia em si.

Não realizei nenhum deles.

— E quanto a isso? Cem por cento. Em uma prova de matemática! — exclama Kirby.

— Supera, Kirby — retruca Mara, mas tira uma foto mesmo assim.

— Nossa pequena paparazza.

Ainda estou no mundinho do Guia para o Sucesso; especificamente, no item número sete. *Ir ao baile com um namorado, Kirby e Mara.* Como Spencer e eu terminamos pouco antes, o baile não rolou. Eu teria ido sem acompanhante, mas fiquei com medo de segurar vela para minhas amigas, e não queria empatar a noite.

O fato de minha vida não ter saído exatamente de acordo com o planejado não deveria me abalar tanto. Mas aqui está a prova física que abala. O ensino médio está para acabar, e só hoje estou me dando conta de tudo o que não fiz.

É um alívio quando dá 8h15. Eu me levanto, jogando a lista na mochila e a mochila por cima do ombro. Está na hora da última avaliação da minha jornada no ensino médio.

— Tenho que me preparar pra assembleia — explico.

Kirby abre um chocolate Snickers que encontrou no fundo do armário.

— Aconteça o que acontecer, você é uma vencedora pra gente — declara em um tom que era para ser encorajador, mas vindo dela sai meio sarcástico. Acho que ela percebe, porque faz uma careta. — Desculpa. Soou melhor na minha cabeça.

Tento sorrir.

— Eu sei.

— Pode ir. Vou garantir que Kirby descarte qualquer outro material potencialmente perigoso — promete Mara.

Enquanto me dirijo para o auditório, a risada delas demora um pouco para desvanecer.

Vou sair de Seattle no final do verão, mas Kirby e Mara vão para a Universidade de Washington. Juntas. Mara quer estudar dança, e Kirby pretende fazer uma aula de cada disciplina antes de decidir o curso. Vou vê-las nos recessos, óbvio, mas me pergunto se a distância vai me afastar ainda mais. Se essa amizade é outra coisa que não posso levar comigo para a faculdade.

Guia de Rowan Roth para o Sucesso no Ensino Médio
Por Rowan Luisa Roth, 14 anos
Para ser aberto apenas por Rowan Luisa Roth aos 18 anos

1. Descobrir o que fazer com a franja.

2. Arrumar o Namorado Perfeito do Ensino Médio (também conhecido como NPEM), de preferência até a metade do segundo ano; ou, no máximo, até o verão após o terceiro ano. Requisitos mínimos:
   – Adorar ler
   – Ter um gosto musical decente
   – Ser vegetariano

3. Sair com Kirby e Mara TODO FIM DE SEMANA! (Por mais que você ame livros, por favor, não se esqueça do mundo lá fora.)

4. Dar uns amassos no NPEM debaixo das arquibancadas durante um jogo de futebol americano.

5. Tornar-se fluente em espanhol.

6. *Jamais* dizer a alguém que você gosta de romances comerciais a menos que tenha cem por cento de certeza de que a pessoa não vai ser extremamente ofensiva.

7. Ir ao baile com o NPEM, Kirby e Mara. Encontrar um vestido maravilhoso, alugar uma limusine e jantar em um restaurante chique. Toda a experiência à la John Hughes, tirando a masculinidade tóxica. O ponto alto da noite vai ser em um quarto de hotel, onde você e NPEM vão trocar juras de amor e perder a virgindade de um jeito romântico e cheio de ternura que você vai lembrar pelo resto da vida.

8. Entrar em uma faculdade com um ótimo programa de licenciatura com foco no ensino médio a fim de realizar seu eterno sonho de se tornar professora de inglês para MOLDAR MENTES JOVENS!!!

9. Tornar-se a melhor aluna e oradora da Westview.

10. Destruir Neil McNair. Fazê-lo se arrepender de ter escrito aquele ensaio sobre _O grande Gatsby_ e de todas as coisas que fez desde então.

9h07

— *... PARA O AZUL E BRANCO vamos gritar. Lobos da Westview, é hora de lutar!*

Ao final do grito de guerra da escola, todo mundo joga a cabeça para trás e uiva. Na minha primeira experiência com os Lobos em um jogo de futebol, no primeiro ano, fiquei envergonhada e intimidada, mas agora adoro o barulho, a energia. O modo como, apenas por um instante, deixamos de lado as inibições.

É a última vez que vou uivar com esta combinação exata de pessoas.

Atrás do palco, entrego o anuário da secretária do conselho estudantil Chantal Okafor, e ela me passa o meu.

— Acho que usei o que restava do seu espaço. Espero que seja você. Quero dizer, a oradora — diz Chantal.

O Guia para o Sucesso no Ensino Médio queima na minha mochila. Tento me concentrar no fato de que tenho três meses com Mara e Kirby pela frente. Podemos passar um último verão perfeito antes da universidade: com festivais de música, dias na praia e noites reclamando da água fria do mar.

Mas isso não compensa todo o resto. Tudo bem que era meio de brincadeira, mas ainda não risquei nem sequer o item mais simples da lista: descobrir o que fazer com a minha franja. Se não conseguir dar um jeito no meu próprio cabelo, como posso esperar me tornar a oradora da turma? É lógico que sei que uma coisa não tem nada a ver com a outra, mas tive quatro anos para cumprir esse objetivo. Meu cabelo deveria fazer mais sentido que meu futuro.

O item sobre me tornar professora de inglês também mexeu comigo. No ensino fundamental, tive uma fase em que fingia corrigir trabalhos e inventava uma ou duas listas de leitura para a turma. Meu eu de catorze anos chamou isso de "eterno sonho", mas mal consigo me lembrar. Eu me imagino naquela idade, transbordando de otimismo, querendo chegar ao guia perfeito. Meus livros favoritos tinham finais "felizes para sempre"... por que eu não poderia ter?

Eu me agarro ao item número nove. Ainda é possível ser a melhor aluna e oradora. É quase certeza.

Sorrio para Chantal e coloco meu anuário na mochila.

— Obrigada. Tá animada pra Faculdade Spelman?

— Ah, sim. Mal posso esperar pra deixar todo o drama do ensino médio pra trás — responde ela.

Suas tranças balançam quando ela vira a cabeça na direção de McNair.

Ele está revisando suas fichas, os lábios formam as palavras sem emitir som. Amador; eu não preciso de fichas. Sua cabeça está curvada, concentrada, e os óculos escorregam pelo nariz. Se não o desprezasse, marcharia até lá e os empurraria para cima. Talvez colasse atrás das orelhas dele.

— Você também deve estar animada! Chega de Neil, né?

— Chega de Neil — concordo, mexendo na franja para um lado e depois para o outro na esperança de que os fios fiquem sob controle. — Mal posso esperar.

— Nunca vou me esquecer daquela reunião do conselho estudantil no ano passado que foi até a meia-noite. O professor Travers não conseguia fazer vocês dois encerrarem o assunto. Achei que ele fosse chorar.

— Eu tinha me esquecido disso.

A gente estava tentando chegar a uma conclusão sobre a destinação de fundos para o ano seguinte. McNair insistia que o departamento de inglês precisava de novos exemplares de *Homem branco em perigo* (ok, os livros tinham outros títulos, mas esse era o tema de todos eles), enquanto eu argumentava que deveríamos usar o dinheiro para livros escritos por mulheres e autores não brancos. "Não são clássicos", argumentou McNair. Talvez eu tenha retrucado preguiçosamente com "Seu rosto não é um clássico". Em minha defesa, já era bem tarde. Desnecessário dizer que a coisa saiu um pouco do controle.

— Pelo menos você tornou o ensino médio memorável.

— Memorável. Tá.

Com uma pontada de culpa, percebo que mal conheço Chantal. Só sabia que estava indo para a Spelman porque foi ela quem me passou o marcador quando todos os veteranos escreveram os nomes das respectivas universidades em uma folha de papel pardo que foi afixada na frente da escola. Quando entrei para o conselho estudantil, pensei que faria amizade com todos, mas é possível que eu estivesse tão focada em superar McNair que não aproveitei a oportunidade.

McNair deve perceber que estamos olhando para ele, porque se aproxima até estarmos cara a cara. Gostaria, não pela primeira vez, de ter pelo menos uns dois centímetros a mais que ele.

— Boa sorte — diz ele em um tom seco, tirando fiapos imaginários das lapelas.

Seu cabelo não está mais úmido.

— Pra você também — respondo, no mesmo tom.

Não quebramos o contato visual, como se o vencedor desse concurso de encarar fosse ganhar um jet ski, um cachorrinho e um carro novinho em folha.

No palco, a diretora Meadows pega o microfone.

— Se acalmem, se acalmem — pede, e o auditório fica em silêncio.

— Nervosa, Artoo? — pergunta McNair.

— Nem um pouco. — Ajeito o cardigã. — E você?

— Óbvio, um pouco.

— Admitir isso não te faz melhor do que eu.

— Não, mas me faz mais honesto. — Ele olha para a cortina, depois de volta para mim. — Foi muito atencioso de sua parte deixar essa mancha grande o suficiente para as pessoas na última fileira poderem ver.

Aponto para sua calça curta demais.

— Elas precisam de uma distração para não ficarem encarando esse pedaço escandaloso de canela que você tá exibindo.

— Odeio quando minha mãe e meu pai brigam — comenta Chantal.

McNair e eu nos viramos para olhá-la. Meu queixo cai numa expressão de horror que com certeza espelha a dele. Mas, antes que possamos dizer qualquer coisa, a diretora Meadows continua.

— Pra começar, por favor, juntem-se a mim pra dar as boas-vindas aos seus copresidentes, Rowan Roth e Neil McNair!

Eu me deleito com os aplausos e a pequena, mas não insignificante, alegria de ter meu nome pronunciado antes do dele. McNair afasta a cortina de veludo e gesticula para eu passar primeiro. Normalmente eu chamaria sua atenção, o cavalheirismo está ultrapassado e não sou chegada nessa baboseira, mas hoje apenas reviro os olhos.

Pegamos os microfones sem fio nos suportes no centro. As luzes são fortes e o auditório está cheio de uma energia impaciente e pulsante, mas não me sinto nervosa neste palco há anos... me sinto em casa.

— Sei que estamos todos ansiosos para sair daqui e começar a jogar o Uivo, então vamos ser o mais breve possível — diz McNair.

— Mas não tão breve — acrescento. — Queremos garantir que todos recebam o reconhecimento que merecem.

Ele franze a testa.

— Certo. É claro.

Risos ecoam pelo auditório. Nossos colegas se acostumaram a esperar esse tipo de interação entre nós dois.

— Foi um prazer servir como seu presidente este ano — declara McNair.

— *Co*presidente.

Ele cutuca algo no microfone, o que envia uma onda distorcida de microfonia pelos alto-falantes. Vejo mãos protegendo os ouvidos e o público gemendo em uníssono.

— Acho que é assim que todos se sentem em relação à sua presidência — alfineto.

McNair aborreceu o público, mas vou reconquistá-lo.

Ele fica vermelho.

— Sinto muito, Lobos.

— Não tenho certeza se todo mundo ouviu. Você pode ter causado danos permanentes a alguns tímpanos.

— Continuando — diz ele com firmeza, dando uma olhada nas fichas —, gostaríamos de começar com este vídeo que a turma de cinema da professora Murakami editou para lembrar os momentos maravilhosos que tivemos este ano. A trilha sonora foi produzida pela banda do professor Davidson. — Outra olhada nas anotações. — A Projeto Funk.

Duas pessoas aplaudem, literalmente. Tenho certeza de que uma delas é o professor Davidson.

As luzes se apagam e o vídeo é projetado em uma tela atrás de nós. Rimos com todo mundo nos momentos ridículos flagrados, mas não consigo ignorar a ansiedade que cresce dentro de mim. Há cenas de jogos de futebol, de assembleias e de apresentações do clube de teatro. Do baile. Alguns veteranos na primeira fileira do auditório estão chorando e, embora eu nunca fosse admitir, sou grata pelo pacote de lenços de McNair no meu bolso. Talvez não amasse cada uma daquelas pessoas, mas formávamos um *grupo*. Ninguém mais entenderia como as Kristens são tão sincronizadas a ponto de aparecerem com seus acompanhantes no baile com o mesmo vestido, ou como era hilário ver Javier Ramos participando de todos os jogos de basquete que sediamos usando uma fantasia de cenoura.

Respiro fundo. *Se controla.*

Depois que McNair e eu listamos mais destaques do ano passado, a diretora Meadows pega o microfone outra vez. Nós nos retiramos e ocupamos as cadeiras na lateral do palco enquanto ela anuncia os prêmios departamentais e entrega troféus com lobos de plástico aos melhores alunos de cada disciplina acadêmica. Sinto uma pontada de dor quando McNair ganha não apenas em inglês, mas também em francês e espanhol. O último é o que me deixa mais chateada. Parei de fazer espanhol no penúltimo ano para abrir espaço para mais eletivas de inglês. Queria poder conversar com o lado materno da minha família um dia, e acho que esse "um dia" ainda não chegou. O item número cinco do Guia para o Sucesso? Outra meta não alcançada.

— O próximo é o prêmio de assiduidade perfeita — prossegue a diretora Meadows. — Com certeza não é algo de cunho acadêmico, mas sempre achamos divertido reconhecer os alunos que conseguiram comparecer todos os 180 dias sem um único atraso ou falta injustificada. Este ano temos o prazer de homenagear Minh Pham, Savannah Bell, Pradeep Choudhary, Neil McNair e Rowan Roth.

Deve ter sido um erro.

— Rowan? — repete quando sou a única que não se levanta, então me junto aos meus colegas pontuais para pegar o certificado.

De volta aos assentos, espeto a perna de McNair com a ponta do certificado.

— Eu... é... acabei não registrando sua licença por atraso — murmura ele. — Achei que poderia deixar você levar esta. Já que é o último dia e tal.

— Muito caridoso da sua parte — digo, sem querer soar sarcástica.

Estou mais confusa do que qualquer outra coisa. McNair e eu não damos nada de graça um ao outro.

Não tenho tempo para pensar nisso, porque a diretora Meadows gesticula para nós, preparando-se para o único prêmio que realmente importa.

— Acompanhamos uma competição acirrada para melhor aluno e orador este ano. Nunca tivemos dois alunos tão equiparados em notas, atividades extracurriculares e devoção a esta escola.

Agarro o certificado com mais força. É isso. Nossa última batalha.

— Vocês já conhecem bem esses dois, mas o mais surpreendente é que eles se preocupam não apenas com suas próprias realizações, mas também com a Escola Westview como instituição. Ambos fizeram um trabalho incrível pra garantir que nossos futuros alunos tenham a melhor experiência possível aqui.

"Vou começar pelo Neil. Ele vai para a Universidade de Nova York no outono estudar linguística. Teve uma pontuação perfeita nos exames gerais e alcançou nota máxima nas provas avançadas de espanhol, francês e latim. Fundou e liderou o clube do livro que uniu alunos e professores e, durante seu mandato no conselho estudantil, estabeleceu um fundo pra levantar dinheiro pra bancar as atividades do clube no campus, das quais muitos estudantes vão se beneficiar pelos próximos anos!

Aplausos educados. Eu faço o mesmo, sem entusiasmo. O rubor e as sardas lutam pelo controle do rosto de McNair.

— E agora Rowan. — Juro que ela sorri mais quando diz meu nome. — Ela vai ser caloura na Faculdade Emerson, em Boston. Aqui na Westview, foi capitã da equipe de quiz, editora do anuário, cursou doze disciplinas avançadas e serviu no conselho estudantil durante os quatro anos. Como copresidente, fez campanha por banheiros multigêneros e foi responsável por ajudar a escola a se tornar um pouco mais sustentável. Graças a Rowan, agora fazemos compostagem e temos um sistema de coleta seletiva de lixo.

Gostaria que ela não tivesse concluído minha apresentação assim. Meu legado: lixo.

Considero minhas chances pela centésima vez nos últimos meses. As disciplinas avançadas são ponderadas com uns cálculos matemáticos complicados, então não posso prever com precisão como a média de McNair se compara à minha.

— Artoo — sussurra ele enquanto a diretora Meadows fala sobre os oradores de turma proeminentes na história da escola e o que conquistaram, completando a lição que ele deu mais cedo.

Eu o ignoro. Todo mundo pode nos ver sentados aqui. Ele já deveria saber que não pode falar.

Gentilmente, McNair bate no meu joelho com o seu.

— Artoo — repete, e tenho certeza de que ele vai me lembrar da mancha de café com leite. — Só queria dizer… que foram uns bons quatro anos. Competir com você realmente me manteve empenhado.

Demoro a assimilar as palavras. Quando lanço um olhar para ele, seus olhos por trás dos óculos são suaves, não afiados, e ele está fazendo algo estranho com a boca. Levo uma fração de segundo para perceber que é um sorriso, um sorriso genuíno. Eu me acostumei tanto ao seu sorrisinho de deboche que concluí que era sua única expressão.

Não faço ideia de como responder. Nem tenho certeza de que é um elogio. Devo agradecer ou dizer "De nada"? Ou talvez apenas sorrir de volta?

Passo tempo demais encarando McNair, então dirijo a atenção de volta para a diretora Meadows. Durante quatro anos, sonhei com este momento. Agora, vai ser o único item que posso riscar da lista, a prova de que fiz algo certo. Quase consigo ver meu nome nos lábios da diretora, ouvi-lo pelos alto-falantes.

— Sem mais delongas, tenho o prazer de apresentar seu orador e primeiro da turma: Neil McNair!

10h08

O RESTO DA ASSEMBLEIA passa rápido, como um borrão. Em um gesto simbólico, McNair e eu entregamos o microfone para Logan Perez, a presidente do conselho estudantil do próximo ano, embora eu esteja tão entorpecida que o deixo cair. Então é minha vez de estremecer com o som distorcido.

A diretora Meadows informa a todos que, embora os alunos do último ano estejam liberados, os demais precisam voltar às salas de aula às dez horas em ponto. Quando ela nos dispensa, o auditório fica tumultuado e eu me permito sumir no redemoinho. Não consigo encontrar Kirby e Mara, mas nosso chat se enche de emojis chorosos de Kirby e mensagens encorajadoras de Mara. As duas ainda estão on-line quando fecho o aplicativo.

A tela de fundo do meu celular é uma foto de nós três no verão passado, no Bumbershoot, um festival de música que frequentamos todo ano desde o fundamental. Na foto, a gente tinha aberto caminho para o palco principal; Kirby está com as mãos no ar, Mara está cobrindo a boca, abafando uma risada, e eu estou olhando direto para a câmera.

Tudo isso acabou: Seattle, minha McGuerra, a escola.

Não estudo mais aqui, mas não consigo me forçar a partir.

Vago pelo corredor por um tempo. Os veteranos comemoram e os professores tentam segurar os outros alunos nas salas. Finalmente, encontro um banco comprido em um corredor deserto perto das salas de arte e me encolho em um canto na parede. Pego o diário na mochila. Kirby, Mara e eu fizemos planos para nos encontrarmos no nosso restaurante indiano favorito antes do Uivo, mas preciso me recompor primeiro. Escrever é algo que sempre me acalmou.

Abro o diário na linha que rabisquei no meio da noite, meio que esperando que fosse uma grande inspiração que me permitisse superar o resto do dia.

E, óbvio, não é sequer legível.

Das profundezas da mochila, o Guia zomba de mim. Namorado Perfeito do Ensino Médio: não; baile: não; oradora e primeira da turma, e, por extensão, a destruição de McNair: não. Cada sonho despedaçado, cada plano frustrado, alguns pelo tempo, alguns pelas circunstâncias e alguns apenas porque não fui boa o bastante.

Aquela era a pessoa que eu queria ser quando chegasse ao fim do ensino médio.

Alguém que eu obviamente não sou.

— Artoo?

Ergo os olhos do diário, embora saiba muito bem que é McNair, estragando meu período de autoquestionamento contemplativo, como se já não tivesse estragado todo o restante. Irritada, enfio o diário na mochila.

Ele está parado do lado oposto do corredor, com a gravata afrouxada e o cabelo meio despenteado, talvez de tantos abraços de parabéns. Quando levanta a mão em um aceno, eu endireito a postura na esperança de que meus olhos comuniquem que prefiro comer as páginas do meu anuário uma por uma a conversar com ele. Neil se aproxima, sem captar a mensagem.

— Quando vão fazer um busto da sua cabeça pra ser exibido na entrada da escola? — pergunto.

— Acabei de tirar as medidas. Insisti em mármore, não bronze. Parece mais elegante.

— Que... bom — digo, deixando passar a deixa.

Normalmente nos mantemos páreo a páreo nas alfinetadas, mas a última hora me abalou. Perdi a mão.

Após alguns momentos de hesitação, ele se senta ao meu lado. Na verdade, há sessenta centímetros de espaço entre nós, mas, como somos as únicas duas pessoas no banco, suponho que ainda esteja tecnicamente ao meu lado. Ele desliza uma das mangas da camisa para cima para olhar o relógio de pulso. Não é digital e não faz nada além de mostrar a hora. É antigo e prateado, com algarismos romanos em vez de números. Ele o usa todos os dias, e sempre me perguntei se é uma herança de família.

— Eu falei sério antes. Sobre competir com você todos esses anos. Você tem sido uma oponente formidável. — Só Neil McNair para dizer algo como "oponente formidável". — Você me forçou a ser melhor. Não no mau sentido, mas... eu não teria me tornado orador sem você.

Minha raiva explode; não consigo evitar. Talvez ele esteja tentando ser sincero, mas soa como se estivesse zombando de mim.

— Você não poderia ter se tornado orador sem mim? O que é isso, a porra do seu discurso no Oscar? *Acabou*, McNair. Você ganhou. Pode ir lá comemorar.

Agito a mão em um gesto de enxotar, imitando o que ele fez na estante de troféus mais cedo.

— Poxa. Estou te dando um ramo de oliveira aqui.

— Se não posso bater em você com ele, de que adianta? — Solto um suspiro e passo os dedos pela franja. — Desculpa. A ficha tá caindo pra mim. Tá tudo terminando. É... uma sensação esquisita.

Mas "esquisita" é uma palavra muito sutil para expressar como me sinto em relação ao Guia de Rowan Roth para o Sucesso no Ensino Médio.

A sensação verdadeira é de fracasso.

Ele exala, os ombros cedendo visivelmente, como se os estivesse tensionando o dia todo ou talvez o ano todo. É evidente que ambos estamos condenados a uma péssima postura.

— É — diz ele, puxando a gravata para afrouxá-la um pouco mais. Em outra estranha demonstração de humanidade, acrescenta: — Não sei se a ficha já caiu pra mim. Tenho quase certeza de que vou aparecer na escola na segunda-feira.

— Estranho pensar em tudo isso seguindo em frente sem a gente.

— Eu sei. Tipo, a Westview existe sem a gente aqui? Se uma árvore cai em uma floresta e não tem ninguém por perto para ouvir... sabe como é?

— Quem vai atormentar o professor O'Brien em química avançada? McNair solta uma risadinha.

— Acho que ele era o único professor que odiava a gente.

— Sendo sincera, não o culpo. E aquele incêndio foi culpa sua. — Não foi, mas essa conciliação é inquietante, e estou morrendo de vontade de cutucá-lo um pouco mais. — Foi você que adicionou os produtos químicos errados.

— Porque você escreveu errado — rebate ele, arregalando os olhos em uma expressão de inocência. — Só estava seguindo suas instruções.

— Pelo menos a diretora Meadows vai sentir nossa falta.

Ele segura um microfone invisível.

— Rowan Roth, que revolucionou a coleta de lixo na Escola Westview.

— Cala a boca! — digo, mas estou rindo. Não acredito que ele também percebeu. — Rowan Roth, emoji de lata de lixo.

— Você não é um emoji de lata de lixo. Você é, tipo, o emoji da garota com a mão assim.

Ele demonstra, deixando a mão na horizontal como se estivesse carregando uma bandeja invisível. O emoji deveria representar um balcão de informações, mas não é minha interpretação.

— Ela está mexendo no cabelo, e ninguém vai me convencer do contrário.

— Tenho pena da pessoa que tentar.

É um momento incomum de harmonia entre nós.

— De acordo com a diretora Meadows, você fala cerca de cem idiomas. Então os emojis podem não ser avançados o suficiente pra te descrever — comento.

— É verdade, mas estou chocado por você ter perdido a oportunidade de me dizer que sou o emoji de cocô.

— Se você acha que esse é o emoji que capta a essência de Neil McNair, quem sou eu pra discordar?

Um bipe vindo do bolso do paletó dele encerra nosso debate sobre emojis. McNair pega o celular e franze a testa.

— Recebeu uma notificação dizendo que na verdade foi reprovado em literatura avançada e que não é o orador da turma no fim das contas?

— Ah, ainda sou.

Ele manda uma mensagem rápida antes de guardar o celular no bolso, mas a expressão de desagrado não desaparece.

Se ele fosse qualquer outra pessoa, eu perguntaria se há algum problema.

Mas é Neil McNair, e não sei bem como fazer isso.

Não sei bem o que somos.

Um silêncio cai sobre nós, um silêncio estranho e ansioso que me faz olhar para as sapatilhas, cruzar e descruzar os tornozelos e bater com as unhas na mochila. McNair e eu não sabemos lidar com silêncios. Somos argumentações e ameaças. Fogos de artifício e chamas.

Não mais, vocês não são mais, lembra uma voz no fundo da minha mente. Item número dez do meu Guia para o Sucesso, o capítulo final do meu livro de fracassos.

Ele tamborila os dedos no anuário, que agora percebo estar segurando, e pigarreia.

— Então... hum. Eu estava me perguntando... se você poderia assinar meu anuário.

Fico boquiaberta, convencida de que é uma piada. Só que não sei onde está a graça. As palavras "Óbvio, por que não?" ficam pendendo na ponta da minha língua.

O que sai são as palavras do meio:

— Por quê?

Consigo pronunciá-las na voz mais detestável que se possa imaginar. Mas me arrependo na hora.

Suas sobrancelhas se juntam. É uma expressão que nunca vi no seu semblante, não durante os quatro anos que briguei com ele.

Parece algo um pouco como *magoado*.

— Não importa — diz ele, empurrando os óculos para cima sem olhar para mim. — Eu entendo.

— Neil — começo a falar, mas outra vez as palavras se embolam atrás dos meus dentes.

Se insistisse em assinar seu anuário, o que escreveria? Que ele tem sido um oponente formidável também? Que tenha um ótimo verão, como uma principiante faria? Vou escrever, se é isso que ele quer. Qualquer coisa para tornar a situação menos embaraçosa, para restaurar o equilíbrio entre nós.

— Rowan. Tá tudo bem. Sério. — Ele se levanta e apalpa a calça curta demais. — Vejo você na formatura. Vou ser aquele cujo discurso vem depois do seu.

O uso do meu nome verdadeiro me surpreende, leva meu coração a bater em um ritmo estranho. *Rowan* soa delicado em sua voz. Incerto.

Acho que é uma das últimas vezes que vou ouvir isso dele.

Mensagens de texto entre Rowan Roth e Neil McNair
Fevereiro do primeiro ano

NÚMERO DESCONHECIDO

Este é o número de Neil McNair.

adoro projetos em grupo criados pra dar a mesma nota a duas pessoas, mesmo quando uma delas *nitidamente* faz maior parte do trabalho

NÚMERO DESCONHECIDO

Oi, Rowan.

só me encontra na biblioteca depois da escola pra gente acabar logo com isso

NÚMERO DESCONHECIDO

Perto da seção de literatura imensamente baixa com homens sem camisa nas capas, ou mais perto dos livros de verdade?

Contato salvo como McNerd.

11h14

O NAAN DE ALHO melhora meu ânimo como só um pão é capaz de fazer.

— Tem certeza de que tá tudo bem? — pergunta Mara pela décima vez.

Assinto, mergulhando um pedaço de naan no chutney de tamarindo. Pelo jeito não acredita em mim porque continua:

— Hoje devia ser um dia empolgante. Vamos focar nos pontos positivos. Estamos nos formando, o Uivo vai começar em breve...

— E essa samosa existe — termina Kirby, segurando uma. — Vou pegar mais.

Mas os olhos azul-claros de Mara não desgrudam dos meus. Ela estende a mão sobre a mesa, roçando meu pulso com a ponta dos dedos.

— Rowan...

— Acho que estou tendo dificuldade em aceitar que tudo chegou ao fim .

— Ainda temos um verão inteiro pela frente. Não acabou, *de verdade*. E ficar com o segundo lugar no meio de quinhentos alunos é um feito incrível.

Não sei como explicar. Não é por causa do primeiro lugar ou pelo fato de que, como segunda melhor, vou ter que apresentar McNair como parte do meu discurso de abertura. É por tudo que o primeiro da turma representa, uma confusão de coisas que não sei se estou pronta para expressar em voz alta. Mesmo na minha cabeça, não parece real. O que McNair disse sobre aparecer na escola na segunda... Isso calou fundo em algum lugar dentro de mim. Nada de segundas-feiras na escola. Nada de assembleias nem reuniões do conselho estudantil. Nada de alarmes às 5h55 nem mensagens de McNerd me despertando ainda mais cedo. E não é que eu vá sentir falta especificamente das mensagens matinais, é só que elas faziam parte do pacote da minha experiência completa de ensino médio.

A questão principal é a seguinte: toda vez que eu imaginava o dia de hoje, me sentia muito melhor do que agora.

Kirby volta para a mesa com samosas e uma bem-vinda mudança de assunto.

— Não acredito que finalmente vamos jogar o Uivo.

— Ah, estou pronta pra isso há anos — comenta Mara com um sorriso malicioso.

Tira uma foto do prato de comida artisticamente arrumado de Kirby.

— Vamos ter a chance de ver a Mara Competitiva? — pergunta Kirby, e Mara revira os olhos. — Ela me apavora, mas eu amo.

Embora eu seja competitiva em termos acadêmicos, Mara é implacável quando se trata de esportes e jogos. Como ela é toda meiga e pequenininha, essa característica é bem inesperada. No ano passado, jogamos uma rodada de Ticket to Ride que durou três horas e deixou Kirby à beira das lágrimas.

— Só quero ver o McNair perder. De preferência antes de mim — digo, surpresa com quanto a ideia me anima.

Tomo um gole de lassi de manga. Parece mais doce do que há alguns minutos.

Uma ideia começa a tomar forma. Ainda temos o Uivo, o que significa que ainda existe um jeito de vencer McNair. É mais uma batalha entre nós dois, e, certo, o restante da escola, mas se os últimos quatro anos serviram de indicação, eles nunca tiveram chance. Simplesmente sobreviver mais tempo do que McNair não vai ser suficiente.

— Eu vou sentir muita falta de odiá-lo ano que vem — digo enquanto minhas engrenagens mentais pegam no tranco.

Ao derrotar McNair, vou ter realizado um objetivo do Guia para o Sucesso, sem dúvida o maior e mais grandioso. Um dez perfeito.

Kirby e Mara trocam um olhar.

— Vocês não mandam mensagens de "bom dia" um pro outro todo dia? — pergunta Mara, hesitante.

— Desejamos um ao outro um dia de merda — explico, porque imagino que seja fácil até para minhas amigas mais próximas interpretar errado a relação que tenho (tive?) com meu rival. — É diferente.

— Vai sentir falta do McNair dizendo pra você ter um dia de merda? — retruca Kirby, e balança a cabeça. — Esses héteros, fala sério. — Ela coloca uma mecha de cabelo de volta na trança em forma de coroa. — Quando formos todas eliminadas hoje à noite, a gente devia fazer uma festinha do pijama. Tem um tempão que não fazemos.

— Com certeza — concorda Mara.

Costumávamos fazer uma festa do pijama em todo último dia de aula. Na verdade, houve um tempo em que dormíamos na casa de uma das três, uma vez por mês, antes de nos rendermos ao estresse do último ano.

— Eu... hum...

Tropeço nas palavras. Hoje à noite tem a sessão de autógrafos de Delilah.

Posso ir à sessão de autógrafos e ainda derrotar McNair, mas, se o Uivo não tiver terminado até lá, vou ter que escapar de fininho. Embora não esteja com medo de encontrar qualquer um dos meus concorrentes por lá, não sei se consigo explicar sobre o evento para Kirby e Mara. Não posso dizer como estou doida para ver o carimbo de assinatura de Delilah. É feito de um molde dos lábios dela pressionado em tinta vermelha para parecer que ela beijou todos os livros.

A fantasia: minhas amigas amam os livros de Delilah Park tanto quanto eu.

A realidade: minhas amigas acham que meus livros favoritos são um lixo.

Uma vez, no shopping, passamos por uma livraria com livros de romance na vitrine, e Mara fez piada. A maneira como os menosprezou com um único som me deixou envergonhada por ter lido tantos dos exemplares em exibição. Em outra ocasião, Kirby notou alguns na minha estante. Menti e disse que eram da minha mãe. Ela começou a retirá-los um por um, rindo dos títulos. Meu rosto queimava, e eu não sabia como pedir que ela parasse.

Era uma vez um cara: esse me distraiu na sala de espera do hospital no primeiro ano quando meu pai precisou de uma cirurgia de urgência para remover o apêndice.

Sorte no desejo: esse me fez perceber que as mulheres podem dar o primeiro passo em um relacionamento.

O segredo sujo do duque: bom, esse só me deixou *feliz*.

— Vamos ver como o Uivo se desenrola? — concluo.

O sininho na porta do restaurante soa, e dou uma olhada por instinto, sem esperar ver os três amigos mais próximos de McNair: Adrian Quinlan, Sean Yee e Cyrus Grant-Hayes, presidentes do clube de xadrez, do clube de robótica e da Sociedade pela Valorização dos Animes, respectivamente. McNair não está com eles, o que desperta um alarme na minha mente na hora.

Eu costumava ir para escola com esses caras, penso, porque, depois de hoje, vai ser verdade. Seattle vai estar cheia de "coisas que eu costumava fazer".

— Vou pegar mais comida — digo, empurrando a cadeira e entrando na fila do bufê atrás deles.

— E aí, Rowan? — cumprimenta Adrian, colocando arroz basmati no prato.

— Oi, Adrian. Cadê o McNair? — pergunto do modo mais casual que consigo.

Individualmente, os amigos dele são seres humanos decentes. Como grupo, ajudaram McNair na nossa guerra em várias ocasiões. Teve a vez em que ele enfiou os três no conselho estudantil para a votação pender para seu lado e, assim que ganhou, os três saíram do conselho na hora. Depois teve a vez em que se uniram para bagunçar a curva de desempenho em uma prova de cálculo. Mas, na maioria das vezes, apenas balançam a cabeça e sorriem, como se fôssemos um espetáculo no qual não se empenham muito, mas que os entretém o suficiente para continuarem assistindo.

Cyrus pega um pouco do *saag* de queijo *paneer*.

— Já tá com saudade da sua cara-metade?

A pergunta me derruba. *Cara-metade.* Sempre odiei ser emparelhada com McNair, mas tem algo na maneira como Cyrus faz o comentário que me faz odiar menos. Quase como se não fosse necessariamente uma coisa ruim.

— Saudade? Só quero ter certeza de que ele tá preparado pro Uivo. Não estou com saudade. Faz só umas horas que vi o garoto — digo, forçando uma risada diante da sugestão ridícula de Cyrus. — E devo ver de novo daqui a uma hora. Com certeza não estou com saudade.

— Relaxa. Ele não tá aqui. Rolou uma emergência, e ele teve que buscar a irmã na escola — explica Adrian.

— Ah. — *Uma emergência?* — Tá tudo bem?

Deveria ter ficado quieta e assinado o anuário dele. Trocamos muitas alfinetadas ao longo dos anos e, no entanto, só agora consegui magoá-lo com uma única palavra. Aquela versão de McNair no corredor parecia estranhamente vulnerável, um termo que nunca associei a ele, afinal ele nunca tinha demonstrado qualquer vulnerabilidade. Nenhuma rachadura na armadura.

Sean dá de ombros, adicionando algumas samosas ao prato.

— Ele não falou muita coisa. Não é… de abrir o jogo sobre a vida pessoal.

— Pensando bem, nem me lembro da última vez que fui na casa dele — comenta Cyrus.

Adrian lança um olhar penetrante para ele que não consigo interpretar.

— Ele não é muito de receber gente em casa.

Faço um balanço do que sei sobre a vida pessoal de McNair. Ele deve morar perto da Westview, mas não sei onde. Pelo jeito, ele tem uma irmã, mas, até Adrian dizer, eu teria imaginado que era filho único como eu, porque nunca mencionou irmãos. *Não é de abrir o jogo sobre a vida pessoal.* O que poderia ser tão *pessoal* a ponto de não querer dividir com os amigos?

Mesmo diante dessa emergência, é impossível imaginar McNair interpretando qualquer outro papel que não o de Rival com R maiúsculo.

— Mas ele ainda vai participar do jogo, certo? — pergunto.

— Ah, vai. — Sean tira o cabelo preto dos olhos com um peteleco. Está deixando a franja crescer de um jeito que sempre achei fofo. O cabelo de McNair nunca alcançaria esse tipo de estilo sem esforço. — Ele disse que não perderia por nada.

A informação me ajuda a relaxar. A emergência não deve ter sido tão séria. Não vou deixar que isso me distraia do meu novo objetivo, aquele que me enche de uma familiar onda de autoconfiança.

Vou destruir McNair uma última vez.

Talvez depois eu me sinta eu mesma de novo.

UIVO: Regras oficiais
Propriedade do Terceiro Ano da Escola de Ensino Médio Westview

**ULTRASSECRETO
NÃO COMPARTILHE.
NÃO FAÇA CÓPIAS.
NÃO DEIXE ABERTO SEM SUPERVISÃO
NO COMPUTADOR ENQUANTO COMPRA
UM PRETZEL DE QUEIJO NA LOJINHA DOS ALUNOS,
MESMO QUE TENHA "QUASE CERTEZA ABSOLUTA"
DE QUE SALVOU O DOCUMENTO.
(ISSO É PRA VOCÊ, JEFF.)**

O UIVO é uma caça ao tesouro que abrange a cidade inteira, mas tem um diferencial: você está sendo caçado por seus colegas de classe.

OBJETIVOS
1. Desvendar e fotografar as quinze pistas da caça ao tesouro espalhadas pela cidade.
2. Enviar para a turma do terceiro ano para verificação.
3. Não morrer.

No início do jogo, você receberá o nome do seu primeiro alvo. Você só pode eliminá-lo ao remover a braçadeira azul dele. Depois, assumirá o alvo dele.

Qualquer pessoa que usar armas reais será imediatamente desqualificada e denunciada à polícia.

O vencedor será quem chegar primeiro ao ginásio da Westview com todas as quinze pistas desvendadas.

PRÊMIO: CINCO MIL DÓLARES
BOA SORTE... VOCÊ VAI PRECISAR.

11h52

QUANDO CHEGAMOS ao campo de futebol, quase toda a turma de veteranos já está lá. Kirby e Mara vão em direção aos seus amigos de dança para tirar selfies e trocar anuários. Está finalmente começando a esquentar, então tiro o cardigã e o guardo na mochila. Eu me sinto muito melhor agora que tenho um plano. Destruir McNair. Recuperar a autoconfiança. Conhecer Delilah e esperar que ela me adore.

Conforme seus amigos me garantiram, McNair está aqui, perto das arquibancadas vasculhando a mochila. O sol batendo no seu cabelo flamejante quase representa um risco de dano ocular. Se eu olhar direto, minhas córneas vão fritar. Eclipse total de McNair. Coloco a mão na testa e forço meu olhar mais para baixo. Ele está vestindo uma camiseta preta com uma frase escrita em latim, e sua calça jeans escura tem um buraco em um joelho. Mais abaixo, tênis Adidas surrados, com cadarços desgastados e se desfazendo nas pontas. Eu me pergunto se ele tem um cachorro. Pela primeira vez na vida, McNair parece um adolescente, não um advogado tributarista nem um vice-diretor de escola.

A camiseta é o verdadeiro mistério. Em geral, ele usa suéteres, camisas de botão, o ocasional cardigã de vovô com cotoveleiras. Imagino que este seja o uniforme de verão; só compartilhamos o mesmo ambiente nos nove meses sombrios em que a escola está em funcionamento. As sardas de cima a baixo nos seus braços pálidos desaparecem sob as mangas, e acho que ele tem *bíceps*. Na aula de ginástica do segundo ano, ele era uma coisinha magricela, com uns gravetos se projetando da camiseta de educação física quadradona da Westview que não caía bem em ninguém. Mas esta camiseta... definitivamente cai bem nele.

— Você tá bem, Artoo?

Fico paralisada. Ele está virado para mim, as sobrancelhas arqueadas e um meio-sorriso nos lábios.

— O quê?

— Tá semicerrando os olhos de um jeito esquisito — diz ele.

Não tenho certeza do que está insinuando, mas eu não estava reparando nele. McNair apenas estava na minha linha de visão e parecia meio diferente. Era natural que meu olhar se demorasse.

Forçando uma postura mais ereta, aponto para sua camiseta e calça jeans.

— Roupas casuais? O robô que controla seu corpo ficou superaquecido no terno?

— Que nada. A gente já dominou a regulação de temperatura. Não vale a pena ter um robô sem essa habilidade hoje em dia.

— E eu aqui ansiosa pra ver você correr por Seattle sob vários metros de poliéster.

É um alívio duelar assim depois do desastre do anuário.

Ele cruza os braços sobre o peito como se estivesse constrangido por mostrar tanto do próprio corpo. Isso faz com que seus braços pareçam ainda mais musculosos. Meu Deus, será que ele faz musculação? De que outro jeito alcançaria este nível de definição?

— Não me insulte. Aquele terno é composto de uma mistura de algodão e lã.

Chegamos perto o suficiente para eu ler a frase em latim no seu peito: QUIDQUID LATINE DICTUM, ALTUM VIDETUR. Ele deve estar doido para que alguém pergunte o que significa. Já eu vou pesquisar no Google mais tarde.

Ele fecha a mochila e a joga sobre um ombro. Tem um bóton de uma cesta de corgis e as palavras FILHOTES GRÁTIS! Também não faço ideia do que significa, mas tenho noventa e oito por cento de certeza de que ele não está administrando um canil clandestino.

— Tá tudo...? — digo e aceno para sugerir a palavra "bem", na dúvida se terminar a frase indicaria algum tipo de proximidade que nunca tivemos.

— Curvilíneo? — pergunta McNair. Ele bate com os dedos no queixo. — Torcido? Minhas habilidades pra adivinhar charadas estão um pouco enferrujadas. Quantas sílabas tem?

— Não, eu... encontrei seus amigos no almoço. Eles disseram que você teve uma emergência.

Os lóbulos das suas orelhas ficam vermelhos.

— Ah. Não. Quero dizer, sim, mas tá tudo bem agora.

— Que bom — digo depressa. Se os amigos dele não sabem muito sobre sua vida pessoal, eu sei ainda menos. Sempre imaginei que McNair fazia a lição de casa de terno, jantava de terno, dormia de terno. Então acordava e fazia tudo de novo. Esta camiseta e a revelação de seus braços abriram lacunas nas minhas McTeorias. — Quero dizer, que não aconteceu nada sério. Estou feliz porque você ainda vai jogar. E que não vou precisar me sentir mal quando te derrotar.

— Mesmo assim você não vai se dignar a assinar meu anuário? — pergunta ele erguendo as sobrancelhas, como se soubesse exatamente como me sinto péssima por causa de minha atitude.

Agora é minha vez de corar. Se minha franja fosse mais comprida, eu me esconderia atrás dela.

— Eu não estava... quis dizer...

Ele levanta a mão para indicar que está tudo bem, embora sua observação me deixe incomodada.

— Vou encontrar o resto do Quad.

McNair e os amigos chamam a si mesmos de Quadrilátero, abreviado como Quad, e, sim, é a coisa mais nerd que já ouvi. O que torna o que eles disseram sobre a vida pessoal de McNair ainda mais estranho. Quase como se o Quad fosse mais um triângulo com um apêndice pendurado. Também vão se separar no ano que vem: Neil vai para a Universidade de Nova York, Adrian vai para uma das Universidades da Califórnia, Cyrus vai para a Western e Sean, para a Universidade de Washington.

Kirby e Mara se aproximam de mim. Mara franze a testa ao olhar para o celular.

— São 12h02. Estamos mesmo no lugar certo?

— É improvável que todos os trezentos alunos aqui tenham entendido errado — responde Kirby.

Mais alguns minutos se passam e uma tensão pulsa pela multidão. Não posso deixar de me perguntar se um dos alunos do terceiro ano cometeu um erro. O jogo muda a cada edição; o terceiro ano passa a maior parte do último trimestre planejando tudo no conselho estudantil. Apesar de todas as brigas nos bastidores, McNair e eu executamos um Uivo impecável no ano passado. Nossas pistas, quando conectadas no mapa, formavam o contorno de um lobo.

— Estava escrito meio-dia em ponto — grita Justin Banks.

— Eles se esqueceram da gente? — pergunta Iris Zhou.

A alguns metros de distância, os olhos de McNair se fixam nos meus em uma pergunta silenciosa: *Será que a gente deve fazer alguma coisa?* Não sei. Não somos mais presidentes, mas estamos acostumados a assumir a liderança....

— Que palhaçada. Estou fora — diz Justin.

Assim que ele ameaça deixar o campo, quase trezentos celulares vibram e apitam ao mesmo tempo. Uma mensagem de texto de um número desconhecido.

> BEM-VINDOS, LOBOS VETERANOS

> Já estão surpresos? Estamos só começando. Apenas os primeiros cinquenta jogadores que chegarem ao local secreto permanecerão no jogo.

> Resolvam o seguinte enigma:

> 2001

> 1968

> 70

> 2,5

— 2001, 2001... — começa Kirby. — Isso foi antes de a gente nascer. O que estava acontecendo em 2001? Além de algumas escolhas de moda bastante questionáveis?

Pesquisar no Google não é proibido, mas as pistas sempre são difíceis de serem desvendadas on-line.

— Ah! — exclama Mara. — Será que é uma referência àquele filme antigo? *2001: Uma odisseia no espaço?*

— Fala um pouco mais alto — reclama Kirby.

— Desculpa. Me empolguei.

Decidimos ir para meu carro, uma vez que sou a única de nós que vai dirigindo para a escola. Kirby e Mara moram perto, então vão a pé. O restante dos veteranos parece ter a mesma ideia. A maioria das pessoas se divide em grupos, algumas correndo para o estacionamento e outras para o ponto de ônibus.

— Acho que Mara tá certa sobre o filme — digo, nossos calçados crepitam no concreto e desejo que o navegador funcione mais rápido. — Assisti uma vez com meu pai. Ou melhor, ele assistiu e eu dormi. E... foi lançado em 1968!

— Tem que haver alguma ligação com Seattle — aponta Kirby. — Talvez tenha sido filmado aqui... Não, a Wikipédia diz que foi na Inglaterra.

— Você assiste às matérias avançadas há três anos e ainda usa a Wikipédia? — pergunta Mara, com uma expressão horrorizada.

Antes que Kirby possa se defender, chegamos ao meu Accord e seu para-choque dianteiro destroçado.

— Rowan! Ah, meu Deus, coitado do seu carrinho — diz Mara.

— Ainda funciona. Entrem — peço, um pouco encabulada.

— Se for relacionado ao filme, talvez "70" esteja se referindo a filmes de setenta milímetros — sugere Mara, entrando no banco de trás depois que Kirby ocupa o da frente. — Será que Seattle tem cinemas que ainda usam setenta milímetros?

— Eu chutaria o Cinerama — digo. É um dos cinemas mais antigos da cidade. Faço mais algumas pesquisas frenéticas. — Um segundo... Pronto! — Viro o celular para minhas amigas, cheia da adrenalina de saber que tenho a resposta correta para um problema. — O Cinerama exibiu o filme em setenta milímetros durante dois anos e meio.

— Partiu Cinerama! — diz Kirby, batendo no painel.

Enquanto nos deslocamos em direção ao centro da cidade, Kirby navega pelas minhas playlists, ignorando descaradamente a regra implícita de que quem dirige escolhe a música.

— Eu sabia que o Uivo consertaria as coisas. Você já tá visivelmente mais animada — aponta Mara, então inclina a cabeça para a janela. — Mas seria pedir demais que Seattle nos desse mais de dez minutos de sol?

As nuvens se deslocaram mais uma vez, e o céu voltou a exibir um tom de cinza tranquilo.

— É como dizem — fala Kirby, sem tirar os olhos das playlists. — O verão de Seattle só começa depois do Quatro de Julho. Por que você tem Electric Light Orchestra aqui?

Tento pegar meu celular, mas ela o mantém fora de alcance.

— Porque "Don't Bring Me Down" é atemporal.

— Talvez a gente pegue até chuva no lago Chelan — comenta Mara.

Kirby congela, virando a cabeça para olhar para Mara.

— O que vai rolar no lago Chelan? — pergunto.

Saio da rodovia 99 North para a via Denny, e chego ao centro de Seattle no meio da agitação do almoço.

Uma pausa. Kirby se concentra em arrancar adesivos velhos de estacionamento da janela do carro.

— Merda — murmura Mara.

— A gente ia te contar. Os pais da Mara vão pro lago Chelan no Quatro de Julho e me convidaram pra ir com eles — explica Kirby.

— Eles convidaram você — digo, sentindo o estômago revirar. — Só você.

— É.

— Pra passar o fim de semana?

— Pra passar... é... duas semanas.

Duas semanas inteiras. Não que passássemos todos os dias de todos os verões juntas. A cada dois anos, a família de Kirby visita os parentes no Camboja, e duas vezes Mara foi para um acampamento de dança em Nova York. Mas este verão é o nosso último juntas, e achei que isso significasse alguma coisa.

Tinha planejado tudo na minha cabeça. Pé na areia das praias de Alki e Golden Gardens, nos desafiarmos a tocar a fonte no Seattle Center como se tivéssemos doze anos, hambúrguer de cogumelos no Plum Bistro, *petit gâteau* na Hot Cakes, rolinho de canela na Two Birds One Scone...

— Ainda podemos ir pro Bumbershoot juntas — sugere Mara, baixinho. Seguro o volante com mais força.

— Não posso ir pro Bumbershoot. Vou pra Boston no fim de agosto.

— Ah.

— Eu só... achei que a gente estivesse pensando na mesma coisa.

— A gente não chegou a conversar sobre isso — diz Kirby enquanto o tráfego avança devagar.

Abro a boca para insistir que conversamos, sim, mas não consigo lembrar. Tínhamos as provas das disciplinas avançadas, a preparação para a formatura e os exames finais, e agora estamos *aqui*, no último dia na iminência do último verão, e eu estou perdendo minhas melhores amigas muito mais cedo do que o previsto.

3. Sair com Kirby e Mara TODO FIM DE SEMANA!

— Uma vaga! — Mara quase grita, depois leva a mão à boca como se estivesse surpresa com a explosão. — Quero dizer, tem uma vaga boa pra estacionar. Ali.

Em silêncio, paro o carro.

Apesar de ter apenas uma tela enorme, o cinema ocupa quase um quarteirão inteiro, e figurinos de várias franquias de filmes estão em exibição no saguão. Mas minha coisa favorita no Cinerama sempre foi...

— Pipoca de chocolate — diz Mara, ainda tentando bancar a conciliadora. — Quer, Rowan?

Balanço a cabeça, recusando a pipoca acho que pela primeira vez na vida.

As meninas do terceiro ano do conselho estudantil Nisha Deshpande e Olivia Sweeney esperam na entrada da sala de cinema.

— Rowan, oi! — cumprimenta Nisha escrevendo meu nome na prancheta. — Estou muito feliz por você ter conseguido.

Fã-clube, diz Kirby sem emitir sons.

Estamos entre os dez primeiros a chegar. Com exceção de algumas conversas abafadas, a sala está quieta. No corredor, ocupamos três poltronas próximas umas das outras para que possamos sair mais fácil.

E então esperamos.

A maioria dos nossos colegas aparece em pequenos grupos, mas de vez em quando surge alguém sozinho, e eu me agacho na poltrona quando Spencer avança pelo corredor. Avisto o cabelo de McNair (um farol, como sempre), e uma mistura de alívio e orgulho corre pelas minhas veias. Ele conseguiu, mas eu cheguei primeiro.

É quase meio-dia e meia quando a última pessoa entra.

— O sortudo número cinquenta! — grita Brady Becker, e desce pelo corredor com a mão estendida.

Poucas pessoas esticam a mão para cumprimentá-lo.

Assim que ele ocupa uma poltrona da segunda fileira, a porta da sala se fecha com um assobio e todas as luzes se apagam.

12h26

O FILME COMEÇA. *Bem-vindo*, diz o entretítulo, letras brancas no fundo preto. *Você passou no primeiro teste.*

Os alunos do terceiro ano produziram um filme mudo, imagens estáticas em preto e branco intercaladas com diálogos escritos e uma música de jazz como trilha sonora. Elas encenam o jogo e demonstram tanto maneiras adequadas de eliminação quanto condutas antidesportivas, incluindo uma sequência de perseguição exagerada que termina com um jogador mergulhando no lago Green.

— Luzes! — ordena alguém quando o filme termina, mas a sala permanece às escuras. — *Luzes!* — repete a pessoa, com mais firmeza.

Enquanto meus olhos se reajustam à iluminação, um grupo do conselho estudantil sobe ao palco: a nova presidente, Logan Perez, e o vice-presidente, Matt Schreiber, além de Nisha e Olivia. Estão todos de camisetas azuis, embora Nisha e Olivia estejam sobrecarregadas com pranchetas, papéis e caixas cheias de braçadeiras. Fica óbvio que elas são os lacaios da operação.

— Parabéns, turma de 2020! — grita Logan, a voz tão imponente que nem precisa de um microfone. Ela já levou a Westview a vencer dois campeonatos de basquete e deve conseguir de novo no seu último ano, embora eu não vá estar por perto para ver. — Vocês estão oficialmente no Uivo.

Gritos explodem, e é impossível não se empolgar. No ano passado, eu mal podia esperar até chegar minha vez. Você não termina o ensino médio na Westview até jogar o Uivo. No momento, estou me agarrando a isso com toda a força.

— Até onde se sabe, *todo mundo* é seu inimigo — continua Logan, andando pelo palco. — Seu melhor amigo, seu namorado, sua namorada. Não acreditem em ninguém.

Mara e Kirby trocam um olhar preocupado e Matt pega o microfone.

— A estrutura básica do jogo é a mesma dos anos anteriores — afirma ele. — Antes de sair da sala, vocês vão receber uma braçadeira azul e uma folha de papel com o nome do seu alvo. Pra eliminar alguém, você tem que tirar a braçadeira da pessoa. Depois vão assumir o alvo dele, portanto *não percam sua folha de papel.* — Ele coloca a mão na orelha. — O que foi que eu falei?

— *Não percam sua folha de papel!* — ecoa a sala, e ele lança um joinha para a plateia.

— Também precisam nos enviar uma mensagem quando fizerem uma eliminação pra que possamos ir acompanhando — acrescenta Logan. — Todos vocês têm o número, é o que mandou a primeira mensagem mais cedo.

— Mas, Logan, como é que se ganha o jogo? — pergunta Matt.

— Ótima pergunta, Matt. Vocês vão receber todas as quinze pistas da caça ao tesouro assim que saírem da sala. Vão precisar de evidências fotográficas pra cada uma. Algumas podem se referir a pontos turísticos ou de referência muito específicos, ao passo que outras são mais gerais. Vocês podem chegar a elas em qualquer ordem, mas lembrem-se de que pode haver muitas outras pessoas nesses pontos específicos, pessoas que podem estar caçando vocês. Vocês vão enviar as fotos pra gente e a gente vai verificar. Embora possam compartilhar fotos com seus amigos a seu critério, a gente vai submetê-las a uma pesquisa por imagem na internet pra garantir que ninguém está trapaceando.

"Pra vencer, é preciso ser a primeira pessoa a chegar ao ginásio da Westview com todas as quinze pistas desvendadas. O jogo termina uma hora antes da formatura, no domingo, se não tivermos um vencedor até lá."

— Então você tá dizendo que o jogo vai rolar noite adentro? E amanhã ao longo do dia também? — pergunta Matt.

Logan assente.

— Isso! E todos vocês arrecadaram muito dinheiro este ano, então preparamos um jogo bastante emocionante. — Ele faz uma pausa para efeito dramático, então abre um sorriso. — O prêmio é cinco mil dólares.

Um assobio baixo percorre a multidão. Cinco mil dólares. É mais que o dobro do nosso prêmio do ano passado. Cobriria o que minhas bolsas não cobriram da primeira anuidade na universidade.

Eu poderia comprar tantos livros...

— Ok, ok — diz Logan, erguendo a mão para retomar o controle. — Devemos falar sobre as zonas seguras, Matt?

— Vamos falar sobre as zonas seguras, Logan!

Admiro o jeito que coreografaram a cena toda, como trabalham bem juntos. Sempre foram amigos, parceiros em projetos de liderança e, como ficou demonstrado pela avalanche de votos que receberam, são queridos por todos os alunos. É provável que seja um conselho estudantil muito mais amistoso.

— Ao longo do dia, vocês vão receber mensagens de texto com instruções pra se reunirem em certas zonas seguras, e aparecer nessas zonas seguras é *obrigatório*. A gente quer ter certeza de que vocês não estão só se escondendo em um lugar qualquer por aí e de que tenham a oportunidade de descansar e passar um tempo com os amigos. Vocês podem ficar na zona segura se forem eliminados também. É seu último dia! A última vez que vão ver todo mundo! Queremos que se divirtam juntos...

— ... quando não estiverem tentando eliminar uns aos outros — completa Matt. — Alguma pergunta?

Uma mão sardenta dispara no ar.

— Devemos presumir que temos limitações geográficas? — pergunta McNair do seu jeito formal demais.

Logan aponta para ele.

— Sim. Boa pergunta. Não mais ao norte que a rua 85, não mais ao sul que a Yesler, não mais a leste que o lago Washington, e não mais a oeste que Puget Sound.

Eles respondem a mais algumas perguntas: "O que acontece se você perder sua braçadeira? (não faça isso); "Pode enviar duas fotos?" (não: uma pista, um ponto de referência). Mensagens de texto vão nos manter atualizados sobre a classificação dos jogadores.

— Não vamos tomar mais do seu tempo — anuncia Logan. — Nisha tem as braçadeiras e Olivia está com os alvos. Certifiquem-se de apanhar um de cada. A bandana que vai servir de braçadeira deve ser amarrada apenas uma vez, sem dar um nó. E, óbvio, não deixem ninguém ver o nome que receberam. Sabemos que alguns de vocês vão decidir trabalhar em parceria na caça ao tesouro, mas tomem cuidado. Nunca se sabe se alguém vai sacrificar a amizade em troca de uma grana daquelas.

Foi o que aconteceu no ano passado: dois melhores amigos trabalharam juntos durante toda a caça ao tesouro e, no final, um eliminou o outro, que havia sido seu alvo.

— Vocês têm cinco minutos até terem um alvo nas costas. O mesmo vale pra quando saírem das zonas seguras: cinco minutos de segurança antes que seus inimigos estejam livres para caçá-los — explica Logan.

— Boa sorte, Lobos! — saúda Matt, e a sala explode em um uivo alto e ansioso, então nos levantamos e corremos para as portas.

No saguão, Nisha amarra a bandana azul em volta do meu braço.

— Boa sorte — sussurra ela enquanto pego meu papel com Olivia.

Meu estômago dá um nó quando leio quem é meu primeiro alvo: *Spencer Sugiyama.*

Fora do cinema, todos se separam e vão em direções diferentes; alguns em grupos, outros sozinhos. A lista de pistas é desafiadora. Algumas são óbvias, mas estou na dúvida em pelo menos duas.

Kirby, Mara e eu ficamos na entrada do Cinerama da rua Lenora. Agora que estamos sozinhas de novo, a conversa que rolou no carro é quase uma barreira física entre nós.

— Os cinco minutos estão quase acabando — digo, olhando para o celular, depois o coloco de volta no bolso do vestido.

— Certo. — Kirby bate na calçada com a ponta da sandália. — E qualquer uma de nós pode ter a outra como alvo.

Faço um cálculo mental rápido.

— Há uma chance de dois por cento.

— Sem matemática. Acabaram as aulas — diz Kirby com um gemido.

— Eu contaria se tivesse tirado vocês.

— Sério? Porque eu não contaria — retruca Mara, e coloca uma mecha de cabelo loiro atrás da orelha, sorrindo inocentemente.

— Ai, meu Deus, não confio em nenhuma de vocês! — declara Kirby quando também não compartilho meu alvo.

Há uma formalidade que nunca tinha permeado nossas interações. Ajeito a franja, meu eterno tique nervoso. A rua está movimentada com os tipos corporativos do centro voltando para os escritórios depois do almoço.

Meu telefone vibra.

— Os cinco minutos já eram — aviso baixinho, sem saber para onde ir. Tanto no sentido literal quanto no figurado. — Acho que a gente devia se separar até se encontrar na primeira zona segura.

Não pensei que nos tornaríamos inimigas de Uivo tão rápido, mas preciso de um tempo sozinha para descobrir como me sinto em relação a tudo isso.

Mara assente, e sua boca ameaça formar um sorriso diabólico. Modo competitivo acionado.

— Se vocês sobreviverem até lá — diz ela.

As duas já pediram desculpas. Não deveriam se sentir mal por quererem passar as férias juntas. O problema é não terem me contado. Vão ter o ano inteiro para ficar juntas, enquanto meus dias com elas estão, literalmente, contados no calendário do meu quarto, com a data de quando vou me mudar para Boston no fim de agosto circulada em vermelho.

— Boa sorte — deseja Kirby.

Mara fica na ponta dos pés para beijá-la, e elas apertam as mãos uma da outra, um pequeno gesto que comunica uma coisa: *você é amada*.

— Vejo vocês na zona segura — anuncio.

Então respiro fundo, aperto minha braçadeira e começo a correr.

AS PISTAS DO UIVO

- *Um lugar onde se pode comprar o primeiro álbum do Nirvana*
- *Um lugar que é vermelho do teto ao chão*
- *Um lugar onde se pode encontrar Chiroptera*
- *Uma faixa de pedestres das cores do arco-íris*
- *O sorvete certo para o Pé-Grande*
- *O grandalhão no centro do universo*
- *Algo local, orgânico e sustentável*
- *Um disquete*
- *Um copo descartável de café com o nome de outra pessoa (ou seu próprio nome com erros ortográficos muito loucos)*
- *Um carro multado por estacionamento irregular*
- *Uma vista lá do alto*
- *A melhor pizza da cidade (à sua escolha)*
- *Um turista fazendo algo que um morador teria vergonha de fazer*
- *Um guarda-chuva (todos sabemos que os moradores raiz de Seattle não usam)*
- *Uma homenagem ao misterioso Sr. Cooper*

12h57

ALGUNS MINUTOS depois, paro de correr. Seattle tem muita ladeira.

Não que eu não goste de exercícios. É só que não pega bem ler livros em um campo de futebol... que era o que eu fazia quando tinha onze anos e meus pais me colocaram em um time chamado Geoducks. Eu enfiava um livro de bolso na cintura e, quando a bola estava do outro lado do campo, eu o pegava para ler. Sempre guardava antes que o outro time viesse na nossa direção, mas nem preciso dizer que foi minha primeira e última temporada no futebol.

Verifico as pistas de novo para avaliar o que está ao redor. Se for à cafeteria do outro lado da rua, vou poder pegar um copo com o nome de outra pessoa e traçar uma estratégia. A maioria dos veteranos deve ter se aventurado bem mais longe, então acho que estou segura aqui.

Na cafeteria, está tocando música *folk* com vocais femininos suaves, e sinto o cheiro de chocolate e café em grãos. A imagem que tenho de um escritor de verdade é de alguém que frequenta cafeterias, usa suéteres grossos e diz coisas do tipo: "Não posso; estou com um prazo apertado." A maior parte da minha escrita acontece tarde da noite, sentada na cama com o notebook aquecendo minhas coxas.

— Riley — digo ao barista quando peço o segundo latte do dia.

Depois de pegá-lo, escolho uma mesa e, em vez de reler as pistas do Uivo, entro no Twitter de Delilah.

Delilah Park @delilahdeveriaestarescrevevendo
Estou chegando, Seattle! E como assim não tá chovendo? Me sinto traída.
#TourEscândaloAoPôrDoSol

Já ensaiei centenas de vezes como dizer o que os romances dela significam para mim, mas mesmo assim estou com medo de enrolar a língua na hora. Encontrei meu primeiro romance comercial, um livro de Nora Roberts, em um bazar de garagem quando eu tinha dez anos, um pouco nova demais para entender o que estava acontecendo em algumas das cenas. Depois de ler tudo o que a bibliotecária da escola recomendou, eu queria algo um pouco mais adulto. E aquele livro... definitivamente era.

Meus pais fizeram minha vontade e me deixaram comprar o exemplar. Acharam engraçado e me encorajaram a fazer perguntas caso eu tivesse alguma dúvida. Eu tinha muitas perguntas, mas não sabia por onde começar. Ao longo dos anos, os romances comerciais tornaram-se não apenas escapistas, como empoderadores. Principalmente quando fiquei mais velha, sentia o coração disparar durante as cenas de sexo, a maioria das quais lia na cama com a porta trancada, depois de dar boa-noite aos meus pais e de ter certeza de que não seria interrompida. Eram emocionantes e educativas, embora ocasionalmente nada realistas. (Um cara consegue mesmo ter cinco orgasmos em uma única noite? Ainda não tenho certeza.) Nem todos tinham cenas de sexo, mas me deixaram à vontade para falar de sexo, consentimento e controle de natalidade com meus pais e amigos. Esperava que me dessem confiança para lidar com meus namorados também, mas Spencer e eu tínhamos problemas visíveis de comunicação, e, com Luke, tudo era tão novo que eu não sabia como explicar o que eu queria.

Mas então meus pais começaram a fazer perguntas como: "Você ainda está lendo essas coisas?" e "Não prefere algo com um pouco mais de conteúdo?". A maioria dos filmes e programas a que eu assistia com minhas amigas me mostrava que as mulheres eram objetos sexuais, acessórios e causas para uma virada na trama. Os livros que eu lia provavam que eles estavam errados.

Era reconfortante saber que todos os livros terminariam com um final bem amarrado. Mais do que isso, os personagens entravam no meu coração. Eu me apegava às histórias, lia todos os volumes das séries para acompanhar os flertes, as brigas e os amores. Quase desmaiava quando acabavam em um hotel com apenas um quarto, que, óbvio, tinha apenas uma cama. Aprendi a amar o amor em todas as suas formas, e o queria desesperadamente para mim mesma: escrever sobre ele, *vivenciá-lo*.

Estou cansada de amar romances comerciais sozinha. É por esse motivo que quero, *preciso*, conhecer Delilah hoje à noite. Existem outras pessoas que leem e amam esses livros tanto quanto eu, e tenho que vê-las com meus próprios olhos para acreditar. Talvez um pouco da confiança delas passe para mim.

— Tá se escondendo aqui? — pergunta alguém, interrompendo meus pensamentos.

Spencer Sugiyama está em pé à minha frente, café na mão. *Spensur*, diz no copo.

— Jesus Cristo. Você quase me matou de susto.

— Desculpe. — Ele olha para a cadeira sobrando perto de mim. — Posso? — pergunta, mas não espera uma resposta para se sentar. Até McNair teria esperado, tenho certeza. — Estou feliz de te ver, sério. Ando pensado muito e... não quero que as coisas terminem mal.

— Tá tudo bem. — O pedaço de papel com seu nome parece arder em brasa no bolso do meu vestido. A braçadeira dele está bem ali. Eu poderia me esticar por cima da mesa e puxá-la. — De verdade.

Mas uma pequena parte de mim da qual não me orgulho muito quer ouvir o que ele tem a dizer primeiro. Quero saber por que meu relacionamento mais duradouro do ensino médio foi um fracasso, me transformou em alguém de quem eu não gostava, alguém incapaz de realizar *qualquer* objetivo do meu Guia para o Sucesso.

— Não. Não tá. Eu preciso dizer uma coisa — retruca ele, então faz uma cara de dor, e vislumbro a vulnerabilidade que, no começo, foi o que deve ter me atraído.

Tem uma coisa que sempre mexe comigo nos livros: quando o interesse amoroso revela um passado trágico, ou que a razão pela qual o cara nunca está em casa nas noites de sexta-feira não é porque está traindo — e sim porque está jogando cartas com a avó doente. Quando alguém exibe esse tipo de delicadeza, quero que a pessoa se abra, e quero que seja para mim.

Se minha vida fosse um livro de romance, Spencer confessaria que não consegue parar de pensar em mim desde que terminamos. Que foi a pior decisão de sua vida e que ele foi lançado em um mar de arrependimento sem colete salva-vidas. De alguma forma, sinto que não é o que está prestes a acontecer. Spencer não é tão eloquente.

— Então diz — encorajo.

Ele toma um gole de café, depois limpa a boca com as costas da mão.

— Você se lembra do nosso primeiro encontro?

A pergunta me derruba.

— Lembro — digo baixinho, meu coração me trai, porque é óbvio que me lembro.

A gente vinha flertando na aula de estudos políticos avançados havia meses, a ponto de os protagonistas dos livros que eu lia começarem a ter o rosto dele. Como a maioria dos relacionamentos contemporâneos, começou nas redes sociais. *Seus guias de estudo codificados por cores são tão fofos*, escreveu ele em uma mensagem, e respondi: *Igual a você.* Era mais fácil ser corajosa quando não estava vendo o rosto dele.

Então Spencer perguntou se eu estava livre no sábado. Era outubro, então fomos a uma plantação de abóboras, nos perdemos em um milharal e bebemos chocolate quente na mesma xícara. Depois de jantar em um restaurante tão chique que tinha um código de vestimenta, demos uns amassos no carro dele. Eu me sentia inebriada pelo cara, inebriada pelo jeito que passava as mãos pelo meu corpo e beijava a ponta do meu nariz. Era mais do que o "Meu Deus, um garoto gosta de mim" dos meus relacionamentos anteriores. Parecia sério. Adulto. Como algo saído de um dos meus livros.

Sentia que ele poderia me amar.

Meu rosto deve ter começado a corar, porque de repente estou toda quente.

Fica evidente que a lembrança não desperta a mesma reação nele. Spencer permanece calmo, controlado.

— Tá. Você se lembra do segundo encontro? Do terceiro? Do sétimo?

— Tipo, não, mas não entendi onde você tá querendo chegar.

— Exatamente. Acho que você queria que o relacionamento inteiro fosse igual ao primeiro encontro.

— Que ridículo — protesto, mas ele ergue um dedo para indicar que não terminou.

Recosto no assento, totalmente ciente de que poderia pegar a bandana e silenciá-lo em um piscar de olhos.

— Dava pra notar que você ficava decepcionada quando a gente só saía e fazia o dever de casa ou assistia a um filme. Eu sentia uma expectativa estranha vinda de você. Como se eu nunca estivesse à altura dos caras dos seus livros.

De todos os arrependimentos que tenho sobre Spencer, eu ter compartilhado com ele minhas preferências de leitura está no topo da lista. Ele aceitou melhor que a maioria das pessoas, mas, pensando agora, talvez fosse só porque queria transar comigo.

— Eu não ficava decepcionada — digo, mas não tenho certeza se confio na minha memória. — Parecia que você simplesmente... tinha parado de se importar.

Era mais do que isso, na verdade. Era o fato de eu querer ficar de mãos dadas em público e Spencer guardar as dele nos bolsos. O fato de eu querer apoiar a cabeça no seu ombro no cinema, e ele balançar o ombro até eu sair. Eu tentava me aproximar, mas ele sempre me afastava.

Também planejei encontros românticos: patinação no gelo, um piquenique, um passeio de barco. Na maior parte do tempo, ele passava tanto tempo olhando para o celular que eu me perguntava se eu era tão desinteressante assim.

— Talvez — admite ele. — Acho que começou a parecer uma obrigação. Tá, isso soa ruim, mas... os namoros de escola não são feitos pra durar.

A prova de que Spencer e eu nunca teríamos um "felizes para sempre". Os melhores momentos do namoro aconteciam em uma cama quando nossos pais não estavam em casa, e talvez esteja tudo bem. Tudo bem que ele não fosse o namorado perfeito.

O que não está nada bem é ainda estar sentado aqui, me fazendo duvidar de algo que nunca me decepcionou.

— Lamento que tenham sido sete meses tão terríveis pra você.

— Não foi o que eu quis dizer. — Ele faz uma careta e olha para o copo de café. — Rowan...

Então ele toma uma atitude desconcertante: estende a mão pela mesa como se quisesse que eu a segurasse. Quando fica óbvio que não vou retribuir, ele recua.

Penso em Kirby e Mara. Dar as mãos nunca parece um gesto forçado para elas. Nem para os meus pais. Eles ainda olham apaixonados um para o outro mesmo depois de vinte e cinco anos juntos.

— Olha, não sei aonde você queria chegar, mas, se seu objetivo era fazer eu me sentir uma merda, parabéns.

Parecia uma obrigação. Você *parecia uma obrigação*, é assim que minha mente distorce a fala. Quero muito ser mais forte. Luke e eu até assinamos os anuários um do outro. Mas com Spencer nunca deixou de ser complicado, e talvez seja porque sou eu quem complica.

Talvez eu seja muito difícil de amar.

Com um suspiro, ele passa a mão pelo cabelo.

— Só estou tentando explicar o que aconteceu, pelo menos do meu ponto de vista. Você deseja esse romance idealizado, e não acho que isso existe na vida real. Tenho certeza de que todos os namoros ficam chatos depois de um tempo.

É nesse momento que a pena se torna meu sentimento mais avassalador. Tenho *pena* desse troglodita porque ele não faz ideia de que o amor não tem que azedar com o tempo. Não preciso ser arrebatada em uma carruagem puxada por cavalos, e acredito plenamente que cabe a ambos os parceiros trazer romantismo a um relacionamento, se for isso o que querem. Não caio nessas besteiras heteronormativas que alegam que os caras devem dar o primeiro passo, pagar o jantar e se ajoelhar.

Mas quero algo grande e extravagante, algo que preencha meu coração por inteiro. Quero uma fração do que Emma e Charlie, ou Lindley e Josef, ou Trisha e Rose têm, mesmo que sejam personagens fictícios. Tenho certeza de que, quando você está com a pessoa certa, todo encontro, todo *dia* traz essa sensação.

— Vou nessa — diz ele, levantando-se e afastando-se da mesa.

— Spencer?

Ele olha para mim, e, com um sorriso doce, me lanço para a frente e arranco a sua braçadeira.

13h33

QUANDO PEGO UM ônibus sentido Terceira Avenida, ainda estou vibrando com a adrenalina do Uivo. Foi somente depois de Spencer resmungar por ser eliminado do jogo tão cedo e entregado seu alvo (Madison Winters, um aluno que escreveu muitas histórias sobre raposas que mudam de forma na aula de escrita criativa; uma ou duas, tudo bem, mas sete?) que a sensação tomou conta de mim, correndo frenética pelas minhas veias como uma droga. Se foi tão bom eliminar Spencer, imagina só como vai ser vencer McNair.

Depois que Spencer saiu, enviei ao pessoal do terceiro ano uma foto do meu copo de café e fui recompensada quase na mesma hora com um emoji de verificação verde, então examinei de novo a lista de pistas. As que se referem a pontos específicos se destacaram na hora: *o grandalhão no centro do universo* deve ser o Troll de Fremont, uma estátua sob a ponte Aurora em um bairro apelidado de "Centro do Universo".

Faz mais sentido resolver o que der para resolver no centro antes de ir para o norte. O Pike Place Market fica a apenas algumas paradas de ônibus, não vale a pena perder a vaga de estacionamento. Deve ser uma das três principais coisas que as pessoas associam a Seattle, com o Space Needle sendo a número um e a combinação Amazon-Microsoft-Boeing-Starbucks, a número dois. É um dos mercados públicos que funcionam o ano inteiro mais antigos do país, mas também é um pedaço vivo da história de Seattle. Está sempre cheio de turistas, mesmo em dias de chuva.

— Rowan! — chama alguém depois que passo o bilhete eletrônico.

Savannah Bell acena para mim do meio do ônibus. A princípio hesito, temendo que eu seja seu alvo. Mas ela levanta as mãos para indicar que não, e gesticulo para confirmar o mesmo enquanto dou um gemido por dentro. A lei do ônibus determina que, se você encontrar um conhecido no transporte público, é obrigado a se sentar ao seu lado.

— Oi, Savannah — cumprimento ocupando o assento do outro lado do corredor.

Ela coloca uma mecha do cabelo preto atrás de uma orelha, revelando brincos *chandelier* feitos cem por cento de materiais reciclados. No ano passado, ela abriu uma loja na Etsy para vendê-los. Não tenho nada contra Savannah Bell, mas sei que ela não morre de amores por mim. Em todos os rankings de melhores da turma, ela fica em terceiro lugar, atrás de McNair e eu. Embora brincasse sobre isso algumas vezes, "Acho que nunca vou alcançar vocês!", dava para sentir que havia certa hostilidade ali.

Tento puxar conversa.

— Como tá o último dia?

— Nada mau. — Sua risada soa forçada. — Nunca tive chance contra você e Neil, né?

— Talvez tenhamos sido intensos demais.

Savannah enfia a mão no bolso e me mostra um pedaço de papel familiar. Seu alvo do Uivo.

— Posso me contentar com uma vingança.

Está escrito *Neil McNair*.

Meu estômago se contrai, mas pode ser por causa da guinada súbita do ônibus. Estamos jogando há apenas uma hora, e a expressão nos olhos de Savannah é de pura determinação. Talvez fosse arrogância minha supor que o Uivo terminaria comigo e McNair, mas não basta apenas durar mais. Quero ser a pessoa que vai arrancar a braçadeira dele.

Se Savannah eliminá-lo, não vou vê-lo até domingo, quando seu cabelo cor de fogo vai estar saindo por baixo do capelo de formatura.

— Boa sorte — declaro, embora minha voz soe meio rouca.

Savannah olha para o celular, o sinal universal de que você também pode olhar para o seu, então faço o mesmo.

Digito a mensagem sem pensar duas vezes.

> savannah bell tem o seu nome, e ela quer sangue

Se ele acabar eliminado por outra pessoa, meu propósito já era. Eu não teria como realizar o número dez do meu Guia.

A resposta é quase instantânea.

McNERD

> Por que eu deveria acreditar em você?

> porque quer ganhar o uivo tanto quanto eu

> Nisso você tem razão.

> ela tá do outro lado do corredor do meu
> ônibus, indo do cinerama para direção sul

— Eu ralei pra caramba, sabe? — diz Savannah. — Nem me lembro da última vez que fui dormir antes da meia-noite. Mas nunca recebi o tipo de atenção que você e Neil recebiam. Todos os professores achavam vocês dois muito fofos com sua rixinha.

— Acredite, não era nada fofo.

Um músculo em sua mandíbula se contrai.

— Ah, eu acredito em você. É que… eu poderia ter entrado em Stanford… mas fiquei na lista de espera.

— Sinto muito. A Universidade de Seattle é ótima — afirmo.

E estou falando sério, mas Savannah faz pouco-caso.

— Rua Pike! — grita o motorista, e Savannah puxa a cordinha antes de mim.

Relutante, desço do ônibus e sigo ladeira abaixo com ela.

Vejo o letreiro luminoso que diz PUBLIC MARKET CENTER. As ruas aqui são mais rústicas, com calçamento de pedra, o que é comum nas partes mais antigas da cidade. Dentro do mercado, os vendedores exibem produtos agrícolas, flores e artesanato. Descendo a rua fica a primeira Starbucks do mundo, sempre com fila na porta, apesar de ter literalmente o mesmo cardápio de todas as outras filiais. À frente estão os peixeiros mundialmente famosos que ficam jogando linguado e salmão para lá e para cá o dia todo. Sou vegetariana, e todo ano durante o primeiro ciclo do fundamental fazíamos excursões para cá, e toda vez eu escondia o rosto no casaco, meio incomodada pelo arremesso de peixes.

— Até mais — digo para Savannah, que já está indo em direção à primeira Starbucks.

Não é uma má ideia para a foto turística clichê, mas eu tinha outra coisa em mente.

Viro à esquerda, seguindo um caminho de paralelepípedos ladeado de arte de rua até o beco Post e minha razão para vir aqui: Gum Wall, a parede de chicletes.

Milhares de turistas grudam chicletes aqui todos os dias. Gomas de todas as cores pendem de janelas e portais, esticadas de tijolo em tijolo e prendendo folhetos e cartões de visita. A parede foi limpa apenas algumas vezes em seus mais de trinta anos de história, e os moradores de Seattle sempre fazem um estardalhaço, como se os pedaços de chiclete mascado fizessem parte da cidade tanto quanto o Space Needle ou uma sequência de derrotas dos Mariners no beisebol.

É esquisita e nojenta, mas eu simplesmente adoro.

— Poderia tirar uma foto nossa, por favor? — pergunta um homem com um sotaque carregado que não consigo identificar.

Sua família, incluindo um trio de crianças pequenas, está posando em frente à parede.

— Ah, claro — respondo, segurando o riso, porque isso acontece sempre que venho aqui.

Eles se juntam, fazendo bolas de chiclete enquanto tiro algumas fotos.

Então adicionam seu chiclete ao mosaico pegajoso, e tiro uma foto com meu celular. *Um turista fazendo algo que um morador teria vergonha de fazer.* Outro emoji de verificação dos organizadores do Uivo.

Dois já foram; faltam treze.

Estou relendo as pistas, imaginando se poderia comprar *algo local, orgânico e sustentável* em qualquer barraca dos feirantes no mercado, quando alguém passa por mim. Levo um susto tão grande que quase derrubo o telefone. Eu me viro a tempo de captar um borrão avermelhado.

— Neil? — chamo, correndo atrás dele.

Ele derrapa até parar no meio do beco.

— Savannah — diz ele, ofegante, inclinando-se para colocar as mãos nos joelhos. — Ela me viu. Escapei por pouco. Tenho que…

McNair faz gestos vagos em direção ao outro lado do beco.

— Savannah era da equipe de atletismo — afirmo.

O olhar que ele me lança seria capaz de derreter uma geleira.

— É. Eu *sei*.

O pânico me atravessa. Não temos muito tempo. Savannah pode estar atravessando o caminho de paralelepípedos agora mesmo.

— Você não vai conseguir correr mais do que ela. Mas pode se esconder.

Aponto para o Teatro do Mercado, dentro do beco Post. Ou Beco Fantasma, como alguns chamam, uma referência aos rumores de que Pike Place é mal-assombrado. Existem até tours para explorar o assunto.

Na maior parte do tempo, os turistas nos ignoram, focados demais em tirar a foto perfeita na parede de chiclete. Atravesso o beco e tento abrir a porta do teatro. Destrancada.

McNair arqueia as sobrancelhas, como se estivesse se questionando se é seguro confiar em mim. Seu peito ainda está subindo e descendo depressa, e o vento bagunçou todo o seu cabelo. Seria divertido vê-lo tão esbaforido se eu não estivesse tão perturbada com sua eliminação potencialmente iminente.

— Entra — mando, acenando.

Depois de alguns segundos de ponderação, ele me segue.

— Se você me trancar aqui só pra fazer o discurso de orador no meu lugar, por favor, diga a todos que morri exatamente como vivi…

— Como um chato insuportável? Pode deixar.

Ele desaparece na escuridão, e fecho a porta apenas alguns segundos antes de ver Savannah correndo pelo beco. Os turistas agarram seus pertences e pulam para sair do caminho.

— Você viu o Neil? — pergunta ela, sem derramar uma gota de suor. Aponto para mais adiante no beco.

— Ele passou correndo por ali.

Ela me dá um sorriso que retribuo fácil, embora meu coração esteja martelando no peito. Só desacelera quando ela está fora de vista.

Espero mais um minuto antes de abrir a porta.

— Vamos — falo para McNair, e ele me segue sem protestar.

Corremos para fora do beco juntos, fugindo de turistas, chicletes e fantasmas.

ESCOLA DE ENSINO MÉDIO WESTVIEW
RELATÓRIO DE INCIDENTE

Data e horário do incidente: *15 de janeiro, 11h20*

Local: *Sala B208, laboratório de ciências*

Relatório realizado por: *Todd O'Brien, professor de química*

Nome do(s) envolvido(s) no incidente: *Rowan Roth, Neil McNair*

Descrição do incidente: *Designei Rowan e Neil como parceiros de química no início do ano para incentivá-los a trabalhar juntos de forma mais amistosa. Os alunos logo pediram novos parceiros, mas informei que as duplas eram definitivas. Depois de algumas discussões no início do ano letivo, esperava que tivessem superado as diferenças. Estava equivocado. Durante um experimento com reações exotérmicas, a estação de laboratório deles explodiu em chamas. De imediato peguei o extintor para apagá-las. Os alunos não conseguiam identificar o que havia dado errado, cada um tentando culpar o outro.*

Alguma doença ou lesão envolvida: *Não.*

Como o incidente foi resolvido: *Os alunos foram mandados para a sala da diretora e disseram que cumpririam detenção de bom grado desde que o incidente não entrasse nos seus registros permanentes. O incidente não parece ter sido proposital, e, como é a primeira infração de ambos e eles são os primeiros colocados das respectivas turmas, nenhuma ação disciplinar adicional é recomendada.*

Serão atribuídos novos parceiros para Rowan e Neil.

Assinatura:

Karen Meadows

Diretora Karen Meadows, mestre em Educação

14h02

VAMOS PARAR no porão do mercado, em um lugar que só consigo descrever como uma loja punk-rock de quinquilharias. A Orange Dracula vende todo tipo de novidades góticas retrô, de bótons e patches para tecido a incensos de vampiro e miniaturas de cabeças. Também há leituras de tarô e uma placa na janela diz "SIM, VENDEMOS CHICLETE". Na infância, achava que era o lugar mais maneiro do mundo. O que não falta em Seattle é tranqueiras esquisitas kitsch, e esta loja está entre as mais kitsch e mais esquisitas.

— Você salvou minha vida — diz McNair quase com um ponto de interrogação no final, como se não estivesse convencido do que tinha acabado de acontecer.

Para ser sincera, também estou surpresa.

Viro em um corredor de ímãs feitos de velhos livros de bolso com títulos como *Meia hora para o perigo* e *Rua do pecado*, a maioria com mulheres seminuas na capa. Acreditamos estar a salvo de Savannah aqui, uma vez que ela deve ter concluído que McNair conseguiu fugir de Pike Place.

— Não é divertido pra mim você ser eliminado tão cedo — declaro, o que é uma meia-verdade.

Ele está um pouco inquieto. Enfia as mãos nos bolsos, mas as tira na hora. Não sei dizer se foi pela experiência de quase morte ou se ele é apenas um cara inquieto e eu nunca tinha notado.

— Ah. Agora tudo faz sentido — comenta McNair, folheando cartões-
-postais desbotados.

Uma bruxa animatrônica gargalha para nós, e alguns pré-adolescentes se amontoam rindo na cabine de fotos, que usa filme real, nada de equipamento digital.

McNair está de costas para mim e, sem minha permissão, meus olhos percorrem o relevo dos seus ombros, como eles se curvam e se inclinam antes de desembocar nos músculos do braço. É um belo par de ombros, concluo. Uma pena que sejam desperdiçados em alguém como ele.

— E sejamos honestos — falo para suas omoplatas —, que outra pessoa tem chance contra um de nós?

McNair se vira. Está mexendo nas alças da mochila, o que chama minha atenção para a flexão dos seus bíceps. O cara andou escondendo os músculos há pelo menos um ano e meio, e eles provocam mais distração do que deveriam. Preciso descobrir uma maneira casual de perguntar sua rotina de exercícios. Se tiver essa informação, vou parar de olhar, com certeza.

— Exato — afirma ele.

De repente, nossos celulares vibram ao mesmo tempo.

OLÁ, LOBO VETERANO

TOMARA QUE ESTEJA SE DIVERTINDO

VOCÊ TEM 20 MINUTOS

PARA CHEGAR À PRIMEIRA ZONA SEGURA

Um anexo mostra um mapa de Hilltop Bowl, marcando um boliche em Capitol Hill.

— Já? — questiona McNair, e, embora seu celular mostre a hora, ele verifica o relógio de pulso. — Caramba. No nosso ano, só abrimos a primeira zona segura às cinco da tarde.

Zona segura significa Kirby e Mara e conversas sobre as férias que vão passar sem mim. E, inevitavelmente, reflexões sobre a vida que vou ter sem elas no ano que vem. Por mais que queira adiar tudo isso, as zonas seguras não são opcionais.

— Bem — digo enquanto saímos da loja. Mesmo nos dias frios, sempre faz calor no porão do mercado. Quando paro para pensar, é muito bizarro ter passado dez minutos na Orange Dracula com Neil McNair. — Vejo você em vinte minutos?

Se voltar de ônibus até o carro e dirigir até Hilltop Bowl, vou conseguir escapar mais depressa quando o tempo na zona segura acabar.

— Certo. Vejo você lá — ecoa ele, mas me acompanha.

— Você tá me seguindo?

Ele para.

— Estamos indo pro mesmo lugar. Só que não tenho carro, então vou de ônibus. Eu odiaria me atrasar por causa disso, o que significaria correr o risco de ser expulso do jogo… e agora eu sei que você quer muito que eu permaneça.

Cruzo os braços.

— Não — digo, enfática. A ideia de ter Neil McNair no meu carro é inaceitável. Há muita coisa para ele julgar: minhas músicas, minha bagunça, meu para-choque dianteiro destroçado. — Não vou te dar carona.

— Carro maneiro — comenta McNair, mexendo nos botões do ar--condicionado e abaixando a janela quando percebe que o aparelho não funciona.

Vesti o cardigã, de novo constrangida com a mancha no vestido. Não está tão quente no fim das contas; McNair deve ser calorento.

— Por favor, não toque em nada — declaro.

Estou encurralada na vaga, então tenho que sair manobrando centímetro por centímetro de forma agonizante. O carro à frente tem uma multa de estacionamento, que nós dois riscamos da lista do Uivo.

Ele examina os adesivos de estacionamento enfiados no compartimento da porta do lado do passageiro, alguns recibos perdidos no chão. Eu me pergunto o que ele está pensando. Óbvio que não é um "carro maneiro", por mais que eu o adore. Chegamos por trás, então pelo menos ele não viu o estrago da batida. Espero que não diga nada sobre o cheiro estranho. Não é exatamente *ruim*, apenas meio desagradável.

McNair cutuca com a unha algum resíduo de cola no para-brisa e encontra a alavanca de ajuste embaixo do banco do passageiro, então a move para trás, muito para trás, e depois muito para a frente. Aí...

— Você é sempre tão inquieto? — pergunto.

Ele retorna o banco à posição normal e deixa cair as mãos sobre o colo.

— Desculpa. Acho que ainda estou ansioso com a perseguição da Savannah.

— Isso aqui não vai se repetir — aviso enquanto viro na rua Pike. Embora nunca tenha levado McNair a lugar nenhum, já andamos de ônibus e pegamos carona juntos com colegas para eventos escolares. — É só porque você demoraria muito se fosse de ônibus. E, se estiver cogitando criticar meu jeito de dirigir, pode descer agora mesmo.

— Na verdade, eu não dirijo, então não posso criticar você.

Eu... não sabia. Não consigo imaginar McNair sendo reprovado em um exame.

— Não passou na prova escrita?

— Nunca tentei.

— Ah.

— E vou estar em Nova York no outono, então não adianta tirar habilitação agora.

— Entendi.

Ficamos em silêncio por alguns minutos, e não é confortável. Pelo jeito, esquecemos como continuar o papo. Nunca tinha me sentido tão pouco à vontade no meu próprio carro.

— Estamos repetindo a viagem de volta pra casa depois das regionais do campeonato de quiz — digo.

Ninguém disse uma palavra na volta de Tri-Cities depois que perdemos no ano anterior. Darius Vogel e Lily Gulati estavam no banco da frente, Neil e eu no banco de trás. De alguma forma, até mesmo um McNair quieto me irritava. Ele alegou que estava enjoado, mas achei que estivesse infeliz (com razão) por termos perdido.

— Exceto que ainda temos uma chance de vencer — diz ele.

— Porque agora você sabe que a batalha final da Guerra de Independência foi a de Yorktown e não a de Bunker Hill?

Ele solta um gemido.

— Ficou gravado na minha memória pra sempre, acredite.

Estou um pouco surpresa por ele não se defender, mas muita coisa não está fazendo sentido hoje. Ele se mexe no banco de novo como se tentasse achar uma posição confortável, algo que talvez seja impossível no carro da sua rival, e, quando paramos em um sinal vermelho, noto uma ponta do seu anuário saindo pela mochila. É o suficiente para me fazer segurar o volante com mais força. Deveria ter simplesmente assinado.

Então ele pega o celular e examina a lista do Uivo. Eu me pergunto se sabe alguma pista que eu não sei.

— Você sabia que a palavra *clue*, "pista" em inglês, vem da mitologia grega? Uma *clew*, C-L-E-W, era um novelo de lá. Ariadne deu a Teseu uma *clew* pra ajudá-lo a sair do labirinto do Minotauro. Ele foi desenrolando para conseguir encontrar o caminho de volta — conta McNair.

Lembro-me vagamente do mito da aula de história geral.

— Então costumava ser literal, mas agora estamos metaforicamente desenrolando um novelo de lã quando tentamos decifrar alguma coisa?

— Isso — concorda ele, balançando a cabeça com vigor.

— Entendi — digo, porque, embora não seja muito incomum McNair contar um fato curioso de etimologia, é, talvez, a primeira vez que notei como isso o deixa empolgado.

Enfim paramos em uma vaga a poucos quarteirões de Hilltop Bowl.

— Graças a Deus — murmura ele.

Não tenho certeza se está feliz por termos achado uma vaga com facilidade ou aliviado por estar saindo do meu carro. Afastando-se de mim. Acho que ambos.

— Bem… boa sorte, acho — digo quando chegamos à entrada da pista de boliche, um pouco insegura, mas sem saber direito por quê.

Ele enfia as mãos nos bolsos.

— A-hã. Você também.

Depois que Logan Perez verifica nossos nomes em uma lista e anuncia que temos quarenta e cinco minutos de zona segura, seguimos caminhos diferentes. Nunca tinha ficado tão animada para calçar um par de sapatos que já esteve nos pés de centenas de outras pessoas.

Kirby e Mara esperam por mim em uma pista no final.

— Vai querer proteção nas canaletas, bebê Ro? — pergunta Kirby.

Minhas habilidades no boliche estão no mesmo nível das minhas habilidades com o delineador no olho esquerdo. Vai ser um milagre se eu fizer cinquenta pontos.

— Rá, rá. Pode ser.

— Deixa ela colocar as proteções em paz — diz Mara, mexendo nos controles.

Algumas pistas para o lado, McNair consegue acertar uma 7-10, aquela jogada mais difícil do boliche, e seus amigos soltam um coro de gemidos. McNair apenas ri e balança a cabeça. Os quatro têm uma interação tão tranquila que me faz pensar de novo no que vai acontecer com todos eles depois da formatura. Se vão passar o verão juntos antes que o outono os separe e se vão manter contato depois.

— Mara e eu decidimos nos unir pra disputar o resto do jogo — conta Kirby depois que lança uma bola na canaleta. — Não somos o alvo uma da outra, então estamos seguras por enquanto.

— Fica com a gente também! — sugere Mara, um pouco afobada demais. — Nós três formando uma equipe! Seria divertido.

Kirby lança outra bola na canaleta na segunda jogada.

— Acho que também preciso da proteção.

— Diz a garota que zombou de mim. — Em qualquer outra situação, eu adoraria me juntar a elas. Mas… — Não tenho certeza. Sobre formar uma equipe.

E não é só porque pretendo destruir McNair sozinha.

Kirby ocupa o assento de plástico à frente e pergunta:

— Isso tem a ver com as férias?

Pronto.

— Olha, Kirb, quer saber? Tem. Tem a ver com as duas semanas de férias que vocês duas vão tirar sem mim mesmo tendo um ano inteiro de faculdade para ficar juntas.

— Desculpa — diz Mara, mais para Kirby do que para mim. Ela enxuga as palmas das mãos na calça cáqui antes de pegar a bola roxa. — Eu realmente não achei que ela fosse ficar tão chateada.

Ela faz um strike, mas não parece feliz.

— Acho que sinto que existem muitas coisas só entre vocês duas, coisas das quais não posso fazer parte — confesso, tentando não elevar a voz. — Vocês estão apaixonadas, e fico feliz por vocês, de verdade. Mas é como se às vezes esquecessem que também estou aqui.

Eles trocam um olhar estranho. Mara apoia a mão nas costas do assento de Kirby.

— Rowan, é assim que nos sentimos em relação a você — diz ela baixinho.

Franzo a testa, confusa.

— Quê?

— Você ficou tão envolvida com Neil esse ano — declara Mara, sua voz ganhando volume aos poucos. — Precisou passar um fim de semana inteiro trabalhando no seu projeto de física pra ter certeza de que seria melhor que o dele. Teve que participar de todos os eventos da escola pra ter mais tempo diante do público votante ou sei lá o quê. Até hoje, quando perguntei no estacionamento se você estava bem depois do acidente, você pensou que eu estava perguntando sobre Neil. E... vocês dois chegaram aqui juntos? Talvez isso não seja fácil de ouvir, mas... acho que você tá um pouco obcecada por ele.

— *Obcecada*? — Jogo a palavra de volta para ela. — Não estou obcecada. McNair... ele não é meu amigo. Vocês duas são. Não tem comparação.

Olho para Kirby, esperando que ela esteja do meu lado.

Kirby suspira.

— Passamos um tempo achando que você gostava dele, o que teria feito mais sentido. Sabe que pode contar pra gente se for o caso, né? A gente poderia conversar, talvez te ajudar...

— Não estamos no fundamental — quase grito, mas não consigo evitar, uma vez que a teoria de Kirby é absurda. Um grupo de adolescentes na pista ao lado vira a cabeça na nossa direção, então abaixo o tom. — Não estamos nos provocando porque nos gostamos em segredo. E, de qualquer jeito, isso não deveria importar.

— Beleza. Você não tá obcecada por McNair — diz Kirby, categórica. — Mas lembra a última vez que nós três saímos juntas?

— Eu...

Paro de falar quando nada me vem à cabeça. No fim de semana passado, McNair e eu tivemos que nos encontrar com Logan para repassar algumas tarefas do conselho estudantil. No fim de semana anterior, Mara estava em uma competição de dança. Antes, estávamos estudando para as provas das disciplinas avançadas, e Mara e Kirby tinham ido ao baile, e, voltando ainda mais no tempo, eu estava com Spencer...

— No leilão dos veteranos — respondo.

Foi no início de maio, mas ainda conta.

— Um *mês* atrás — diz Mara. — E, até nesse dia, você teve que resolver uma crise com Neil e nos abandonou durante a maior parte do tempo.

Passo os dedos pela franja.

— Desculpa. É... Vocês sabem como o fim de ano tem sido frenético...

No entanto, estou pensando em como costumava contar tudo a Kirby e Mara, e em como, mesmo assim, elas não sabem que estou escrevendo um livro. Mara está tentando uma carreira artística também, mas todo mundo sabe que ela é uma ótima dançarina. Há muitas evidências em vídeo. A única coisa que eu poderia fazer para mostrar autoconfiança seria uma pequena confissão sussurrada: *Acho que eu poderia ser boa nisso.* Uma confissão que agora estou desejando ter feito na primeira vez que fechei um livro de Delilah Park e pensei: *Talvez eu também consiga fazer isso um dia. Talvez eu escreva um livro assim.* Então não haveria a necessidade de convencê-las de que romances comerciais não são o lixo que elas pensam.

Penso no fundo de tela do meu celular, a foto que está lá há nove meses inteiros.

Será que nós três tiramos alguma foto depois?

— Você fala da gente tendo este último verão maravilhoso — continua Mara —, e você sabe que te amamos, mas, desculpa, é um pouco difícil de acreditar.

As palavras são pesadas, fazem meus ombros irem quase até o chão. A pista fica embaçada. Minhas amigas e eu nunca discutimos assim. Na minha cabeça, nosso relacionamento era firme como uma rocha. Não pode ser verdade que, no fundo, estivesse desmoronando.

— Pode continuar o jogo — digo, tirando os sapatos de boliche. — Preciso tomar um ar.

Vários momentos em que posso ter abandonado minhas amigas (sem querer) por causa de Neil McNair

NOVEMBRO, TERCEIRO ANO

Kirby e eu estávamos na mesma aula avançada de história dos Estados Unidos, e a professora Benson nos deixou escolher a dupla para um projeto de final de semestre. Kirby presumiu que faríamos juntas, mas, como eu sabia que a professora Benson não acreditava na filosofia besta de todos no grupo receberem a mesma nota, encarei McNair. Trocamos um aceno de cabeça que significava que estávamos alinhados: tentaríamos sabotar um ao outro enquanto trabalhávamos juntos. Nós dois tiramos 98.

MARÇO, TERCEIRO ANO

McNair e eu ficamos até tarde depois do treino para o quiz. Discutimos por tanto tempo sobre uma das respostas que ficamos com fome e levamos o debate para o mexicano pé-sujo no fim do quarteirão da escola. Ele me irritou tanto que nem consegui aproveitar meu burrito vegetariano. Eu deveria estar no recital de dança de Mara e Kirby, mas perdi a noção do tempo e só peguei a segunda parte.

SETEMBRO, QUARTO ANO

Kirby, Mara e eu marcamos de assistir a continuação de um dos filmes da Marvel favoritos de Kirby na estreia, mas precisei ajudar o conselho estudantil a contar os votos para presidente porque simplesmente não era possível que tivesse empatado. Quando terminamos de contar e recontar, a uma da manhã, ficou óbvio que era, *sim*, possível. Mas aí eu já tinha perdido o filme.

MAIO, QUARTO ANO

É tradição que os veteranos realizem anualmente um leilão silencioso para arrecadar dinheiro para a escola. Todo mundo do último ano e os pais são convidados a oferecer algo, um item, uma experiência, e vamos de mesa em mesa pelo salão para anotar os lances. É muito chique para uma escola pública. Kirby, Mara e eu vestimos nossas melhores roupas e comemos comida sofisticada juntas a maior parte da noite... até que uma cesta de queijos finos desapareceu e, como copresidentes, McNair e eu tivemos que procurá-la. Acontece que um garotinho havia saído andando com ela, mas levamos quase uma hora para encontrá-la enfiada em um carrinho de bebê.

HOJE

Ah...

14h49

AS MÁQUINAS DE PINBALL do fliperama devoram minhas moedinhas. Obcecada por Neil McNair, que ridículo, fala sério. Tivemos quase todas as mesmas atividades extracurriculares, as mesmas disciplinas. Não é obsessão: somos nós dois trabalhando para um único objetivo que apenas um de nós poderia alcançar.

Qual teria sido a alternativa? Tive que entrar na cabeça dele, descobrir como derrubá-lo, resolver problemas que só nós dois conseguiríamos. Mas nunca o decifrei por completo. Essa é a parte mais estranha. Tantos anos sem segredos obscuros nem confissões embaraçosas. Com a gente, a relação é estritamente profissional.

Ainda assim, não consigo tirar as palavras das minhas amigas da cabeça. *Acho que você tá um pouco obcecada por ele.*

Meu Deus, mesmo agora estou pensando em McNair em vez de nas minhas amigas, as pessoas que eu praticamente abandonei ao longo do ano.

Não podemos sair da zona segura até as três da tarde, e jogar pinball é mais fácil do que fazer uma autorreflexão. O que me lembra o primeiro encontro de um dos meus romances favoritos. Em *Sorte no desejo*, Annabel e Grayson passam horas em um fliperama decadente. Ela atrai uma multidão à medida que se aproxima cada vez mais de bater o recorde de uma das máquinas. Passa *quase* o tempo todo focada no jogo. Pode sentir a deliciosa presença do professor de história, Grayson, ao seu lado, o calor do seu corpo, seu perfume. Quando ela bate a pontuação mais alta, ele a envolve em um incrível abraço da vitória que Annabel sente até os dedos dos pés. Eu não sabia que abraços podiam ser tão ardentes.

Não tenho a sorte de Annabel no amor nem no jogo. Depois de perder mais alguns dólares em moedinhas, confiro a hora no celular. De alguma forma, passaram-se apenas cinco minutos, mas ainda não estou pronta para voltar.

Ouço alguém dizer meu nome a distância. Viro a cabeça, mas, do jeito que a conversa continua em voz baixa, não acho que alguém estivesse me chamando. Não estão me chamando; estão falando de mim. O fliperama fica no último andar, acima das pistas de boliche, e é difícil entender as palavras em meio ao barulho de pinos batendo e pessoas conversando e rindo. Estou sozinha, talvez porque o lugar parece não ver uma faxina há uns últimos vinte anos, incluindo o carpete, que é do tom mais triste de bege.

Mas então ouço meu nome de novo, e desta vez tenho certeza de que vem da praça de alimentação em frente ao fliperama.

Não há uma porta para separar o fliperama do hall nem da praça de alimentação, mas tem um vaso de planta na entrada do fliperama que é quase da minha altura.

O que estou fazendo é ridículo. Eu sei. Mas mesmo assim me esgueiro atrás da planta na esperança de que as folhas escondam a maior parte do meu corpo. Quando espio entre elas, vejo uns doze alunos da Westview amontoados na praça de alimentação, do tipo que serve pizza borrachuda e refrigerantes de um dólar. Savannah Bell está na ponta da mesa e parece tão exaltada quanto eu quando soube que os votos para presidente do conselho estudantil tinham empatado.

— Vocês não estão cansados de Rowan e Neil ganharem tudo? — diz ela enquanto gesticula com um copo para dar ênfase. — Toda prova, toda competição, é Neil e Rowan, Rowan e Neil. Eu daria tudo nunca mais ouvir seus nomes na mesma frase, juro.

Somos duas.

— É o último dia de aula, Sav. Por que isso importa? — pergunta Trang Chau, o namorado dela.

— Porque, se um deles vencer hoje — continua Savannah, os brincos balançando com o ultraje da situação toda —, significa que venceram o ensino médio. Vão pra faculdade todos convencidos, pensando que são melhores que todos nós. Pensem em como seria gratificante baixar a bola deles. Primeiro e segunda da turma, derrotados no último jogo.

A conversa soa um tanto *sinistra*. McNair e eu fizemos por merecer cada honraria, cada vitória.

— Sempre achei que eles estavam ficando — comenta Iris Zhou, e luto contra a vontade de provocar o vômito com uma folha de planta.

— Não. Nada a ver — rebate Brady Becker. Meu herói. — Fiz um trabalho em grupo com eles ano passado e os dois quase se mataram. Foi brutal pra cacete.

— Não sei, não — retruca Meg Lazarski, batendo no queixo. — Amelia Yoon disse que viu os dois entrarem na sala do almoxarifado juntos quando eram copresidentes no mês passado e que, quando saíram, o cabelo de Neil estava todo bagunçado e Rowan, bem corada.

Abafo uma risada. A sala é minúscula, e eu esbarrei em McNair sem querer enquanto pegava um pote de tinta. A simples proximidade de outro ser humano em um espaço fechado faria qualquer um enrubescer. Quanto ao cabelo: bem, era semana de provas das matérias avançadas, e algumas pessoas ficam mexendo no cabelo quando estão ansiosas. Acho que temos isso em comum.

— Não ligo se eles estão ficando ou não. Só quero acabar com eles — declara Savannah.

— Isso não é um pouco… antidesportivo? — pergunta Brady, depois enfia meia fatia de pizza na boca.

— Não estamos fazendo nada que viole as regras do Uivo. Tentei eliminar Neil mais cedo, mas Rowan apareceu pra salvá-lo.

— Estão ficaaaando — cantarola Iris, como se isso explicasse tudo.

Savannah fuzila Iris com o olhar.

— Além disso, até parece que Rowan precisa do dinheiro — comenta Savannah.

— Como assim? — intervém Meg.

— Ela é judia, né? — diz Savannah enquanto toca o nariz.

Ela toca. O *nariz*.

Não consigo ouvir o que dizem em seguida: se alguém ri, concorda ou chama a atenção dela. Não consigo ouvir. Não consigo enxergar. Mal consigo *pensar*. Um pânico que eu não sentia fazia anos queima em mim, ardendo como brasa.

Seguro o tronco falso da planta em uma tentativa de me estabilizar. Na Seattle dos céus mais azuis, um lugar que todos afirmam ser *tão inclusivo*, isso ainda acontece. Os comentários preconceituosos que as pessoas acham inofensivos, os estereótipos que aceitam como verdade. Não há muitos judeus aqui. Na verdade, consigo citar de cabeça todos os outros alunos judeus da Westview. Somos quatro: Kylie Lerner, Cameron Pereira, Belle Greenberg e eu.

Quando se é judeu, é preciso aprender desde cedo que existem duas opções: entrar na piada ou revidar e se arriscar a algo muito pior, por não saber dizer o motivo das piadas não serem engraçadas. Escolhi a primeira. Às vezes me sinto mal quando penso em como instiguei as pessoas nos primeiros anos do fundamental, porque, se não se pode vencê-las, junte--se a elas, certo?

Passo o dedo indicador ao longo do osso no meio do nariz. No quarto ano do fundamental, errei em um exame oftalmológico de propósito na esperança de que os óculos disfarçassem a monstruosidade no meio do meu rosto, mas me senti tão culpada que acabei confessando aos meus pais. Até hoje, não é minha característica favorita. Bastou um comentário para que eu fosse arrastada de volta à época em que eu odiava olhar para mim mesma.

— Se você tá aqui — continua Savannah, e eu me forço a voltar a focar na conversa —, é porque quer acabar com eles também. Quem discorda pode sair.

A princípio, ninguém se mexe. Então Brady se levanta e anuncia:

— Estou fora. Rowan e Neil são legais, e não quero estragar a diversão de ninguém.

— E eu estava aqui só pela pizza — comenta Lily Gulati. — Que estava maravilhosamente medíocre. Boa sorte com a sua vingança, acho.

Ninguém mais se levanta.

Não sou tão ingênua a ponto de supor que todo mundo no ensino médio gostasse de mim, mas não achava que me odiassem tanto assim. O choque de realidade me deixa abalada. Talvez tenha subestimado Savannah.

Ela é nitidamente alguém que pode invocar o poder quando quer, dado o grupo que conseguiu unir. Depois do que disse, do jeito como tocou o nariz... Ela nunca tinha sido minha pessoa favorita, mas agora havia se tornado uma vilã das piores.

Meu pescoço começa a doer. Estou desesperada para virar para o outro lado e aliviar a sensação, mas não posso correr o risco de chamar a atenção.

— Agora que estamos de acordo, vamos falar de estratégia. Ainda tenho o nome de Neil. — Savannah balança a folha de papel para todo mundo ver. — Mas ele sabe.

Ela deixa a última parte pairar no ar, como que esperando que seus seguidores captassem o significado oculto.

— Acho que entendi o que você tá sugerindo — responde Trang. — Que alguém elimine você e depois pegue o nome de Neil pra ele ser pego desprevenido.

Um sorriso perverso surge no rosto de Savannah.

— Acertou.

— Artoo? O que você tá fazendo?

Levo um susto tão grande que deixo escapar um arquejo e imediatamente coloco a mão na boca.

— Merda, merda, *merda* — sibilo, girando o corpo para dar de cara com McNair, que tem uma expressão muito confusa estampada no rosto.

Sinto o coração martelar, agarro a manga de sua camiseta e o forço a se agachar atrás do balcão desocupado de aluguel de sapatos. Ele tropeça mas se endireita depressa, seguindo a deixa e abaixando a cabeça. Nossos joelhos batem no tapete bege com um pouco mais de força do que eu esperava. Os sapatos de boliche estão empilhados em fileiras organizadas diante de nós. Tenho certeza de que estamos fora de vista, mas não consigo ouvir nada do que Savannah está dizendo.

— Pode me soltar agora — sussurra McNair.

Ah. Só então percebo como estamos muito perto e que ainda o seguro pela manga. Embora sinta que não respiro direito há horas, o peito de McNair sobe e desce de maneira mais constante, com a misteriosa frase em latim se movendo para cima e para baixo.

Eu o solto. Tento ao máximo evitar o contato com sua pele enquanto me sento nos calcanhares e me ocupo em ajeitar o cardigã. Comecei a suar quando estava espionando e estar fisicamente tão perto de outra pessoa, mesmo que seja McNair, não ajuda muito.

Minha cabeça gira. Savannah quer que sua tropa vá atrás de McNair e eu. Com que objetivo? Algum tipo de vingança doentia por sermos bons alunos?

McNair abre a boca, mas encosto o dedo indicador nos lábios. Devagar, bem devagar, engatinho para a esquerda até que consigo apenas um vislumbre da praça de alimentação. O grupo parece ter encerrado o assunto, voltando para suas pistas. Seja lá o que tenham decidido, eu perdi completamente.

Rastejo de volta até Neil, que, verdade seja dita, está bem paradinho e quieto.

— Estou perdido. Isso faz parte do jogo?

— Vou te contar o que tá acontecendo. Prometo. — Verifico o celular. O tempo de zona segura está quase acabando. — Mas não aqui.

Ele bate palmas e sorri daquele seu jeito exagerado.

— Isso significa que vou andar no seu carro de novo? Ah, Artoo, diga que não!

Reviro os olhos.

— Me encontra lá assim que deixarem a gente sair. E certifique-se de que ninguém esteja seguindo você.

Não quero que ninguém nos veja juntos.

Um lampejo de diversão cruza seu rosto, mas ele assente. Deve perceber que estou falando sério. Posso confiar nele.

Acho.

— Eu seria um ótimo espião — afirma McNair enquanto me aproximo do carro. Ele já está encostado na porta, um pé apoiado no pneu traseiro. Se fosse qualquer outra pessoa, pareceria descolado. — Caso você esteja se perguntando.

Eu o ignoro e inspeciono os arredores para ter certeza de que ninguém nos seguiu. Depois que saí do fliperama, Mara disse que eu ainda poderia me juntar a ela e Kirby, mas fiz que não e me despedi. Um silêncio pesado se instalou entre nós três, como se não soubéssemos como agir neste novo estágio da amizade, em que todos nossos problemas (*meus* problemas) estão expostos.

Só sei que McNair e eu não estamos seguros.

Agora que vê o carro por outro ângulo, repara no para-choque dianteiro e solta um arquejo.

— Ah — digo, retraída. — Pois é. Eu... hum... bati. De manhã.

— Por isso se atrasou?

Ele se abaixa para examinar o estrago.

— Eu estava com vergonha de contar.

Algo inesperado acontece: sua voz se torna suave; e seus olhos se enchem de algo que, se eu não o conhecesse melhor, diria ser preocupação.

— Você tá bem?

— Estou ótima. — Aperto bem o cardigã em volta do corpo. — Não estava muito rápido. Meu vestido que sofreu.

— Mesmo assim, sinto muito. Eu estava no banco do carona quando bateram na traseira da minha mãe ano passado. Não aconteceu nada com o carro, mas fiquei abalado. Não me toquei, se soubesse não teria dificultado tanto as coisas pra você mais cedo.

— É... obrigada — digo, incerta, reconhecendo que talvez seja uma conversa normal entre duas pessoas, em que uma se importa com o fato de que a outra não tenha morrido. — Não estou vendo ninguém. Pode entrar.

Fechamos as portas, mas estamos muito perto do boliche para relaxar. Dirijo por alguns minutos em silêncio, ziguezagueando pelas ruas residenciais até encontrar uma vaga mais para dentro de Capitol Hill.

— Você tá começando a me assustar — confessa McNair quando desligo o motor.

Solto um longo suspiro.

— Sei que é estranho... mas ouvi Savannah Bell falando sobre a gente na praça de alimentação. Era um grupo de dez ou doze pessoas, e eles estavam planejando se unir pra eliminar a gente do jogo.

Seu rosto se contorce.

— Quê? Por quê?

— Por serem babacas? Pra se vingarem por sermos os melhores da escola?

— Tecnicamente, você é a segunda melhor — afirma ele, e estou ansiosa demais para ficar incomodada com o comentário.

— Do jeito que Savannah falou, soou como uma vingança contra a gente depois de tudo que aconteceu durante o ensino médio. Pareciam muito sérios. E Savannah disse... — Mas parei de falar ao perceber que estava prestes a contar como ela tocou no nariz. Não sei se consigo explicar para alguém que não é judeu, que nunca teve a experiência, como equiparar judaísmo com riqueza é antissemita. Séculos atrás, os judeus não tinham permissão para possuir terras e só podiam ganhar a vida como comerciantes e banqueiros. Isso evoluiu para o estereótipo de que não somos apenas ricos, mas gananciosos. — Que ela... hum.... tem o seu nome agora.

McNair assente e puxa um fio solto da mochila.

— Mas, pelo que entendi, iam fazer com que alguém a eliminasse só pra pegar o seu nome — explico.

— Quem?

— Não consegui ouvir. Foi quando você me interrompeu.

— E... você também não sabe quem tá com o seu nome?

— Não. Como eu disse, você me interrompeu. Presta atenção. Vai todo mundo tentar nos pegar. E não estão nem aí se precisarem se sacrificar pela causa. É óbvio que não estão nessa pelo dinheiro.

Um breve silêncio cai sobre nós. A testa de McNair está franzida, como se tentasse entender o plano de Savannah.

Não sei como explicar que, quanto mais sigo no jogo, quanto mais permaneço no ensino médio, mais tempo adio a realidade de encarar que não me tornei a pessoa que queria ser aos catorze anos. Na segunda-feira de manhã, quero voltar direto para a sala de chamada com a professora Kozlowski, debater com McNair na aula de estudos políticos avançados e ficar de palhaçada com Mara e Kirby no almoço. Ainda não estou pronta para o mundo além da Westview.

Ou talvez eu não precise explicar. Talvez McNair também se sinta exatamente assim.

— Nossa… que merda — diz ele, por fim, e apesar de tudo, quase me faz rir. É uma expressão muito resignada, e McNair nunca se resignou em relação a nada, não desde que o conheço. — O que a gente vai fazer, então?

É estranho ele perguntar isso. Não apenas porque usou a palavra "nós" como se fôssemos uma coisa só, mas porque é exatamente o que eu estava pensando: como *nós* vamos lidar com a situação?

Junto todas as minhas forças para proferir a próxima frase. Considerando cada uma das vezes em que estivemos amarrados um ao outro ao longo do ensino médio, talvez a sugestão seja adequada. Ando pensando nisso desde que os ouvi tramando e tenho certeza de que é a única solução. Minha mandíbula está tensa, minha garganta fica seca à medida que as palavras sobem, lutando contra cada impulso de autopreservação.

— Acho que a gente deve se unir.

RANKING DO UIVO
TOP 5

Neil McNair: 3
Rowan Roth: 3
Brady Becker: 2
Savannah Bell: 2
Mara Pompetti: 2

JOGADORES REMANESCENTES: 38

ELIMINAÇÃO MAIS IMPLACÁVEL: Alexis Torres \
Aiden Gallagher terminando com ele 🙀 💔

15h07

MCNAIR ESTÁ EM SILÊNCIO há alguns segundos. Estava segurando a mochila no colo, mas agora a deixa cair no espaço entre os pés. No começo, tinha certeza de que ia dizer que estava sendo ridícula, que formarmos uma equipe é uma ideia absurda. Ele franze a testa, depois comprime os lábios em uma linha reta, então franze a testa de novo. É como se estivesse ponderando as opções com cuidado, os prós e contras desfilando pelo seu rosto e alterando suas feições.

— Eu realmente queria que tivesse outro jeito — digo. — Mas se nós dois quisermos vencer, e acho que queremos, então...

Deixo que ele preencha a lacuna.

Não é uma sugestão fácil de fazer. Quando trabalhamos juntos em outras ocasiões, quase sempre tinha sido por obrigação. No conselho estudantil, em projetos em grupo, tentávamos cumprir os mesmos objetivos gerais com planos de ataque bem diferentes. O incidente do *Homem branco em perigo* se repetia infinitamente. A conspiração de Savannah deixou óbvio que isso é maior que uma rivalidade, maior que o item número dez da minha lista.

— Quais seriam as implicações de formarmos uma equipe? — pergunta ele, sempre lógico.

À luz suave da tarde, suas sardas parecem quase iluminadas por dentro. Ele nunca fica assim sob as luzes de LED *eco-friendly* da Westview. Seus cílios brilham em um tom de âmbar, e o efeito é tão surpreendente que preciso desviar o olhar.

— Ajudar um ao outro com as pistas. Proteger um ao outro. — De repente, me dou conta de que não tenho ideia de quem é o alvo de McNair, o que me deixa desconfortável. — Peraí, você tirou quem?

— Ah. Carolyn Gao. — Presidente do clube de teatro. Ela estava incrível na montagem do ano passado de *A pequena loja dos horrores*. — E sei que não sou seu alvo, mas...

— Madison Winters.

Ele assente.

— Então, se a gente fizer isso, se nos unirmos, o que acontece no final? Acredito que significa que a gente terminaria a caça ao tesouro ao mesmo tempo, certo?

— Assim que desvendarmos a última pista, vai ser uma guerra aberta. Vence quem chegar primeiro ao ginásio. Uma dobradinha, como sempre.

Nós nos unimos agora e eu o destruo depois. Essa é a ideia.

Eu me abstenho de mencionar a sessão de autógrafos de Delilah Park. Ainda faltam quatro horas para o evento. Se não tivermos nos irritado até a morte até lá, vou inventar uma desculpa para escapar.

Ele puxa outro fio solto da mochila, onde o bóton FILHOTES GRÁTIS! se prende ao nylon desgastado.

— Só fico pensando... o que você ganha com isso? Se quer tanto vencer, não pode ser só pra me derrotar.

— Isso é... boa parte do motivo — admito. Não anularia a posição dele como orador e primeiro da turma, mas sei que seria incrível vencer nossa última competição. Não quero ficar parada no tempo como a segunda melhor. — E adoraria ganhar o dinheiro pra faculdade.

Então jogo a pergunta de volta.

— Faculdade — reconhece ele, um pouco rápido demais. — Nova York é cara.

— Certo — digo, com a sensação de que ele não está contando toda a verdade.

— Hipoteticamente, se eu concordar com esse seu esquema, digamos que você ganhe o jogo. Você recebe os louros. O que eu recebo? Parece um péssimo negócio pra mim.

Reflito.

— Dividimos o dinheiro. Meio a meio. Independente do resultado.

Um sorriso se espalha pelo seu rosto, e o pavor se agita no meu estômago. Isso não pode ser bom.

— E se aumentarmos os riscos?

— Estou ouvindo.

— Uma aposta — propõe ele. — Você e eu. Uma aposta pra coroar nossos quatro épicos anos de derramamento de sangue acadêmico.

— O quê? Tipo, o perdedor tem que ficar pelado debaixo da beca na formatura?

Ele bufa.

— É sério? Você tem doze anos? Eu estava cogitando algo muito mais pessoal.

Fico matutando. Devem existir muitas coisas que McNair não iria gostar de fazer, mas não o conheço bem o bastante em um nível pessoal para adivinhar o que seria.

Então arquejo e cubro a boca para esconder um sorriso quando a ideia surge.

— O perdedor tem que fazer um fichamento sobre um livro escolhido pelo vencedor.

— Quantos parágrafos?

— Cinco, pelo menos. Espaço duplo, não menos de três páginas. — Cruzo os braços, ciente de que é a aposta mais nerd da história. Mas, *caramba*, os livros que eu poderia fazer o cara ler... — Tá dentro ou não?

Por um instante, nenhum de nós pisca. Em todas as competições anteriores, nunca fizemos uma aposta. Sempre havia muito em jogo.

— Por mais estranho que seja falar de fichamento de livros no último dia de aula, é meio que perfeito — admite ele. — A única questão é: deveria ser *O velho e o mar* ou *Grandes esperanças*? Ou, espera aí, eu adoraria ver o que você vai fazer com *Guerra e paz*. Edição integral, óbvio.

— Tantos homens brancos medíocres pra escolher...

— E ainda assim há uma razão pra serem chamados de clássicos. — McNair se vira no banco e estende a mão. — À destruição mutuamente assegurada.

Apertamos as mãos.

Apesar de termos a mesma altura, nossas mãos não são do mesmo tamanho, algo que eu não tinha nenhuma razão para notar até agora. As mãos de McNair são um pouco maiores, e a pele é quente, os dedos sardentos colados aos meus dedos pálidos.

— Você realmente tem muitas sardas.

Ele retira a mão da minha e a encara, fingindo espanto.

— Ah, é *isso* que essas coisas são! — Então ele as põe no colo. — Sempre as detestei.

— Por quê? — Sei que ele fica constrangido quando implico com as sardas, mas não acho que sejam feias nem nada, só nunca diria isso na cara dele. São apenas abundantes. — Elas são… interessantes. Eu gosto.

Uma pausa. Uma sobrancelha levantada.

— Você… gosta das minhas sardas?

Reviro os olhos e decido entrar no jogo.

— É, eu gosto. Sempre me perguntei se você tem sardas *em todos os lugares.*

O jeito como consigo fazê-lo corar assim é quase automático. Ele é mesmo muito sensível em relação às sardas. Ainda assim, estala a língua e diz:

— Algumas coisas devem permanecer um mistério. — Ele passa a mão para cima e para baixo no braço nu. — Controle-se, Artoo. Somos companheiros de equipe agora. Se você não consegue lidar com todas essas sardas gostosas, então a gente já era.

Deve ser falar sobre as sardas que me faz olhar para o rosto de McNair por um segundo a mais do que o normal. Porque a verdade é que eu me perguntei mesmo se ele tem sardas em todos os lugares. De uma forma puramente científica, como nos momentos em que você se pergunta quando o próximo grande terremoto vai atingir Seattle ou quanto tempo leva para um chiclete se decompor. Dado que as sardas são salpicadas de maneira tão densa nos seus braços quanto são no seu rosto, devem estar mesmo em todos os lugares, certo?

Ele tem que saber que não estou falando sério. Não quero que pense que estou calculando sua proporção de pele sardenta e não sardenta. Mesmo que seja de uma forma estritamente científica.

— Seus óculos estão tortos — digo, na esperança de que o comentário nos faça voltar ao normal, e ele os ajusta.

Pronto. Exceto que *normal* não é Rowan *versus* Neil; é Rowan e Neil *versus* o restante dos veteranos.

Provavelmente foi uma péssima ideia.

Enquanto comemos o que McNair afirma ser a melhor pizza de Seattle, criamos estratégias. Na verdade... primeiro, brigamos. Começo a me mexer para pagar a comida, mas ele insiste em fazê-lo, uma vez que estou levando a gente de carro para lá e para cá. Depois, a contragosto, concordo em compartilhar minha foto da parede de chiclete, desde que ele compartilhe a sua de um guarda-chuva. Até então, estávamos em pé de igualdade. E suponho que ainda estejamos.

Adoraria decifrar todas as pistas agora, mas McNair acha que é perda de tempo. Quer se concentrar no que sabemos e descobrir as outras ao longo do caminho.

— Existe algo chamado "planejamento excessivo" — diz ele, salpicando pimenta chilli em flocos na pizza. Na minha opinião, a melhor pizza de Seattle não é a da Upper Crust. Minha fatia tem muita muçarela molenga e pouco molho. — Preciso lembrar o incidente da leitura de verão?

Faço uma careta. Na semana que entramos de férias, nossa professora de inglês do terceiro ano compartilhou uma lista de livros e decidi devorar todos os cinco o mais rápido possível para que conseguisse ler o que quisesse pelo resto do verão. No dia em que terminei, ela mandou um e-mail informando que havia enviado a lista errada e "com certeza" ninguém havia começado ainda.

— Isso foi uma anomalia — declaro.

Decido usar a vantagem do carro a meu favor: se ele quiser fazer tudo a pé, pode ir embora assim que terminarmos de comer, mas eu vou ficar até desvendar mais algumas pistas. Ele cede.

Pelo menos concordamos em algumas das pistas mais específicas. *O sorvete certo para o Pé-Grande* deve ser o sabor yeti da Molly Moon's, a sorveteria mais popular de Seattle. E temos certeza de que *Um lugar onde se pode encontrar* Chiroptera, o nome científico do morcego, é a exposição noturna do Zoológico Woodland.

— Tem ideia do que poderia ser *Uma homenagem ao misterioso Sr. Cooper?* — pergunta ele. — É muito vago. Pesquisei "Seattle Cooper" e só encontrei uma empresa de reboque, uma concessionária de carros e um monte de médicos. Ou *Um lugar que é vermelho do teto ao chão?*

— O Salão Vermelho na Biblioteca Pública de Seattle, no centro — respondo sem pestanejar.

Meus pais têm sessões regulares de contação de histórias na biblioteca, e eu já explorei quase todos os centímetros do lugar. O salão é estranho mas fascinante, uma peculiaridade em um prédio cheio de peculiaridades. A pista do Sr. Cooper, porém, é tão misteriosa quanto ele.

— Agora entendo por que você estava tão ansioso pra formar a equipe — comento, tirando um pouco do excesso de queijo da pizza. — Você não sabe nenhuma das mais difíceis.

— Não é verdade. — Ele aponta para *Algo local, orgânico e sustentável.* — O sistema de compostagem que você implantou na Westview.

Contra minha vontade, solto uma risada pelo nariz.

— Por favor, estou comendo.

É estranho comer pizza com Neil McNair. O vidro da janela da pizzaria é semirreflexivo, o que me permite ver mais ou menos a imagem de nós dois juntos em público. Seu cabelo ruivo está meio bagunçado pelo vento, ao passo que o meu coque passou desse estágio algumas horas atrás, saltando direto para o estágio desastre natural.

Depois de mais alguns minutos de picuinhas, ainda estamos empacados no misterioso Sr. Cooper, mas decidimos lidar com essa pista mais tarde. Nossa primeira parada como equipe vai ser perto da Doo Wop Records para o primeiro álbum do Nirvana.

Jogamos os pratos de papel na composteira (obviamente), então vamos embora da Upper Crust. Neil pega o celular para traçar a rota até a loja de discos. Além de todos os ícones regulares de redes sociais, há mais do que alguns aplicativos de dicionário na tela inicial.

— Fã do *Merriam-Webster?* — pergunto.

— Sou um cara mais *OED*. — Como não esboço reação, ele continua: — *Oxford English Dictionary*? Simplesmente o registro definitivo da língua inglesa.

— Eu sei o que é o *Oxford English Dictionary*. Só não conhecia a sigla. Quantas vezes isso vem à tona na vida diária, afinal? Quando uma pessoa normal precisa recorrer a um dicionário... ou cinco?

Ele dá de ombros.

— Com alguma frequência, se quiser se quiser seguir na lexicografia.

— Ah — digo, e assinto como se soubesse exatamente o que é isso.

O canto de sua boca se curva para cima.

— Também não sabe o que é, né?

— Estou me esforçando muito para não te achar insuportável agora.

— É a área que compila dicionários — explica, e a profissão meio que combina com McNair. — Amo palavras, e é isso que quero fazer. Não tem satisfação maior do que usar a palavra certa em uma conversa. Adoro o desafio de aprender um novo idioma e adoro descobrir padrões. Também acho fascinante que palavras em outras línguas tenham se infiltrado no nosso vocabulário. *Cul-de-sac, piñata, tattoo...*

Enquanto explica, seus olhos se iluminam e ele gesticula. Não sei se já o vi tão animado, tão nitidamente apaixonado.

— Que maneiro — admito, por final. Porque, para ser sincera, é mesmo. — Quantas línguas você sabe?

— Vamos ver... — Ele vai enumerando nos dedos. — Tirei nota máxima nas aulas avançadas de espanhol, francês e latim. Teria feito japonês, mas eles não ofereceram, então vou ter que esperar até a faculdade. As línguas românicas, essas são fáceis de aprender depois que você tenha uma base, então tenho estudado italiano no tempo livre. — Seus lábios se curvam em um sorriso. — Pode admitir que tá impressionada.

Eu deixo.

Eu me recuso, mas é difícil não ficar impressionada quando meu conhecimento da língua nativa da minha mãe, o espanhol, não passa do básico.

Como a loja de discos não fica longe, decidimos caminhar em vez de contar com a sorte duas vezes para estacionar em Capitol Hill. Seguimos no mesmo ritmo, passando por uma lavanderia, uma sapataria e um restaurante japonês. Temos exatamente a mesma altura, então nossos sapatos tocam o asfalto em sincronia. Aposto que ganharíamos uma corrida de três pernas fácil.

A Broadway é a rua principal do bairro Capitol Hill. Trata-se de um lugar onde os restaurantes simples e as butiques foram substituídos aos poucos por filiais da Panera Bread e cafeterias com gatos. Alguns fragmentos da história de Seattle permanecem, como a estátua de bronze de Jimi Hendrix na Broadway com a Pine, em um solo de guitarra congelado, e a lanchonete Dick's Drive-In. Não como os hambúrgueres, mas os milkshakes de chocolate são a perfeição em copo compostável. É também o centro da cultura queer de Seattle, daí as faixas de pedestres nas cores do arco-íris. Eu e McNair fotografamos e recebemos os emojis de verificação logo em seguida.

— Posso perguntar uma coisa? — diz ele, do nada. Parece incomodado, e eu entro em pânico, temendo que vá trazer o assunto do anuário de novo. Vou assinar na hora se for o caso. Nada de comentários sarcásticos. — Por que você me odeia tanto?

A pergunta é simples, sem um desenvolvimento. Ele não tropeça nas palavras, mas me pega desprevenida, me faz parar no meio da calçada.

— Eu... — Estava pronta para contra-atacar, mas agora não tenho certeza do que ia responder. — Eu não te odeio.

— Acho difícil de acreditar. Faz meia hora que você tá fazendo piada de mim sem parar.

— "Odiar" é uma palavra muito forte. Eu não odeio você. Você — Agito a mão no ar como se a palavra certa fosse algo que eu pudesse agarrar — me deixa frustrada.

— Porque você quer ser a melhor.

Faço uma careta. A maneira como ele fala faz eu me sentir imatura.

— Hm... tá, sim... mas é mais que isso. A maioria das nossas conversas é sobre coisas inofensivas, mas você nunca conseguiu parar com os comentários sarcásticos sobre os livros de romance, e pra mim não é só uma brincadeira. É algo que... machuca.

Seu aperto nas alças da mochila afrouxa, e ele abaixa a cabeça como se estivesse envergonhado.

— Artoo — diz ele, baixinho. — Desculpa. Eu pensei… pensei que a gente estivesse só brincando um com o outro.

Ele soa arrependido de verdade.

— Não parece brincadeira quando você se esforça pra me fazer sentir um lixo por gostar do que gosto. Já tenho que defender bastante meus gostos dos meus pais e das minhas amigas. Tipo, eu entendo… rá, rá… às vezes tem homens sem camisa nas capas. Mas o que nunca vou entender é por que as pessoas são tão rápidas em esculhambar essa *única coisa* que sempre foi voltada para o público feminino. Não conseguem nos deixar curtir algo que não tá fazendo mal a ninguém e que nos deixa *felizes*. Não, se você gosta desses *romancinhos*, ou não tem bom gosto ou é uma solteirona solitária.

Quando enfim paro de falar (graças a *Deus*), estou ofegante e um pouco quente. Não esperava ficar tão nervosa, não no dia em que vou conhecer a deusa literária Delilah Park e não na frente de Neil McNair.

Ele está me encarando, os olhos arregalados e sem piscar por trás dos óculos. Vai rir de mim em três, dois, um….

Mas nada acontece.

— Artoo… — começa ele de novo, ainda mais baixo desta vez. — Rowan. Eu peço desculpas, de verdade. Acho… acho que não sei muito sobre esse tipo de livro.

McNair muda o rumo das coisas ao usar meu nome. Então ergue a mão até ela estar pairando acima do meu ombro. Eu me pergunto o que seria necessário para ele baixá-la. Lembro-me da sessão de fotos para o anuário, "Mais Propensos a Ter Sucesso", de como ele se opôs a me tocar. Como se o gesto pudesse transmitir algum tipo de carinho que nunca tivemos um pelo outro. Respeito mútuo, com certeza. Mas carinho? Nunca.

Ele deixa a mão cair antes que eu possa contemplá-la mais.

— Desculpas… aceitas, acho. — Eu estava toda pronta para revidar. Não estou acostumada com negociações de paz. — Posso *te* perguntar uma coisa?

— Não. Você não pode.

Talvez ele tenha respondido assim para aliviar o clima, pelo jeito que sua boca se curva.

Dou um empurrãozinho no seu ombro. É a maneira como tocaria um amigo mais chegado, e é tão estranho que meu estômago se contorce. Nem sei se McNair e eu somos capazes de ser amigos, ou se isso importa. Vamos embora daqui a alguns meses, de qualquer maneira. Não tenho tempo para novos amigos.

— Por que você odeia tanto esse tipo de livro? Romances comerciais?

Ele lança outro olhar estranho.

— Não odeio.

UPPER CRUST PIZZA

12 de junho de 2020, 15h18
Nº DO PEDIDO: 0102
ATENDENTE: JENNIFER, PESSOAS: 2, MESA: 9

SERVIDO NO SALÃO

1 VINGANÇA VEGETARIANA	$2,99
1 PIZZAZZ DE PEPPERONI	$3,49
SUBTOTAL	$6,48
IMPOSTOS	$0,65
TOTAL	$7,13
GORJETA	$2,50

CARTÃO VISA XXXXXXXXXXX1519
NEIL A. McNAIR

VOLTE SEMPRE!

15h40

ESTÁ TOCANDO The Temptations na Doo Wop Records, uma das poucas coisas que me fazem sentir como se tivesse voltado no tempo. O lugar inteiro é uma homenagem à década de 1960, com pôsteres vintage de shows nas paredes e cabines para ouvir discos de vinil nos fundos.

— Você combina perfeitamente com o lugar — diz McNair, apontando para meu vestido.

— Eu... ah. — É uma coisa tão antiMcNair de se dizer que demoro um pouco para formular uma frase. — Acho que sim. Gosto de roupas antigas e música antiga. Você... curte música?

Parece uma informação básica para saber sobre uma pessoa: cabelos castanhos, olhos castanhos, teria feito coisas questionáveis para ter a oportunidade de ver os Smiths tocar ao vivo.

— Se curto música? — Ele bufa enquanto nos dirigimos para um corredor com a placa ROCK J-N. — Hemingway foi o maior escritor do século XX? Sim, eu curto música. Principalmente bandas locais, algumas que se tornaram grandes e outras que ainda não. Death Cab, Modest Mouse, Fleet Foxes, Tacocat, Car Seat Headrest...

— Você viu Fleet Foxes no Bumbershoot alguns anos atrás? — pergunto, ignorando o comentário sobre Hemingway.

Só por isso, vou escolher um livro extrapicante para ele ler quando eu ganhar.

Seus olhos se iluminam.

— Vi! Que show incrível.

Apesar de frequentarmos a mesma escola há quatro anos, existe algo estranho nisso: McNair e eu estivemos no mesmo show, batendo palmas para a mesma banda em meio a um mar de hipsters suados de Seattle.

Ele encontra a seção *N* primeiro, então vasculha os discos de vinil enquanto entro na conversa com Kirby e Mara. É possível que Savannah tenha recrutado mais pessoas depois do boliche, e, mesmo que a gente esteja em um momento instável, não quero ter medo das minhas próprias amigas.

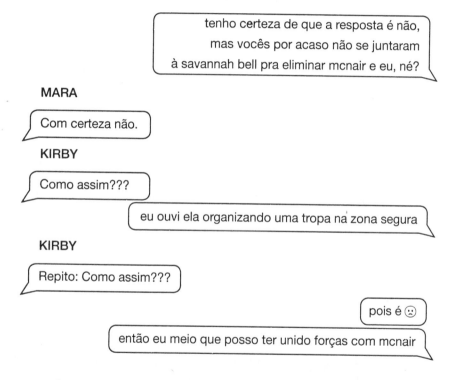

Enfio o celular no bolso rapidamente, despreparada para as respostas.

— Não tem — diz McNair, e eu o empurro para fora do caminho para dar uma olhada eu mesma.

— Posso ajudar vocês a encontrar alguma coisa? — pergunta uma mulher com um cordão da Doo Wop no pescoço.

Ela deve estar na casa dos vinte e poucos anos, tem um cabelo curtinho loiro platinado e veste um macacão e coturnos. O crachá diz VIOLET.

— Estamos procurando o primeiro álbum do Nirvana — digo, porque pesquisei antes. — Acho que é o *Bleach*.

— Isso mesmo! — exclama Violet. — Nirvana raiz. Adoro. Mais gente perguntou desse hoje. Estão participando de algum tipo de gincana?

— É mais ou menos uma caça ao tesouro — explica McNair.

— Hum, eu sei que temos o álbum. Devia estar bem aqui.

Ficamos de lado para que ela possa dar uma olhada na seção *N*.

Vai ver que quem veio antes de nós o escondeu. Existem milhares de discos na loja. A pessoa poderia tê-lo colocado em qualquer lugar.

McNair deve ter chegado à mesma conclusão, porque pergunta:

— Vocês teriam uma cópia em algum outro lugar?

— Temos *Nevermind...* superestimado, na minha opinião... *In Utero* e *MTV Unplugged in New York*. Este sim é um bom disco. — Ela o retira da pilha, acaricia com carinho. — O melhor álbum gravado ao vivo que já ouvi.

O olhar de Violet permanece em McNair, e, a princípio, presumo que seja porque tem alguma coisa no rosto dele. Eu me permito olhar por um momento também, mas não há nada . Eu... acho que ela está flertando com ele.

Fico muito constrangida por ela.

— Com certeza — concorda McNair.

Ele está flertando de volta?

Violet sorri para ele.

— Infelizmente, não estou vendo *Bleach* aqui. Alguém pode ter colocado no lugar errado ou levado pra uma cabine.

— Ou comprado — sugiro.

Existem outras lojas de discos em Seattle, mas gastaríamos muito tempo para chegar, e pode ser que também não tenham o álbum.

— Deixa eu dar uma olhada lá trás. — Violet enfia o *MTV Unplugged* de volta na seção *N*. — Pode ser que alguém tenha trazido um vinil pra vender.

— Muito obrigado. — A educação de McNair está no nível onze. Quando Violet se afasta com suas botas, levanto as sobrancelhas para ele. — O quê?

— "Com certeza. O melhor álbum ao vivo já gravado na história da humanidade."

Ele me encara.

— Isso… deveria ser você me imitando?

— Depende. Você estava flertando com Violet?

Não vou dar a ele a satisfação de presumir que a atendente flertou primeiro. Talvez ela tivesse tentado contar as sardas também.

— Ela estava viajando em algum tipo de devaneio com o Nirvana. Não queria que ela se perdesse por completo.

— Você nunca ouviu Nirvana, né?

— Nem uma música sequer. Enquanto esperamos… — McNair aponta com a cabeça em direção às cabines nos fundos. — Sempre quis ouvir alguma coisa lá atrás.

— Acha mesmo que podemos chegar a um acordo sobre o que ouvir? — pergunto, embora esteja olhando ansiosa para as cabines desde que entramos.

Ele bate no queixo.

— E se cada um de nós escolher um álbum e a outra pessoa tiver que ouvir uma música inteira antes de julgar?

Não posso negar que soa divertido.

— Tudo bem, mas tem que ser rápido.

KIRBY

> ah VOCÊ FEZ ISSO MESMO?? 👀
>
> se juntou ao cara por quem definitivamente não tá obcecada?

MARA

> Seja legal.
>
> Mas realmente: 👀 👀 👀

Reviro os olhos, embora esteja aliviada por não haver tanta tensão na nossa amizade a ponto de uma conversa como essa não existir.

Acho que você tá um pouco obcecada por ele.

Obcecada por vencer, isso, sim. Acontece que ele é a única pessoa que pode me ajudar a chegar lá.

Entro na cabine um segundo antes de McNair. Meu coração vem na boca enquanto escondo o celular, mesmo que ele não consiga ver a conversa. Ele segura um álbum tão perto do peito que poderia muito bem o estar abraçando. Na mesinha, há um toca-discos e dois pares de fones de ouvido, com duas cadeiras encaixadas em baixo. McNair fecha a cortina, isolando-nos no espaço minúsculo.

— Pode colocar primeiro — digo ao puxarmos as cadeiras e pegarmos os fones de ouvido.

Costumava me imaginar vindo aqui com alguém de quem eu gostasse. A gente passaria horas selecionando discos e batendo joelho com joelho enquanto os escutava em uma cabine como esta. É o tipo de lugar para o qual o namorado perfeito do ensino médio e eu sairíamos. Ficava acordada à noite traçando um mapa mental de Seattle para mim e esse cara misterioso, e ouvir discos juntos era uma das coisas mais românticas que eu poderia fantasiar. Sonhei com playlists inteiras para nós. "Close to Me", do The Cure, com aquelas pausas ofegantes e as letras sugestivas, era a música mais sexy que já ouvi. O universo deve achar hilário que, na primeira vez em que venho aqui, esteja com McNair.

A música de McNair é alegre e enérgica, com vocais masculinos agudos. Quinze segundos depois, ele tira o fone de uma orelha e pergunta:

— O que você acha?

Ele balança a perna, impaciente pela resposta.

— É… divertida — admito, mas não quero que ele fique com o ego inflado por escolher algo não tão terrível, então acrescento: — Tá quase na sua cara como é divertida.

— Não sabia que você se ofendia tanto com a diversão.

Ele estende a capa do álbum, que mostra os cinco membros da banda vestidos com cores vivas e jogando Twister.

— Filhotes Grátis? É sério que esse é o nome da banda?

— Não. É Filhotes Grátis! Com ponto de exclamação! — Ele dá tapinhas no bóton pendurado na mochila. — Você não pode falar Filhotes Grátis! Sem o ponto de exclamação. Eles são daqui, e já fui em alguns shows. Estão começando a ter sucesso nacional, mas não acho que vão vender muito.

— Sua banda favorita se chama Filhotes Grátis!? — pergunto, dando o máximo de ênfase que posso ao ponto de exclamação, e ele assente.

— Um dia você vai em um show dos Filhotes Grátis! Aí ver a magia com seus próprios olhos.

Fiquei com calor vestindo o cardigã, provavelmente porque ainda está ensolarado lá fora. Ou talvez o termostato aqui dentro esteja muito alto. Independente, resolvo tirá-lo, batendo em Neil com a manga sem querer.

— Desculpa — digo enquanto ajeito o casaco no encosto da cadeira.

— Meio apertado aqui — afirma ele, dando de ombro de um jeito apologético, como se fosse culpa dele.

— Vocês deram sorte! — Ouvimos a voz de Violet. McNair abre a cortina, e ela sacode um álbum preto com uma foto em filme negativo na capa. — A gente tinha uma cópia em uma pilha de vinis doados esperando pra serem processados.

— Obrigada — digo enquanto McNair pega o álbum.

— Sem problemas. — Violet meio que prolonga um pouco o momento, balançando-se na ponta dos pés, e, por um instante assustador, me pergunto se ela realmente estava flertando. Então ela solta: — Faixa três. "About a Girl". Foi o primeiro sinal de que talvez o Nirvana fosse mais que uma banda grunge. Mesmo que não comprem, vocês têm que ouvir em vinil. A música foi feita pra ser ouvida assim.

— Vamos ouvir — concorda Neil, e Violet nos dá mais um sorriso antes de fechar a cortina.

McNair vira o álbum.

— Ela anotou o telefone atrás? Espero que esteja preparada pra muitos textos com pontuação e iniciais maiúsculas apropriadas — digo.

— Artoo. Eu estava olhando a lista de faixas. Acho que ela só ama o Nirvana mesmo.

Ele coloca o disco na mesa, e cada um de nós tira uma foto.

— Acho que terminamos por aqui, então — falo, mas ele franze a testa.

— Ainda temos que ouvir sua música.

— A do Nirvana não?

Ele balança a cabeça.

— Posso ser expulso de Seattle por dizer isso, mas nunca fui um grande fã.

Mostro o disco que escolhi: *Louder than Bombs*, do The Smiths.

"Is It so Strange?" é a primeira faixa, e Neil fica irritantemente quieto durante os três minutos inteiros de duração.

— É cativante, mas… soa melancólica também — comenta ele.

— O que tem de errado nisso?

— Tem muita merda acontecendo no mundo pra ouvir música deprimente o tempo todo. — Ele dá um tapinha no álbum que escolheu. — Por isso, Filhotes Grátis!

Quando abrimos a cortina para sair, é quase perfeito demais: Madison Winters, a das sete raposas que mudam de forma, está vasculhando discos com alguns outros alunos da Westview. Não me vê até que eu tenha me esgueirado por atrás e puxado a bandana azul do seu braço.

— Essa foi sorrateira — diz seu amigo Pranav Acharya para mim, estendendo a mão para um toca-aqui. — Respeito.

— Ei, cadê sua lealdade? — pergunta Madison, fingindo estar ofendida.

Ela leva a coisa toda com tanto bom humor que me sinto um pouco mal por tirar sarro das raposas metamorfas. Quer dizer, pelo menos ela tem uma marca.

McNair e eu passamos um tempo na frente da loja enquanto pego o celular para registrar a eliminação. De um jeito estranho, tem sido divertido. Talvez eu tenha romantizado vir aqui com um namorado, mas não foi tão ruim assim com McNair.

— Você eliminou alguém! — exclama ele, quase eufórico.

Faz o comentário de uma maneira muito jovial, com os olhos brilhando por trás dos óculos, como se estivesse orgulhoso, o que acho que faz sentido, já que estamos tecnicamente no mesmo time. Por enquanto.

No lugar do aplicativo de mensagens, aparece um balão azul:

Instalando a atualização de software 1 de 312…

Que ótimo momento para isso.

— Um segundo. Meu celular resolveu atualizar.

Instalando a atualização de software 2 de 312…

De repente, a tela fica preta. Pressiono o botão liga/desliga. Nada.

— Merda. Agora não liga — murmuro.

— Deixa eu ver.

Olho feio para ele.

— Acho que você apertar o botão não vai fazer nenhuma diferença.

Também não quero que ele veja meu chat com Kirby e Mara por acidente e, de alguma forma, tenha uma ideia errada. Ainda assim, entrego. É só pegar de volta rápido se o celular ligar.

— Não tá ligando — concorda ele depois de pressionar cada botão por um tempo maior que o aceitável e me deixar muito me irritada. — Você carregou?

— Estava plugado no meu carro. — Estendo a palma da mão, pois há algo de muito estranho em ver meu celular, com a capa geométrica que Mara me deu no Chanuca do ano passado, nas mãos de Neil. Tento o botão de liga/desliga mais uma vez. — Não tem como eu continuar jogando sem celular.

— Espera. Calma. Dá pra resolver. — McNair passa o dedo no próprio celular, tocando no contato de Sean Yee. — Sean consegue consertar qualquer coisa. Trouxe um MacBook de doze anos de volta à vida no ano passado.

— E por que ele me ajudaria?

— Estaria ajudando nós dois. — McNair digita uma mensagem que não consigo ver. — E ele foi eliminado rapidinho, então não tem interesse no jogo. — Seu telefone apita. — Sean tá livre e em casa. Mora perto da interestadual 5, rua 43 com Latona. Chegamos lá em dez minutos.

— Ele não estava na zona segura? Com você, Adrian e Cyrus?

Isso é muito estranho. O amigo de McNair me ajudando apenas pela bondade de seu coração?

Um sorriso curva um lado de sua boca.

— Ele tinha ido só pra ficar de bobeira com a gente. Você estava… tomando conta de mim?

— Sou uma pessoa observadora.

— Você estava tomando conta de mim. Estou comovido.

AS PISTAS DO UIVO

- ☽ ~~Um lugar onde se pode comprar o primeiro álbum do Nirvana~~
- ☽ Um lugar que é vermelho do teto ao chão
- ☽ Um lugar onde se pode encontrar Chiroptera
- ☽ ~~Uma faixa de pedestres das cores do arco-íris~~
- ☽ O sorvete certo para o Pé-Grande
- ☽ O grandalhão no centro do universo
- ☽ Algo local, orgânico e sustentável
- ☽ Um disquete
- ☽ ~~Um copo descartável de café com o nome de outra pessoa (ou seu próprio nome com erros ortográficos muito loucos)~~
- ☽ ~~Um carro multado por estacionamento irregular~~
- ☽ Uma vista lá do alto
- ☽ ~~A melhor pizza da cidade (à sua escolha)~~
- ☽ ~~Um turista fazendo algo que um morador teria vergonha de fazer~~
- ☽ ~~Um guarda-chuva (todos sabemos que os moradores raiz de Seattle não usam)~~
- ☽ Uma homenagem ao misterioso Sr. Cooper

16h15

— BEM-VINDOS AO MEU laboratório — anuncia Sean com uma voz que o faz parecer um vilão em um filme de espionagem que com certeza não passa no Teste de Bechdel.

Ele nos conduz ao minúsculo porão de sua casa térrea em Wallingford. E, caramba, o lugar parece mesmo um laboratório. Há uma mesa de trabalho com quatro monitores, uma prateleira com ferramentas e inúmeros fios, e aparelhos eletrônicos espalhados. A iluminação confere um tom vagamente esverdeado ao ambiente.

Está frio, e, quando esfrego os braços nus, lembro que deixei meu cardigã na cadeira da cabine na loja de discos.

— Espero que a gente não esteja atrapalhando. Sério, muito obrigado por fazer isso. Ou por tentar — digo.

Sean e eu nunca tivemos muito o que conversar. Para ser sincera, ele não tem motivos para ser tão legal comigo. Savannah me fez desconfiar de todo mundo que costumava parecer inofensivo.

— *Tentar* — repete Sean baixinho com um olhar de esguelha para McNair, e os dois dão uma risadinha, como se a ideia de Sean não conseguir fosse ridícula. — Que nada, eu estava só jogando o novo *Assassin's Creed.*

— Por que você se submeteria a isso depois de ser eliminado tão cedo? — pergunta McNair em um tom inocente.

— Valeu pelo apoio emocional.

Dou um toque no celular morto e sugiro:

— Posso te transferir um...

As sobrancelhas de Sean se erguem.

— O quê? Não, não, de jeito nenhum. Eu teria sido reprovado em francês se não fosse Neil. Devo uma a ele. Ou sete. — Não tenho chance de dizer que ele me ajudar não é a mesma coisa que ajudar McNair. Sean pega um par de óculos grossos da mesa de trabalho e os coloca. — Posso examinar o paciente?

Segurando uma risada, entrego o celular. Neil disse que explicou toda a situação no caminho, mas, se Sean acha estranho nos ver juntos, não fala nada.

— E aí, o que aconteceu exatamente? — pergunta Sean.

Ele coloca o celular na mesa com delicadeza e vasculha uma gaveta até encontrar um cabo e conectá-lo ao meu aparelho, depois insere a outra ponta no seu computador principal.

— Morreu enquanto instalava uma atualização. Depois não ligou mais.

— Hum. — Sean aperta algumas teclas e a tela do celular fica azul. — Não deve ser muito difícil.

Solto um suspiro de alívio.

— Excelente.

— Obrigado — diz Neil, e me dá um sorriso encorajador.

Meus dedos estão agitados. Detesto ser tão apegada ao meu celular a ponto de dez minutos sem ele já me deixarem em crise de abstinência. O alvo de Madison ... pelo menos isso eu ainda tenho. *Brady Becker..*

— Não consigo nem imaginar quanto vale tudo isso — digo, olhando ao redor do laboratório.

— Peguei a maioria dos equipamentos usada e restaurei. — Sean se debruça sobre o celular, o cabelo preto cai em seu rosto. — Ano passado montei um computador novo e dei de presente pro Neil no aniversário dele.

Fico boquiaberta.

— Isso é... incrível.

Neil faz um som que não parece muito humano perto de mim.

— Acho que você devia deixá-lo trabalhar.

— Consigo fazer várias tarefas ao mesmo tempo.

— Na verdade — contesta Neil —, ser multitarefa é um mito. Nosso cérebro só pode se concentrar em uma tarefa de alto nível de cada vez. É por isso que é possível dirigir e ouvir música ao mesmo tempo, mas não fazer uma prova e ouvir um podcast.

— Nada de mansplaining no meu laboratório, por favor — declara Sean.

— Eu não estava... — começa Neil, mas depois fica em silêncio, como se percebesse que era exatamente isso que estava fazendo.

Quando dou uma espiada, ele está olhando para os próprios sapatos.

Deixamos Sean trabalhar em silêncio. De vez em quando, ele murmura um palavrão ou toma um gole do energético que está na mesa.

— *Acho* que consegui — anuncia Sean quinze minutos depois, tirando o cabo do celular e mexendo em mais algumas configurações. — Nenhum dos seus dados deve ter sido afetado. Agora cruzamos os dedos e... — Nós três olhamos para o aparelho na esperança de tela inicial aparecer. A foto de Kirby, Mara e eu e o padrão de ícones familiares se acende. — *Voilà!* Novinho em folha.

— Você é um gênio. Obrigada, obrigada! — digo.

— Também alterei as configurações pra não retomar a atualização até a próxima semana, assim você consegue terminar o jogo sem ser interrompida.

— Ai, meu Deus, eu te amo — digo, e Sean fica corado. — Muito obrigada mesmo. De novo. Você conhece a Two Birds One Scone? Passa lá na próxima semana que eu vou te dar um rolinho de canela grátis.

Sean tira os óculos.

— Ela não é tão ruim assim — sussurra para McNair.

— Não o tempo todo — admite ele.

Levo a mão ao coração.

— Estou comovida — digo, imitando McNair.

Neil coloca a mão no ombro de Sean. Daria um reino inteiro por mais caras capazes de expressar afeto físico sem precisar justificar sua masculinidade depois.

— O Beth's Café antes da formatura ainda tá de pé?

— Com certeza. Nunca faltaria ao Beth's. Boa sorte pra vocês dois.

— Vida longa ao Quad — diz Neil.

— Vida longa ao Quad! — grita Sean, e sinto uma vergonha alheia tão grande que vou explodir em chamas a qualquer momento.

Os dois trocam um breve porém complexo aperto de mãos antes de Sean nos conduzir para a luz do dia.

Resolvemos algumas das pistas fáceis a caminho do centro. Sorvete yeti na Molly Moon's, um balcão com maçãs cultivadas no estado de Washington em um mercadinho (*Algo local, orgânico e sustentável*).

A caminho da Biblioteca Pública de Seattle, Neil me conta mais sobre o Quad. Ele e Sean foram melhores amigos durante a maior parte do primeiro ciclo do ensino fundamental, assim como Adrian e Cyrus, em uma escola particular. Sean e Adrian eram vizinhos, então, no segundo ciclo, os quatro passavam tempo juntos com bastante regularidade. Neil até vai às festas da família de Sean todos os anos.

A conversa flui de um jeito estranhamente natural. De alguma forma, Neil e eu estamos nos dando bem, o que exige que eu relembre que vou destruí-lo no final do Uivo. Essa foi a exata razão pela qual nos unimos.

Dou sorte achando uma vaga no centro, e não posso deixar de admirar o prédio enquanto entramos na biblioteca. É uma maravilha arquitetônica: formas geométricas, cores vivas e exposições de arte. E está sempre cheio. Rola um momento esquisito no andar principal com Chantal Okafor e as Kristens, quando cada um agarra a própria braçadeira, mas, depois que ninguém ataca ninguém, todo mundo suspira de alívio. Então Chantal levanta as sobrancelhas e lança um olhar enfático para McNair. Só o que posso fazer é dar de ombros, uma vez que não há tempo suficiente para explicar.

— É... vermelho pra caramba — diz Neil quando chegamos ao Salão Vermelho no quarto andar.

As paredes curvas brilhantes fazem parecer que estamos dentro do sistema cardiovascular de alguém.

— Alguma outra observação perspicaz?

— Que quem projetou isso talvez fosse um pouco sádico?

Enviamos as fotos e, logo em seguida, nossos celulares apitam com outra atualização do Uivo.

> TOP 5
>
> Neil McNair: 10
>
> Rowan Roth: 10
>
> Iris Zhou: 6
>
> Mara Pompetti: 5
>
> Brady Becker: 4

— Uau! A gente tá muito à frente — digo.

— Naturalmente — retruca Neil, mas é óbvio que está contente.

Com a pista da biblioteca resolvida, não consigo tirar da cabeça o que Sean disse antes. *Ele não é de abrir o jogo sobre a vida pessoal.*

— Você... vai bastante na casa do Sean? — pergunto, tento soar casual conforme saímos do Salão Vermelho.

— E isso por quê...?

— Eu... hum... encontrei Sean, Adrian e Cyrus mais cedo, antes de o Uivo começar. Disseram que você havia tido uma emergência familiar e que eles não iam na sua casa fazia algum tempo. Eles são seus melhores amigos, então não entendi, acho.

McNair fica quieto por alguns momentos.

— Todo mundo tem seus segredos... não tem? — diz ele, por fim, categórico.

Seu tom não é cruel, mas também não é muito acolhedor.

Justo quando acho que estamos fazendo algum progresso, começando a nos abrir um para o outro, ele se fecha. Só que... tem alguma coisa errada. Seu rosto ficou pálido, e ele está com a mão encostada na parede, como se fosse perder o equilíbrio sem um apoio.

— Ei. Você tá bem?

— Eu... não estou me sentindo muito bem — diz ele cambaleando, e apoiando a cabeça no braço. — Tontura.

— É o vermelho? — pergunto, e ele assente. Parece péssimo. Algum instinto que eu nem sabia que tinha entra em ação. — Vem. Vamos sair daqui.

141

Sem pensar demais, coloco a mão no seu ombro e o guio para fora do Salão Vermelho até uma cadeira perto do elevador. Posso não ser muito fã do cara, mas isso não significa que desejo a ele o mal.

McNair segura a cabeça com as mãos.

— Não comi nada hoje, a não ser aquela fatia de pizza. Eu sei, eu sei, não foi uma boa ideia, mas eu estava resolvendo uma coisa com minha irmã, não deu tempo, e...

— Fica aqui. Já volto — digo.

A irmã dele. A emergência familiar. Uma pergunta respondida e umas cem sem resposta.

Um pedaço de papel preso entre os limpadores de para-brisa do carro de Rowan:

VOCÊ DEVE TER NOTADO AS LINHAS BRANCAS NA RUA INDICANDO QUE ESTÁ OCUPANDO DUAS VAGAS DE ESTACIONAMENTO. ACHEI QUE PODERIA TE FAZER UM FAVOR E AVISAR QUE SEU CARRO CABE PERFEITAMENTE EM UMA SÓ.

ATENCIOSAMENTE,
UM CIDADÃO PREOCUPADO

16h46

NEIL PEGA um pacote de biscoitos salgados.

— Você abriu isso pra mim?

— Não — minto.

Em um minimercado do outro lado da rua, comprei uma garrafa de água, uma latinha de refrigerante e biscoitos. Talvez eu tenha exagerado.

— Não precisava tudo isso — diz ele, então toma um gole lento de água. — Obrigado. Sempre tive estômago sensível. As viagens de carro comigo são só alegria.

Assinto, lembrando. Quando a gente pegava o ônibus para os eventos da escola, como a excursão do ano passado à Fundação Gates, McNair dizia aos professores que tinha que se sentar na frente. A lei de ônibus estabelece que os assentos da frente são para os mais chatos, e, por alguma razão, senti tanta vergonha alheia por Neil que nesse dia me sentei do outro lado do corredor (não ao lado dele; todo mundo sabe que você pega um banco só para si se for possível) e discuti com ele a viagem inteira.

Faz algumas horas que estamos juntos, o maior tempo que já passamos sozinhos, e McNair tem se comportado de um jeito estranhamente normal. Bobo e de vez em quando irritante, óbvio, mas não exatamente detestável. Não sei dizer se o fim da escola ligou algum interruptor, ou se a gente apenas nunca tinha estado em uma situação em que não nos colocávamos um contra o outro de imediato.

Ocupo a cadeira ao seu lado em um pequeno nicho no quarto andar, brincando com uma tampa de garrafa. Ficamos sentados em silêncio por um tempo, e os únicos ruídos são o barulho da garrafa de plástico e McNair mastigando. Ele até me oferece um biscoito. De vez em quando, passa a mão pelo cabelo, bagunçando-o ainda mais. Acho que compartilhamos esse tique nervoso.

Seu cabelo, porém... não fica feio quando ele faz isso. E é então que, no quarto andar da biblioteca, observando meu inimigo tomar um refrigerante devagar, que tenho uma percepção terrível.

Neil... é *fofo*.

Não de um jeito que faça eu me sentir atraída. Só, tipo, objetivamente bonito. "Com uma aparência interessante" talvez seja uma expressão mais precisa, com o cabelo ruivo, as sardas abundantes e a maneira como seus olhos às vezes parecem castanho-escuros e às vezes quase dourados. A curva dos seus ombros na camiseta também não é ruim, nem a definição dos braços. Até aquele sorriso torto é meio fofo. Deus sabe que já olhei para ele vezes o suficiente para fazer essa avaliação.

Fofo. Neil. Inesperado, mas verdadeiro, e não é a primeira vez que o pensamento me ocorre.

— Eu poderia dizer uma coisa pra te animar — começo.

Deve ser a expressão ainda sofrida no rosto de Neil que me faz pronunciar as palavras.

— Ah, é?

Nunca tinha contado a ninguém, nem mesmo à Kirby ou Mara, porque sabia que elas jamais me deixariam esquecer.

— Lembra do primeiro ano?

— Tento não lembrar.

— Tá. Certo. — Passo os dedos na franja. Está mesmo muito curta. É provável que seja uma péssima ideia, mas, se tirar a mente dele do Salão Vermelho, vale a pena. Talvez. Sigo em frente sem pensar. — Antes dos vencedores do concurso de redação serem anunciados e você revelar seu verdadeiro eu, eu... tinha uma queda por você.

Não. Foi definitivamente uma péssima ideia. O arrependimento me domina quase no mesmo instante, e fecho os olhos com força à espera da risada. Quando não vem, abro um olho, hesitante.

Neil encontra meu olhar, não mais parecendo enjoado. Agora há diversão no seu semblante: uma curva mais acentuada na boca, como se ele estivesse prendendo uma risada.

— Você tinha uma queda por mim.

Ele a transforma em uma frase afirmativa. Não está pedindo explicações; está declarando um fato.

— Durou doze dias! — acrescento depressa. — Quatro anos atrás. Eu era praticamente uma criança.

McNair não precisa saber o que, exatamente, achei tão atraente na época. No começo, estava hipnotizada pelo grande número de sardas que ele tinha, achava que eram lindas, de verdade. Assentia ao ouvir os comentários que ele fazia na aula, depois fazia os meus e sentia uma faísca de orgulho quando ele concordava comigo.

Ele não precisa saber que, de vez em quando, ao longo daquele ano, eu me pegava desejando que ele não tivesse se tornado o maior esnobe do mundo, assim eu podia retomar os devaneios que tinha durante a aula de inglês, aqueles em que a gente se recostava debaixo de um carvalho e lia sonetos em voz alta um para o outro. Eu fiquei muito decepcionada por Neil não ser o cara que eu sonhei.

Ele não precisa saber que, uma vez ou outra, quando nossos ombros se roçavam no corredor, eu sentia um frio na barriga, porque tinha catorze anos e meninos eram uma nova espécie misteriosa. Tocar em um, mesmo por acidente, era como passar a mão por uma chama. Eu não sentia orgulho, mas meu corpo não se entendia com meu cérebro. E meu cérebro havia decidido nos primeiros doze dias do primeiro ano que Neil McNair deveria ser desprezado, e sua destruição se tornaria o item número dez no meu Guia para o Sucesso. Quando chegamos ao segundo ano, todas aquelas borboletas na barriga tinham desaparecido, e eu mal conseguia me lembrar de ter tido uma queda por ele.

Ele também não precisa saber do sonho que tive alguns meses atrás. Não foi culpa minha, a gente tinha trocado mensagens de texto antes de dormir, e isso mexeu com meu inconsciente. (Pelo que sei, o inconsciente dele também proporcionou uns sonhos malucos.) Estávamos em um restaurante chique comendo provas de matemática e relatórios de laboratório quando ele segurou meu rosto entre as suas mãos e me beijou. Ele tinha gosto de tinta de impressora. Meu lado lógico interveio e me acordou, mas não consegui olhar em seus olhos a semana inteira. Havia traído Spencer sonhando com Neil McNair. Foi horrível.

Neil sorri de orelha a orelha agora.

— Mas eu era tipo… o garoto de catorze anos mais idiota do mundo.

— E eu era superdescolada?

— Era. Tirando sua incapacidade de reconhecer *O grande Gatsby* como o romance americano por excelência.

— Ah, sim, *O grande Gatsby*. Um texto feminista — digo, embora minha mente esteja presa na declaração anterior sobre mim. — Nick é insosso feito um pão de fôrma. Daisy merecia algo melhor que aquele final.

Ele bufa. Mas não posso negar que parece estar se sentindo bem melhor. A cor do rosto passou de acinzentada ao tom de pálido habitual. Debater sobre livros em uma biblioteca… esse deve ser nosso estado normal.

— Então… sobre essa quedinha — continua ele. — Você escrevia poemas sobre mim? Rabiscava meu nome no caderno com um coração no *i*? Ou… ah! Me imaginava como o herói de um dos seus romances? Por favor, diz que sim. Por favor, diz que eu era um caubói.

— Parece que você tá se sentindo bem melhor.

Estico as pernas, ansiosa para me colocar em movimento outra vez. McNair olha para os próprios braços.

— Nem percebi se… estou expondo muito meu corpo? Não quero ficar desfilando na sua frente, provocando você com o que você não pode ter. Tenho um moletom na mochila. Posso vestir se estiver…

— Você tá definitivamente melhor. Vamos embora.

Assim que chegamos ao andar principal da biblioteca, recebo uma chamada da minha mãe.

— Conseguimos! — anuncia ela. Seu telefone está no viva-voz, e meu pai comemora ao fundo. — Acabamos o livro!

— Parabéns! — Faço sinal para Neil me seguir até a esquina para não incomodarmos ninguém. — Vai sair ao mesmo tempo que o próximo volume de *Escavações*?

— Alguns meses antes. No próximo verão.

— E, o mais importante, esse finalmente vai ser transformado em filme?

— Rá, rá — diz ela, irônica. Meu pais ainda estão chateados com o fato de o filme da Riley ter sido interrompido anos atrás. — Vamos ver.

— Como foi seu último dia, Ro-Ro? Conseguiu ser a oradora principal? — pergunta meu pai.

As palavras tiram o Band-Aid da ferida.

— Não — digo, olhando para Neil. — Fiquei em segundo lugar.

— Que ótimo. Parabéns! — exclama minha mãe. — Onde você tá? Já vai escurecer. Vai vir pro jantar do Shabat?

Neil está me observando com uma expressão estranha.

— Não sei se consigo. Estamos… estou no meio do Uivo. Ainda sem luz por aí?

— Infelizmente. Mas podemos pedir a comida do seu restaurante italiano favorito. Deve levar uma hora. Por favor. É o seu último jantar do Shabat do ensino médio.

O argumento me convence. Além disso, Neil e eu estamos com uma liderança folgada, e seria uma ótima oportunidade de trocar de roupa.

— Chego assim que der — prometo.

Quando encerro a ligação e a foto de fundo de Kirby, Mara e eu reaparece, meu estômago se retorce. Desligo a tela e deparo com McNair boquiaberto me encarando.

— Seus pais — diz ele em um tom cheio de reverência — são Jared Roth e Ilana García Roth.

— Sim…?

— Eu li os livros deles. Todos. Eu era *obcecado*.

Agora é minha vez de olhar para ele boquiaberta. Isso acontece de vez em quando, mas nunca suspeitei que Neil McNair fosse fã dos livros dos meus pais.

— Qual é o seu favorito? — pergunto, testando-o.

Ele responde sem pestanejar.

— A série *Escavações*, sem dúvida.

— Riley é ótima — concordo.

Costumava me vestir como ela para os eventos dos meus pais, com um cardigã vermelho, meias de pterodáctilo que eles tinham mandado fazer e o cabelo preso em dois coquezinhos bagunçados.

Neil fica nostálgico.

— Aquele que ela teve o bat mitzvah, e a *abuela* e o *abuelo* vieram da Cidade do México e aprenderam tudo sobre as tradições judaicas... Artoo, eu *solucei* de chorar.

— Volume doze, *Mi Maravillosa Bat Mitzvah*?

Foi inspirado no meu próprio bat mitzvah, embora não tenha rolado a troca de culturas ideal apresentada no livro. A família mexicana da minha mãe estava convencida de que a família do meu pai estava evitando eles, e a família do meu pai reclamou da comida e de que não tinham conseguido ouvir o rabino. Desejei, não pela primeira vez, saber mais espanhol, mesmo enquanto lia a Torá.

— Isso. Leio esse o tempo todo.

— Espera. Você *ainda* lê?

Manchas rosadas aparecem nas suas bochechas.

— Talvez.

Se a gente tivesse sido um pouco mais amigos do que rivais, será que ele teria me contado isso antes? Esse tempo todo, McNair tem sido apenas metade do esnobe literário que pensei que fosse. É desconcertante perceber tudo que tenho em comum com alguém que passei tanto tempo planejando destruir.

— Não estou julgando. Só estou surpresa. Por que você não foi a nenhuma das sessões de autógrafos?

— Não queria ser o cara esquisito nos fundos nitidamente velho demais pros livros.

— Ninguém é qualquer coisa "demais" pra livros. Gostamos do que gostamos. Meus pais têm muitos fãs adultos, que, apesar disso, odeiam romances comerciais.

O rosa nas suas bochechas se intensifica.

— Mais uma vez, desculpa. Seus pais não aprovam mesmo o que você lê? Não deveriam estar, sei lá, felizes só por você estar lendo?

— Isso nunca foi um problema pra mim. Livros infantis, tudo bem, mas romance de entretenimento? — Se soubessem sobre o lançamento do livro de Delilah, balançariam a cabeça e franziriam os lábios, e eu saberia, antes mesmo que dissessem qualquer coisa, que estavam julgando não só a mim, mas também a Delilah e os fãs. — Meio que comecei a esconder meus livros deles. Não aguentava mais.

— Minha mãe gosta desses romances. Se isso ajuda em alguma coisa — comenta Neil.

— Espero que você não encha o saco dela.

Ele faz uma careta.

— Não mais.

Guardo o celular no bolso.

— Tenho que ir pra casa pro jantar do Shabat. É o sábado judaico. Não somos os judeus mais praticantes do mundo, mas tentamos fazer o jantar do Shabat toda sexta-feira e…

— Eu sei o que é o Shabat — diz ele, e aponta para si mesmo. — Judeu também.

— Peraí. Quê?

Como ele conseguiu me deixar impactada duas vezes em um único minuto?

— Eu sou judeu. Minha mãe é judia e eu fui criado como judeu.

— Que templo você frequenta? — pergunto, ainda desconfiada.

— Fiz meu bar mitzvah no Templo Beth Am. "Vezôt Habrachá" foi meu trecho da Torá.

— Vou ao Templo de Hirsch Sinai.

Trata-se da única outra sinagoga reformista de Seattle. Na cidade de quase oitocentos mil habitantes, temos duas. Em um raio de três quarteirões da minha casa, há cinco igrejas.

Eu o observo, como se procurasse algum traço óbvio de judaísmo que deixei passar. Não há nenhum, apenas seu rosto objetivamente fofo. Em geral, tenho uma conexão instantânea com outros judeus. Aconteceu ao longo da minha vida inteira, mesmo conhecendo tão poucos.

Neil McNair é judeu, e sinto aquele aperto no peito, aquele de quando descubro que compartilho minha religião com alguém.

— Seu radar pra judeus tá com defeito? — pergunta ele.

— Acho que sim. O sobrenome também me pegou.

Ele esboça uma expressão estranha.

— É do meu pai. Eu estava planejando trocar quando fiz dezoito anos. O nome de solteira da minha mãe é Perlman. Mas aí eu... não troquei — conclui ele, e sua voz sai fraca.

— Ah — digo, sentindo algum constrangimento, mas sem saber como lidar. — Então... preciso ir pra casa por causa disso.

Mas não parece certo nos separarmos ainda, não quando uma tropa inteira de veteranos trama nossa eliminação.

Ele olha para o relógio de pulso e depois para mim.

— Tudo bem se eu passar lá rapidinho? Só pra, tipo... dar um oi pros seus pais e dizer que os considero gênios literários? — Ele morde o lábio inferior. — Não, isso seria estranho. Seria estranho, né? Você já fez umas cem coisas legais pra mim hoje. Não precisa — acrescenta ele, depressa.

Está tagarelando, ah, meu Deus.

É um alívio tão grande ouvir que ele não quer que a gente se separe, ou que pelo menos não toca nesse assunto, que preciso forçar meu rosto a não reagir. Então me pergunto por que estou *aliviada*. Acho que imaginei que estaria desesperada por uma folga a esta altura, mas pelo jeito meus níveis de tolerância a McNair são mais altos do que eu pensava.

— Você... hum... quer jantar com a gente? — pergunto. — Deixo você conhecer meus pais se prometer agir como uma pessoa normal.

Acabei de convidar Neil McNair para o jantar do Shabat. Com meus pais. Na minha casa. Em qualquer outro momento, mandaria uma mensagem para Kirby e Mara contando, mas nem sei como explicaria. Mal consigo explicar para mim mesma.

Os olhos de Neil se arregalam.

— Tem certeza?

— Tenho. Eles adoram receber pessoas.

— Tudo bem se... — Ele se interrompe, empurrando os óculos para cima, que mais uma vez escorregaram pelo nariz. — Tudo bem se a gente passar na minha casa no caminho? Quero pegar uns livros pra eles autografarem. Vai levar só alguns minutos.

Volto a pensar no que os amigos de Neil disseram sobre ele não receber pessoas em casa. Provavelmente vai entrar e sair correndo. Não estou de fato *sendo convidada* para a casa dele.

Concordo e, no caminho de volta até o carro, mando uma mensagem para meus pais avisando que Neil também está indo. Então o metralho com mais perguntas sobre os livros. Ele é um especialista na *Escavações*, lembra detalhes como o nome do hamster de Riley (Megalossauro), o local da primeira escavação dela no volume um (uma pequena cidade ao sul de Santa Cruz, onde sua família estava passando férias) e o que encontrou lá (uma bolacha-da-praia do período Plioceno). Estou impressionada.

— Você vai ter que me falar o caminho — digo enquanto giro a chave na ignição.

— É só virar à esquerda depois da saída da rua 45. — Ele afivela o cinto de segurança. — Isso é bem estranho, hein? Você indo pra minha casa e depois nós dois jantando com seus pais.

Solto uma risada um pouco mais aguda que o normal.

— É. Muito.

— Só pra você saber, a gente pode até jantar juntos, mas isso não é um encontro — diz Neil, completamente sério. — Só não quero que fique muito animadinha. Tipo, seus pais vão estar lá, então seria muito constrangedor se você ficasse babando em mim o tempo todo.

A VIDA PESSOAL DE NEIL MCNAIR: O QUE EU SEI

— Ele mora em algum lugar ao norte do lago Union, mas ao sul do mercado Whole Foods.

— Ele tem um guarda-roupa cheio de ternos.

— Ele é judeu.

— Ele tem uma irmã. Talvez um irmão também?

— Ele teve algum tipo de emergência hoje cedo.

— Hum...

17h33

NEIL SOLTA o cinto de segurança. Quando não me mexo, ele pergunta:

— Você vem?

— Ah... não achei que... tá — digo, incapaz de decidir qual frase terminar.

— Vai ser rápido.

Mas não faço a pergunta que quero desesperadamente fazer: *por quê?* Por que Neil McNair me quer na casa dele, ou será que nem está pensando nisso, ou...?

Antes de abrir a porta, ele faz uma pausa.

— Pode... — começa ele, e então para. Passa a mão pelo cabelo, e sinto os dedos coçarem para alisar os fios de volta no lugar. Neil McNair não é Neil McNair se cada parte dele não estiver em perfeita ordem. — Pode estar bagunçado — diz ele, por fim, então vira a chave e me deixa entrar no McCovil pela primeira vez.

A casa de Neil fica em uma parte mais antiga de Wallingford. Os imóveis do quarteirão são todos de um só andar, com quintais cobertos de ervas daninhas. O de Neil está um pouco mais bem-cuidado que os outros, mas uma hora com um cortador de grama faria bem ao gramado. Por dentro, é limpo... e *frio*. Escassamente decorado, mas nada fora do normal. Estou muito confusa com o aviso.

— Espero que goste de cachorros — diz Neil e um golden retriever pula em mim, abanando o rabo.

— Eu adoro — respondo, esfregando atrás das orelhas do bichinho. Meu pai é alérgico, mas eu costumava implorar por um todo Chanuca. — Ela é linda. Golden retrievers sempre parecem tão felizes...

— Ela parece mesmo. Tá ficando cega, mas é uma boa menina — diz ele, ajoelhando-se para que ela possa lamber seu rosto. — Não é, Lucy?

— Lucy — repito, continuando a acariciá-la. — Você é muito bonita.

— Ela vai soltar um monte de pelo em cima de você.

— Já viu o estado do meu vestido?

Ele se levanta e Lucy o segue. Deve notar que estou encolhida, porque explica:

— A gente não liga o aquecimento no verão. Mesmo quando os verões são, tipo, desse jeito.

— Isso é bom — digo depressa. — Inteligente. Pra... é... economizar e tal.

Minha família tem um padrão confortável de classe média-alta. Existe pobreza em Seattle, mas os bairros ao redor da Westview, em geral, são de classe média à média-alta, com alguns aglomerados de superalta.

Nunca imaginei que dinheiro fosse um problema para a família de Neil.

Uma garota com um cabelo ruivo revolto sai de um cômodo no corredor.

— Achei que você só voltaria pra casa mais tarde.

Aparenta ter onze ou doze anos, e é linda: rabo de cavalo alto, saia lavanda por cima de uma legging preta, sardas pontilhando o rosto.

— Só vim dar uma passada. Não se preocupe. Não vou atrapalhar sua festa do pijama — informa Neil.

— Que pena. A gente se divertiu muito maquiando você da última vez — comenta ela, e ele resmunga.

Há algo na ideia de crianças maquiando Neil McNair que é precioso demais para colocar em palavras. Ela se vira para mim.

— Eu sou a Natalie, e, se ele te contou alguma coisa sobre mim, é mentira. Espera, você é a Rowan? — pergunta ela, e toda a pele exposta de Neil fica vermelha. — Adorei seu vestido.

— Sou sim. Obrigada. Gostei da sua saia.

Neil põe a mão no ombro da irmã.

— Você tá... bem? — pergunta ele em voz baixa, como se não quisesse que eu ouvisse. — Em relação ao que aconteceu mais cedo?

Ela toca o curativo nos nós dos dedos.

— Estou ótima.

Emergência familiar. Ai, meu Deus ... alguém a machucou?

Recuo alguns passos, de repente muito, muito receosa com a situação em que me meti.

— Se voltarem a implicar com você por causa dele, jura que vai me contar? Que não vai usar seus punhos?

— Mas eles são tão eficazes... — protesta ela, e Neil balança a cabeça. — Tá bem. Prometo.

— Neil, bebê, é você? — chama uma voz da cozinha.

Bebê?, murmuro para ele, e, se é que é possível, ele fica ainda mais vermelho.

— Sou eu, mãe. Só vim pegar uma coisa.

Lucy nos segue até a cozinha pequena. A mãe de Neil está sentada à mesa, debruçada em um notebook. Seu cabelo curto é de um castanho--avermelhado mais escuro que o de Neil, e ela veste o que suponho serem suas roupas de trabalho: calça cinza, blazer preto e sapatos sem salto.

— Oi, meu nome é Rowan — digo, e por algum motivo sinto a necessidade de explicar por que estou aqui. — Estou ajudando Neil com um... um projeto.

— Rowan! — exclama ela, calorosa, levantando-se para apertar minha mão. — Sim, sei. É muito bom finalmente te conhecer! Sou Joelle.

— Finalmente? — ecoo, olhando para Neil, sorrindo com todos os dentes para ele. A palavra "horrorizado" nem começa a descrever seu semblante. Nossa, isso é bom demais. Ele fala de mim para a família. Resolvo torturá-lo um pouco mais. — É ótimo finalmente te conhecer também! Neil fala sobre a senhora o tempo todo. É tão bom quando os garotos não têm vergonha de falar sobre as mães, sabe?

— Que gentil. Você tornou esses últimos anos desafiadores pra Neil da melhor maneira possível. — Ela coloca a mão no ombro do filho, que se desintegra em silêncio. — Ele adora um bom desafio. E contou que você está indo estudar em Boston no próximo ano, é verdade?

Que incrível.

— Na Emerson, sim. É uma pequena faculdade de artes liberais em Boston.

— Vai ficar bem tomando conta da Natalie e das amigas dela hoje à noite? — pergunta Neil, enfim entrando na conversa.

O rosto dele está em um tom encantador de escarlate.

— Vai ser moleza. Christopher chega mais tarde, então não se preocupe.

— Fala pra ele que sinto muito por não poder estar aqui.

Decido apontar o óbvio:

— Vocês são todos ruivos.

— Somos parte de menos de dois por cento da população ruiva do mundo — declara Joelle. — Quando eles reclamam, digo que são especiais. — Ela bate no ombro de Neil. — Bebê, não se esqueça das boas maneiras. Você sabe como tratar uma visita.

A poça de vergonha anteriormente conhecida como Neil McNair murmura:

— Ah, quer beber alguma coisa?

— Estou bem. Quer ir lá pegar os livros? — pergunto, para salvá-lo da combustão espontânea.

Ele assente.

— Antes de você ir… Descobriu? Sobre ser o orador? — pergunta sua mãe.

— Ah… — O olhar de Neil despenca para o chão. — Descobri. Eu… hum… consegui.

— Estou tão orgulhosa de você! — exclama ela, puxando-o para um abraço.

De repente, não sinto mais vontade de tirar sarro dele.

A mãe de Neil o solta, e eu o ouço murmurar um agradecimento.

Sigo Neil pelo corredor com carpete marrom até seu quarto. Quando entramos, ele fecha a porta e apoia as costas, fechando os olhos. Fica óbvio que precisa de um tempinho para relaxar, embora eu não entenda muito o porquê. Na verdade, a situação me deixa um pouco tensa. A mãe dele é uma querida. A irmã é fofa… Estou inclinada a pensar que a vida familiar de Neil é bastante normal.

Ainda assim, aproveito a oportunidade para examinar o quarto. A pintura da parede está descascando em alguns pontos. Há um pôster de *Star Wars*, de um dos filmes novos, acho, e um cartaz de um show da Filhotes Grátis!. Acima da escrivaninha, há uma moldura com o trecho da Torá do seu bar mitzvah. A estante está repleta de títulos como *Aprenda japonês de maneira fácil* e *Como falar hebraico moderno*. Na escrivaninha tem muitas canetas para caligrafia e, em uma ponta, há dois halteres de quatro quilos. Um McMistério resolvido. Tento imaginar Neil levantando pesos enquanto recita o alfabeto hebraico.

A cama tem um cobertor jogado de qualquer jeito por cima. Presumi que estaria perfeitamente arrumada. Os ternos, espreitando do guarda-roupa, são a coisa mais bonita do cômodo. Estar no quarto dele parece muito pessoal, como ler o diário de alguém sem permissão.

— Desculpa tudo isso — diz ele quando abre os olhos.

— Tranquilo. Você fala com sua família sobre mim. Estou lisonjeada.

— Agora que seus olhos estão em mim, de repente não sei para onde olhar. Sem dúvida, seu rosto é a opção mais segura. Não quero que pense que estou reparando nos pesos na sua escrivaninha ou, Deus me livre, na sua cama. — Tá tudo bem com sua irmã?

— Vai ficar — responde ele, e então espera muito, muito tempo antes de voltar a falar. — Meu pai... tá na cadeia.

Ah. Meu coração vai parar no pé.

Isso não está nem remotamente dentro do que eu esperava, mas, agora que ele disse, não tenho ideia do que esperava ouvir. *Cadeia*. Soa frio, distante e aterrorizante. Mal consigo imaginar, mal consigo forçar as palavras para fora.

— Neil, eu... sinto muito.

Não chega nem perto de ser suficiente, mas minha garganta está seca. Seus ombros ficam tensos.

— Não precisa se desculpar. Ele fez merda. A culpa é dele. Estragou a vida dele e a nossa, e é tudo culpa *dele*.

Nunca o tinha visto assim. A intensidade no seu olhar me faz recuar alguns passos. Tenho muitas perguntas: "O que ele fez?", "Quando aconteceu?" e "Como você está lidando?", porque *eu* não sei como lidaria. E sua irmã, mãe e... puta merda. O pai de Neil está na cadeia. Que barra.

— Eu não fazia ideia — digo.

— Não falo disso com ninguém. Nunca. E realmente não chamo as pessoas pra cá, porque é mais fácil não responder perguntas. — Ele olha para o chão. — Aconteceu quando eu estava no sexto ano. No outono, quando comecei o segundo ciclo do fundamental. O dinheiro sempre foi apertado. Meu pai era dono de uma loja de ferragens em Ballard, mas não estava indo muito bem, e ele tinha ataques de raiva. Uma noite pegou uns adolescentes roubando. Ficou tão furioso... que espancou um deles até deixar o cara inconsciente. O garoto... ficou em coma por um mês.

Permaneço em silêncio. Porque, para ser sincera... o que vou dizer? Nenhuma palavra minha melhoraria as coisas.

Quando ele fala, sua voz é áspera.

— Não sabia que ele era capaz de algo assim. Desse tipo de violência. Meu pai... quase *matou* alguém.

— Neil — digo baixinho, mas ele não terminou.

— Eu tinha idade suficiente pra entender o que estava acontecendo, sorte a minha, mas Natalie, não. Ela só sabia que nosso pai tinha ido embora. As crianças da minha escola descobriram, e foi horrível. As piadas, os insultos, os colegas tentando arrumar brigar comigo. Pra ver se eu atacaria como meu pai tinha feito. Na maioria dos dias, eu nem queria ir pra aula. A gente não tinha condições de pagar uma particular e, por causa do zoneamento, eu não tinha como mudar de escola, então criei um plano. Distraí todo mundo fazendo o contrário do que eu queria fazer, que era sumir. Eu me joguei na escola, fui consumido pela ideia de ser o melhor. Se eu pudesse ter esse rótulo, pensei que poderia então acabar com o rótulo de "pai na cadeia". E... funcionou. Se alguém na Westview se lembra, nem toca no assunto. Mas algumas crianças da escola da Natalie descobriram e estavam implicando com ela por causa disso, aí ela revidou. Apesar de eu dizer mil vezes que isso *não* é certo, que não queremos nos transformar no nosso pai...

— Isso não vai acontecer — asseguro.

Não consigo imaginar aquela menininha tão doce sendo violenta.

— Então, essa foi a emergência familiar sobre a qual você estava perguntando. Tive que buscar minha irmã na escola antes de o Uivo começar. — Seus ombros se curvam. — Pelo menos ela vai receber as amigas hoje à noite. Vai ser bom.

Todos esses anos, ele tem usado uma armadura. Seu plano de esconder tantas partes de si mesmo funcionou, e não sei se isso é bom ou ruim.

— Vai, sim. Obrigada… por me contar.

Espero não estar dizendo as coisas erradas. Espero que ele saiba que vou guardar o segredo como se fosse meu. Não, como se fosse mais do que meu.

— Eu… Faz tempo que não conto pra ninguém. Por favor, não comece a ficar estranha comigo agora. Foi por isso que parei de contar pras pessoas. É óbvio que meus amigos sabem, e eu costumava conversar com Sean o tempo todo… mas agora nem tanto. Todo mundo agia como se quisesse perguntar mas não sabia como fazer isso com muito tato. Então, se você tiver questões, só vai e pergunta.

Nossa, tenho um milhão, mas consigo escolher uma.

— Você visita seu pai?

— Natalie e minha mãe visitam, mas não o vejo desde os dezesseis anos. Foi quando minha mãe disse que eu poderia decidir por mim mesmo se queria vê-lo, e eu só… não quero. É por isso que pretendo mudar meu sobrenome também. — Ele mexe no cobertor. — Mas é caro, e, quando minha mãe investigou o processo pra Natalie e eu, vimos que seria complicado. Sempre havia outra coisa mais importante.

"Às vezes detesto ter o sobrenome do meu pai. Mesmo quando ele estava aqui, nunca fomos muito próximos. Ele deixou bem explícito que eu não me encaixava na sua definição de como um homem deveria ser. Na cabeça dele, havia "coisas de meninos" e "coisas de meninas", e a maior parte do que eu gostava se encaixava na última categoria. Era um verdadeiro crime eu não me interessar por esportes, e, se ele descobrisse que isso era algo que me deixava emotivo…

Ele para, como se o peso fosse demais. Tenta respirar fundo, mas só consegue soltar um pouco de ar.

Odeio o pai de Neil com cada fibra do meu ser.

— Você tem todo o direito de ficar emotivo. Pelo que quer que seja.

Ele se senta na beirada da cama, segurando o cobertor. Seus ombros sobem e descem por causa da respiração difícil. Queria muito me sentar ao lado dele, colocar um braço em volta do seu ombro, fazer *alguma coisa*.

— Tá tudo bem — digo, no que espero ser uma voz acalentadora.

Espero ter essa capacidade quando se trata de conversar com Neil McNair. Mas não está tudo bem. O que o pai dele fez foi horrível.

— Por isso eu queria tanto ganhar — confessa ele, com a voz embargada. — Ele… ele quer me ver antes de eu ir pra faculdade, mas o presídio fica do outro lado do estado, e eu teria que passar a noite fora. Minha mãe já está fazendo hora extra, e… não vou conseguir voltar pra casa muitas vezes nos próximos quatro anos, e, quando acontecer, minha mãe e Natalie vão ser minha prioridade. Então… meio que sinto que preciso dizer adeus e virar a página. E… e se eu ganhar o dinheiro, não vou me sentir culpado por usar o que economizei pra faculdade.

Essa é a frase que mais me parte o coração. Ele acha mesmo que precisa usar o dinheiro do prêmio com alguém que lhe fez tanto mal.

Neil está chorando. Não é algo descontrolado, apenas pequenos soluços suaves que fazem a bandana no seu braço balançar. Neil McNair está *chorando*.

E é assim que acontece. A cama range quando me sento ao seu lado, deixando alguns centímetros de espaço entre nós. Ainda assim, consigo sentir o calor do seu corpo.

Devagar, levanto a mão e a apoio no seu ombro, esperando uma reação. É um limite estranho de se cruzar. Fico ainda mais consciente da respiração dele, do ritmo errático. Mas então Neil relaxa sob meu toque, como se se sentisse bem, e é um alívio enorme saber que não fiz besteira, que reagi como uma amiga faria. Deslizo a palma da minha mão para frente e para trás no tecido da sua camiseta, sentindo a pele quente por baixo. Depois, não é apenas a palma, mas as pontas dos dedos também, meu polegar traçando círculos no seu ombro. Um abraço teria sido um pouco de mais, muito fora do normal, mas isto… isto eu consigo fazer.

Passo o tempo todo radicalmente ciente de que estou *sentada na cama de Neil McNair*. No lugar onde ele dorme, sonha e me manda mensagens todo dia de manhã.

Mandava mensagem todo dia de manhã.

Estou tão perto que é possível ver que suas sardas não são apenas de uma cor, mas de todo um espectro de marrom-avermelhado. Os cílios longos roçam as lentes dos óculos. São de um tom mais claro que o cabelo, e fico hipnotizada por um momento, em como são delicados, uma centena de pequenas luas crescentes.

Quando seus olhos se abrem para encontrar os meus, deixo minha mão cair do seu ombro na hora, como se tivesse sido flagrada fazendo algo que não deveria. Algo com que minha versão de catorze anos, cuja grande missão era "destruir Neil McNair", ficaria muito, muito decepcionada.

Além disso, já se passou um tempo razoável de consolo.

— Desculpa — diz ele. Estamos calados há tanto tempo que as palavras me sobressaltam. Ele não tem do que se desculpar. Eu deveria me levantar. É estranho estar sentada na sua cama assim, mas, mesmo que não esteja mais tocando em Neil, não consigo me mexer. — Não sabia que ainda estava tão confuso a respeito disso. Já faz alguns anos que meus pais se divorciaram — continua ele, enxugando a marca das lágrimas no rosto. — Todo mundo fez terapia, o que ajudou muito. E minha mãe começou a namorar de novo. Christopher é o namorado dela. É tão estranho que minha mãe tenha um namorado, mas estou feliz por ela. E não tenho vergonha de não ter dinheiro. Tenho vergonha do que ele fez com a gente.

— Obrigada por me contar — digo mais uma vez. Com delicadeza. — De verdade.

— É o último dia. Não tem nada que você possa usar contra mim agora. — Ele dá o que parece ser uma risada forçada. — Nem mesmo o choro.

— Jamais — digo, enfática. Quero que ele saiba que não tem problema algum chorar perto de mim, que não é um sinal de fraqueza. — Juro. Não faria isso. Mesmo se fôssemos pra escola na segunda-feira. — Espero que ele encontre meus olhos outra vez. — Neil. Você precisa acreditar que eu nunca faria algo assim.

Ele assente devagar.

— Não, eu acredito.

— Podemos mudar de assunto — sugiro, e ele solta um suspiro audível.

— Por favor.

Eu me levanto, incapaz de lidar com a realidade de estar na cama de Neil McNair por mais tempo. Está quente aqui, apesar da baixa temperatura exibida no termostato. A área das estantes parece uma parte muito mais segura no quarto.

— Quando você disse que era fã... uau. Deve ter mais exemplares que os meus pais.

Ele se ajoelha ao meu lado, examinando os livros.

— Não ri de mim, mas... eles representavam, tipo, a aventura que eu achava que nunca viveria. Fizemos todas as viagens de carro imagináveis pelo noroeste do Pacífico, mas nunca andei de avião. Os livros da série *Escavações* foram uma maneira de eu vivenciar tudo isso. Eu costumava me sentir triste por não ter essas experiências... mas sabia que um dia teria.

— Ano que vem. Ouvi dizer que a faculdade é tipo uma aventura — digo baixinho.

Ele passa muito tempo avaliando as estantes. Tira alguns livros, olha as capas, ri. Se não fosse Neil McNair, seria adorável. Talvez seja mesmo assim.

De algum jeito, tudo o que aconteceu comigo durante o ensino fundamental foi parar em um livro. O volume em que Riley tem sua primeira menstruação (e que foi criticado por alguns pais porque funções aparentemente básicas do corpo humano são um tabu) é baseado na minha própria experiência. Menstruei em uma excursão do sexto ano a um museu, e falei para uma professora que achava que devia ter me machucado porque estava sangrando, o que, pensando agora, é curioso, porque eu sabia o que era menstruação. Quando ela perguntou onde eu estava sangrando, apontei para o meio das pernas, e ela me arranjou um absorvente depressa. Passei o resto do dia torcendo para que ninguém notasse o volume na minha calça, eu tinha certeza de que todos podiam ver.

Agora que lembrei o episódio, espero que Neil não pegue esse exemplar. Por mais que esse tipo de coisa não me incomode, eu realmente não gostaria de falar sobre minha menstruação ou a de Riley no quarto de Neil McNair.

— Tem uma palavra em japonês: *tsundoku* — começa Neil, de repente. — É minha palavra favorita do mundo.

— O que significa?

Ele sorri.

— Significa adquirir mais livros do que você poderia ler em termos realistas. Não existe tradução direta.

— Adorei. Peraí. O que é isso aqui atrás?

— Nada — responde Neil depressa.

Mas já estou pegando a capa familiar, com a mulher em um vestido de noiva. *Álbum de casamento*, de Nora Roberts. O romance sobre o qual fiz minha redação no primeiro ano.

— Ora, ora, mas que interessante — declaro, sem conseguir conter o sorriso.

Ele passa a mão nos cabelos.

— Eu... é... comprei usado. Mais tarde no primeiro ano. Pensei que talvez eu tivesse sido... um pouco babaca. Imaginei que talvez você tivesse descoberto alguma coisa legal, que eu deveria ler se fosse fazer uma crítica tão dura. Muitas pessoas falam mal de romances comerciais, certo? Eu era novinho, e devia achar legal tirar sarro de coisas que de fato não entendia. Quis dar uma chance.

— E o que você achou?

— Eu... gostei. É bem escrito e engraçado. Foi fácil me deixar envolver pelas personagens. Entendi por que você adorou.

Ele está me surpreendendo de muitas maneiras.

— Vou tirar esse da minha lista de possíveis fichamentos. Mas a série tem mais três livros, se quer saber. Uau. Minha cabeça tá girando. Com tudo. — Abro o livro, congelando quando caio na página de direitos autorais. — Peraí. Isso aqui é uma *primeira edição*? É sério?

Ele dá uma olhada.

— Caramba, acho que é. Nunca reparei.

Estou boquiaberta. Neil tem uma primeira edição de Nora Roberts.

— Fica com ele.

— O quê? Não. Não posso — digo, embora abrace o exemplar no peito.

— Tem mais significado pra você. Devia ficar

— Obrigada. Muito obrigada.

Abro a mochila, e, na pressa para reorganizar as coisas e abrir espaço para o livro, um pacotinho metálico cai no chão.

Nunca havia experimentado o silêncio que se abate sobre nós. "Vermelho" nem sequer começa a descrever a cor do rosto dele.

— Você... tinha planos pra mais tarde?

Morri mas passo bem.

— Ai, meu Deus. Não. *Não* — digo, pegando a camisinha e enfiando na mochila. — Foi uma bobeira. Kirby estava limpando o armário dela na escola... ela ganhou na aula de saúde... e eu vou morrer agora. Me deixe aqui com seus livros.

Se isso tivesse acontecido com qualquer uma das heroínas de Delilah Park, elas ririam e contariam piadas sobre o episódio mais tarde. Posso tentar com Kirby e Mara, mas não com Neil McNair.

No fundo da minha mente... tudo bem, talvez em algum lugar mais perto do meio da minha mente, me pergunto se ele já transou. Hoje cedo, eu teria afirmado que com certeza não, a julgar pelo jeito como ele e a namorada eram frios um com o outro na escola. Mas, depois do que aconteceu aqui... tudo é possível. Só agora percebo quão pouco sabia sobre Neil.

— Por favor, não morra. Eu preciso te zoar por causa disso mais tarde.

— A gente tem que ir — declaro, colocando no ombro minha mochila ousadinha. — Shabat.

Antes de abrir a porta, ele olha para trás uma vez, como se me ver no seu quarto fosse uma imagem muito estranha para pôr em palavras. Para falar a verdade, tudo o que aconteceu aqui é muito estranho para pôr em palavras.

Mais estranho ainda, porém, é o novo tipo de determinação que pulsa em mim.

Eu estava errada. O Uivo é maior que Neil e eu, mas é maior que a Westview também. Destruir meu arqui-inimigo para realizar um sonho do primeiro ano é fútil demais comparado à diferença que esse dinheiro pode fazer na vida de Neil. Quero dizer, ele poderia até trocar de *sobrenome*. Embora eu não possa apagar o que aconteceu com ele, tenho certeza de que não posso aceitar uma parte do prêmio em dinheiro. Não posso continuar jogando o Uivo só por mim. Quando vencermos, *se* vencermos, vai ser por ele.

Escavações v. 8 — Um Chanuca assombrado

por Jared Roth e Ilana García Roth

Riley prendeu bem um dos pequenos coques enrolados no topo de sua cabeça, e depois o outro. Não ia deixar o cabelo atrapalhar na missão. De novo, não.

Não estava com medo. Não sentia medo desde os dez, talvez onze anos. Roxy foi quem ficou com medo, quem implorou à Riley que desse uma olhada dentro de seu guarda-roupa e debaixo da cama para garantir que não havia monstros. Riley sempre levou muito a sério o papel de exterminadora de monstros, e, depois de enfiar a cabeça nos espaços escuros, declarou em um tom de autoridade que o quarto da irmã estava oficialmente livre de criaturas.

Não, ela não estava com medo, não enquanto subia os degraus familiares até seu lugar favorito no mundo à meia-noite e meia. Estar no museu depois do expediente era um privilégio; Riley sabia disso. Ao passar o crachá e acenar para Alfred, o segurança noturno, ela lembrou a si mesma que tinha que ver a pedra de perto. Precisava de silêncio para permitir que a mente a apreendesse por completo.

A curadora sênior do museu, a professora Graves, disse que havia sido encontrada em uma escavação na Jordânia, e a imagem esculpida na superfície era inconfundivelmente uma menorá. Era, de fato, talvez a representação mais antiga de uma menorá já descoberta.

No entanto, havia algo no entalhe que não se encaixava na cabeça de Riley, algo que a fez voltar ao museu quando seus pais pensavam que ela estava dormindo.

Riley foi se aproximando, seus tênis da sorte fazendo barulho no piso de ladrilhos. Deveria estar logo à frente, junto às demais relíquias religiosas que integram o acervo permanente do museu.

Mas, assim que dobrou o corredor, ouviu alguém gritar.

De repente, Riley estava com muito, muito medo...

18h22

NEIL MCNAIR ESTÁ olhando todo bobo para os meus pais como se não acreditasse que são de verdade.

— Você quer guiar o *Kidush*? — pergunta minha mãe depois de acender as velas com a mão sobre os olhos.

Acho que, pelo jeito como Neil os encarava, ela sentiu que ele queria.

— Eu adoraria — diz ele depois de uma pausa.

No carro, Neil lamentou não ter colocado uma roupa melhor, mas garanti que meus pais não iam ligar para sua camiseta esquisita com uma frase obscura em latim. O lado ruim: toda a questão sobre os braços de Neil está de volta.

Ainda não é bem a hora do pôr do sol, leia-se: não somos os judeus mais praticantes, então a luz do dia ainda entra na casa. Quando chegamos, Neil tirou os sapatos no corredor e apertou a mão dos meus pais, mas mal conseguiu cumprimentá-los. Eles sabem o básico sobre ele: rival de longa data, irritante e gosto medíocre para livros. E judeu, informação que incluí na mensagem avisando que o orador oficial da Westview participaria do jantar do Shabat. Meus pais adoram receber outros judeus em casa, mas é raro acontecer.

Minha mãe passa a taça do *Kidush* para Neil.

— *Baruch atah Adonai Eloheinu melech ha'olam borei p'ri hagafen* — diz ele em uma voz baixa e melosa.

A bênção sobre o vinho.

Sua pronúncia, sua inflexão... são impecáveis. Óbvio que seria, com a afinidade de Neil por palavras e idiomas. Tem muita coisa que amo no judaísmo, a história, a comida e o som das orações, mas minha religião também me isola. No entanto, bem aqui na minha frente, está uma pessoa que rotulei como inimigo e que talvez estivesse se sentindo igualmente isolada.

Depois do que aconteceu na casa de Neil, não tenho ideia de como agir. As coisas entre a gente mudaram; compartilhamos mais sobre nós mesmos do que fazemos com a maioria das pessoas. Mas não sei como dizer, sem parecer que estou fazendo por pena, que, se vencermos, quero que ele fique com o dinheiro do Uivo.

Compartilhamos a taça de *Kidush*, de prata com adornos elaborados, que pertencia aos avós do meu pai. Neil toma um pequeno gole e a entrega para mim. Meu gole também é minúsculo. Eu me pergunto se ele acha que encostei de propósito a boca em um lugar que ele não encostou. Então passo para meu pai e tento me comportar de um jeito um pouco menos neurótico.

Depois que recitamos a bênção sobre a chalá, é hora de comer. Fiéis à promessa, meus pais compraram um ravióli de cogumelos e prepararam uma salada com a receita secreta de molho do meu pai.

— Você observa o Shabat com sua família, Neil? — pergunta minha mãe.

— Não com muita frequência. Mas tenho uma boa memória, e a gente costumava observar quando minha irmã e eu éramos mais novos. — Noto sua mandíbula tensa por uma fração de segundo. — Vocês fazem toda semana?

— Tentamos estar juntos pro jantar do Shabat toda sexta-feira — explica meu pai. — Imagino que vai ser diferente quando Rowan estiver na faculdade.

— É estranho ser um dos poucos judeus da turma — comenta Neil.

É meio estranho ouvi-lo verbalizar algo que eu só tinha pensado comigo mesma. Também sinto certo alívio ao ouvir alguém dizer algo que eu julgava que só eu sentisse.

Na maior parte do ano, você não percebe que isso o torna diferente. É apenas algo que sua família faz toda sexta-feira, e a gente não se desconecta por completo como alguns judeus mais praticantes. Mas, durante os meses de novembro e dezembro, você é um excluído. É incrível a quantidade de pessoas que nunca se dá conta de que alguém, por princípio, não celebra o Natal.

— No quinto ano, uma professora montou uma árvore de Natal sem se lembrar de que tinha uma judia da turma — conto. — Depois anunciou pra todos os alunos que, pra não me ofender, iria tirá-la. Todo mundo ficou chateado comigo por, tipo, uma semana inteira. Ela nem perguntou o que eu achava, nem se deveria adicionar uma menorá pra compensar. Era quase como se quisesse que os outros soubessem que eu era a razão pela qual não podiam ter uma árvore.

A mesa fica em silêncio por alguns segundos. Não tinha percebido que vinha segurando isso por tanto tempo.

— Você nunca contou pra gente! Quem era a professora? — pergunta minha mãe.

— Não queria fazer disso um caso maior do que já era — justifico. Mas talvez eu devesse. — A senhora Garrison, acho.

— Doamos uma coleção de livros pra turma dela — diz meu pai em um resmungo.

— Que horrível — comenta Neil, então faz um gesto abarcando a sala. — Mas isso aqui é legal. Ficar com outros judeus.

E é mesmo.

Minha mãe abre um sorriso para nosso convidado inesperado.

— Rowan disse que você é fã dos nossos livros.

A boca de Neil se abre e se fecha, mas nenhum som humano é emitido. Seus livros da série *Escavações* estão embaixo da mesa. Neil Tiete: alguém que jamais pensei que conheceria.

Eu o chuto por baixo da mesa. *Por favor, lembre-se de como falar*, tento transmitir por telepatia. O ego dos meus pais vai explodir depois disso.

— Grande fã — diz ele, por fim. — Comecei a ler *Escavações* no terceiro ano do fundamental e não consegui mais parar. Esses livros realmente me fizeram tomar gosto pela leitura.

Meus pais ficam encantados.

— Esse é o melhor elogio que você poderia nos dar. Leu a série inteira? — pergunta meu pai.

— Tantas vezes que nem dá pra contar. — Ele aponta para a mesa. — E vocês dois são veganos, certo? Igual à Riley!

— Somos. Mas Rowan é vegetariana. Ela simplesmente não consegue ficar sem laticínios.

Meus pais viraram veganos na faculdade, mas quiseram que eu decidisse por mim mesma quando tivesse idade suficiente. No jardim de infância, me declarei vegetariana e nunca voltei atrás. Amava demais os animais para pensar em comê-los. Como resultado, manter uma alimentação *kosher*, ou pelo menos suas regras mais básicas, é muito fácil na nossa casa.

— Rowan *ama* queijo — afirma minha mãe. — Às vezes, quando quer fazer um lanche, leva uma colher e um tubo de cream cheese pro quarto.

Neil levanta as sobrancelhas para mim, segurando a risada.

— Mãe. — Sim, cream cheese é a comida dos deuses... especificamente Chris Hemsworth na época de *Thor: Ragnarok*... mas só fiz isso algumas vezes. Com certeza menos de dez. — Vamos pegar leve no assunto queijo?

Além disso, não é só queijo. Não conseguiria viver sem os pãezinhos de canela da Two Birds.

— Certo, certo. Como está indo o Uivo?

Eles se mostram interessadíssimos enquanto Neil e eu explicamos nossa estratégia, as pistas deste ano e contamos qual é o grande prêmio. Agora que já cumpriram o prazo, estão muito mais relaxados.

— A gente deveria colocar isso em um livro. Seria divertido, hein? — diz meu pai.

Minha mãe dá de ombros.

— Não sei. Pode ser meio difícil de entender. Um pouco específico demais.

— Acho que seria ótimo! — exclama Neil, exagerando um pouco no entusiasmo. — Qual é o livro que vocês acabaram de escrever?

Depois que ele dá corda aos meus pais, os dois não param nunca mais de falar. Dou uma espiada no celular. Falta uma hora e meia para a sessão de autógrafos de Delilah. Como é improvável que a gente resolva todas as cinco pistas restantes até lá, vou ter que deixar Neil sozinho um pouco. Eu me pergunto como fazer isso sem contar o motivo.

— É o primeiro de uma série *spin-off* sobre a irmã mais nova de Riley...

— Roxy! — completa Neil. — Ela é hilária. Adoro o jeito que ela usa alimentos de que não gosta como interjeições, como *Ai, minha toranja!* ou *Mas que figo!.* Sempre me faz rir nos livros da Riley.

— Nossa editora também adora — conta minha mãe. — E o agente achou que poderíamos alcançar um público infantil novo com essa série. Então contamos a trajetória de Roxy pra se tornar confeiteira, e cada livro vai ter, na parte final, receitas fáceis pras crianças prepararem

— Que ideia legal. Minha irmã ia amar. Ela tem onze anos e está começando a gostar de ler. Sabe, sempre pensei que *Escavações* daria um ótimo filme.

— Nós também! — concorda meu pai. — Os direitos foram vendidos, mas nada aconteceu.

— Do jeito que as coisas são em Hollywood, provavelmente teriam embranquecido a história. Transformado Riley Rodriguez em Riley Johnson ou algo do tipo e feito os livros do Chanuca girarem em torno do Natal — diz minha mãe.

Neil estremece.

— Aliás, eu trouxe alguns livros, se vocês não se importam...

— Óbvio que não! — exclama meu pai. Juro que já está com uma caneta de autógrafos a postos. — Neil é com *EA* ou *EI*?

Ele explica a grafia correta, e eles deixam suas assinaturas na folha de rosto.

Para Neil,
Escave!

Neil lê e relê várias vezes, os lábios formando as palavras. Parece que vai desmaiar.

— Poderiam assinar o outro pra minha irmã, Natalie? — pergunta, e meus pais concordam. — Obrigado. Muito obrigado. Não consigo nem explicar o quanto isso significa pra mim.

Venho travando uma guerra contra um superfã de Riley Rodriguez há anos. Não posso negar que é um pouco cativante.

— Sempre às ordens, Neil — diz minha mãe. — Se quiser voltar aqui ainda nesse verão, talvez a gente possa te mostrar alguns rascunhos do nosso próximo livro ilustrado.

— Seria incrível — acentua ele, e juro que se senta mais ereto, parecendo ganhar mais confiança. — Sabem que outro tipo de livro que eu adoro? Romances comerciais.

Então ele enfia mais salada na boca, todo descontraído.

Preciso de um tempo para voltar meu queixo para o lugar.

Minha mãe ergue as sobrancelhas.

— Ah. É mesmo? — diz ela em um tom perplexo.

— Você e Rowan têm isso em comum. Acho que não são mais só pra donas de casa entediadas — comenta meu pai.

Ele dá ênfase a "donas de casa entediadas", como se fosse uma expressão de que não gostasse mas não conseguisse pensar em outra melhor. Pai, sua misoginia está na cara.

— E nem só pra mulheres — continua Neil, depois de uma pausa que talvez indique que ele também ficou incomodado com o comentário do meu pai. — Embora destaquem as experiências das mulheres de uma forma que poucas outras mídias fazem.

Sua voz é sólida, firme. Não há sinal de sarcasmo, e não sei mais dizer se Neil está me zoando. Quando seus olhos encontram os meus, um canto da sua boca se eleva em um sorriso que é mais reconfortante que conspiratório. Quase como se estivesse tentando ajudar meus pais a entenderem essa coisa que eu amo.

Mas isso é maluquice.

— Bem, não sei se isso é necessariamente verdade — retruca meu pai, e recita os nomes de algumas séries da Netflix porque, óbvio, três exemplos recentes são uma prova incontestável de que um gênero artístico inteiro não é mais majoritariamente enviesado pelo olhar masculino.

O que diriam se eu contasse agora? Se confessasse que, quando faço aulas de escrita criativa na Emerson, é porque quero escrever o tipo de livro que eles acham que não tem valor? Será que tentariam me fazer mudar de ideia ou aprenderiam a aceitar? Parte de mim nutre a esperança de que entenderiam se eu desejasse seguir, em parte, seus passos, mas quero uma garantia de que a reação não vai me abalar.

Meu peito está muito apertado e, de repente, não tem ar suficiente no cômodo. Em um movimento rápido, fico de pé.

— Dá licença um minutinho — digo, então fujo para a cozinha.

Eu me deleito na solidão por alguns minutos, tentando descobrir como este dia passou de Neil McNair ganhando de mim e tornando-se o orador oficial para Neil defendendo romances comerciais diante dos meus pais. Ouço risos distantes vindos da sala de jantar.

— Rowan? — diz minha mãe.

Paro de encarar nosso quintal através da janela e me viro. Ela tira os óculos e limpa as lentes no suéter. Seu cabelo está preso no mesmo tipo de coque que o meu, embora o dela, de algum jeito, passe a impressão "autora profissional desleixada". Deve ser o par de lápis enfiado entre os fios.

— Aquele não pode ser o mesmo garoto com quem você está competindo há quatro anos — afirma ela, apontando para a sala de jantar. — Porque ele é muito legal. Muito educado.

— É o mesmo garoto. — Eu me apoio no balcão da cozinha. — E ele é tudo isso mesmo. Surpreendentemente.

Ela abre um sorriso caloroso e pousa as mãos nos meus ombros.

— Rowan Luisa Roth. Tem certeza de que tá tudo bem? Imagino que esse último dia tenha sido difícil.

Rowan Luisa. Meu nome do meio pertencia à mãe do pai dela, uma avó que viveu e morreu no México antes de eu nascer.

Só noto o sotaque da minha mãe às vezes, quando ela pronuncia certas palavras ou quando corta o dedo com papel ou bate o dedinho do pé. Nessas ocasiões, murmura "Dios mío" tão rápido que eu costumava achar que era tudo uma palavra só. Quando lê em voz alta para si mesma instruções, receitas ou contando, o faz em espanhol. Uma vez comentei, porque achava interessante e porque adoro ouvir minha mãe falar espanhol. Ela nem percebia, e fiquei preocupada com a possibilidade de, ao notar que fazia isso, parasse. Felizmente, ela nunca parou.

— Eu... não sei.

Sempre pude ser sincera com meus pais. Até contei para minha mãe quando perdi a virgindade. Meus romances me deixaram com muita vontade de falar sobre o assunto.

A questão é que estou com medo.

Medo de dizer que quero o que eles têm.

Medo de que descartem meu desejo como um hobby passageiro.

Medo de lerem meu trabalho e dizerem que não sou boa o bastante.

Medo de que me digam que nunca vou chegar lá.

Ela acaricia minha bochecha.

— Finais são tão difíceis — diz, e então ri do duplo sentido. — Sei bem como é. Passamos o dia todo tentando acertar o nosso.

— Os finais de vocês são sempre perfeitos. — E falo sério. Fui a primeira leitora dos meus pais, a primeira fã. — Já acon... — Paro de falar, pensando em como expressar o sentimento em palavras. — Já aconteceu de as pessoas menosprezarem você e o papai por escreverem livros infantis?

Ela me dirige um olhar que diz "É óbvio" por cima dos óculos.

— O tempo todo. A gente contou o que os pais dele disseram quando o terceiro livro da Riley chegou à lista do *New York Times*, não contou? — Quando balanço a cabeça, ela continua: — O pai dele perguntou quando a gente ia começar a escrever livros de verdade.

— O vovô só lê romances da Segunda Guerra Mundial.

— E tudo bem. Não faz meu gênero, mas entendo por que ele gosta. A gente sempre gostou de escrever pra crianças. Elas são tão cheias de esperança e encantamento, e tudo parece grande, novo e empolgante. Também adoramos conhecer as crianças que leem nossos livros. Mesmo que não sejam mais crianças — diz ela com um aceno de cabeça em direção à sala de jantar.

— Você já pensou... — Mastigo o interior da bochecha. — Que o que o vovô diz sobre seus livros... Quer dizer, que é assim que me sinto às vezes.

— Sobre os romances comerciais? Eu nunca alegaria que não são livros de verdade, Rowan. Cada um de nós tem as próprias preferências. Podemos concordar em discordar.

Tento aliviar o aperto no meu peito. Não é um progresso, não exatamente, mas pelo menos não soa como um retrocesso. Vai ter que bastar até eu conhecer Delilah.

— Falando em romance... — continua minha mãe. — Tem algo rolando entre você e Neil?

Minhas mãos voam até a boca, e tenho certeza de que há uma expressão de profundo horror no meu rosto.

— Ai, meu Deus, mãe, não, não, não, não, não. Não.

— Desculpa, não entendi direito.

Eu reviro os olhos.

— *Não.* A gente se uniu pro jogo. É cem por cento platônico.

Mas minha mente tropeça na maneira como ele recitou o *Kidush*, no som das palavras que eu conhecia tão bem em uma voz que pensei que conhecesse. Sinto os dedos formigarem com a lembrança de estar sentada na cama de Neil, tocando seu ombro. Um momento inusitado de contato físico entre nós. Em seguida, o pontilhismo de sardas no seu rosto e pescoço, as manchinhas que envolvem seus dedos e sobem pelos braços. E os *braços...* o jeito que ficam naquela camiseta.

Deve ser só porque reparo muito em braços.

— Tudo bem. Espero que vocês aproveitem o resto do seu *jogo* — diz minha mãe com um sorriso malicioso, então volta para a sala de jantar.

AS PISTAS DO UIVO

- ☽ ~~Um lugar onde se pode comprar o primeiro álbum do Nirvana~~
- ☽ ~~Um lugar que é vermelho do chão ao teto~~
- ☽ Um lugar onde se pode encontrar Chiroptera
- ☽ ~~Uma faixa de pedestres das cores do arco-íris~~
- ☽ ~~O sorvete certo para o Pé-Grande~~
- ☽ O grandalhão no centro do universo
- ☽ ~~Algo local, orgânico e sustentável~~
- ☽ Um disquete
- ☽ ~~Um copo descartável de café com o nome de outra pessoa (ou seu próprio nome com erros ortográficos muito loucos)~~
- ☽ ~~Um carro multado por estacionamento irregular~~
- ☽ Uma vista lá do alto
- ☽ A melhor pizza da cidade (à sua escolha)
- ☽ ~~Um turista fazendo algo que um morador teria vergonha de fazer~~
- ☽ ~~Um guarda-chuva (todos sabemos que os moradores raiz de Seattle não usam)~~
- ☽ Uma homenagem ao misterioso Sr. Cooper

19h03

— COMENDO CREAM CHEESE direto do tubo — diz Neil, balançando cabeça enquanto descemos a avenida Fremont. — Sua selvagem.

— Ninguém tem boas maneiras quando tá comendo sozinho — argumento enquanto procuro um lugar para estacionar. — Com certeza você tem vários hábitos terríveis.

— Na verdade, sou bastante sofisticado. Coloco as coisas no prato antes de comê-las. Já ouviu falar deles, né? Pratos? Ver também: tigelas.

Mais para o final do jantar, traçamos uma estratégia: o Troll de Fremont (*O grandalhão no centro do universo*) e depois *Uma vista lá do alto*. Quando sugeri o Parque Gas Works, famoso pela cena de paintball no filme *10 coisas que odeio em você*, ele fez pouco-caso.

— Tem certeza de que é a melhor vista de Seattle? — perguntou.

— É *uma* vista de Seattle. Não precisa ser a melhor — retruquei.

Fremont fica lotado nas sextas-feiras à noite. Ainda não está escuro, e é possível ouvir as vozes vindas dos bares e restaurantes. Na próxima semana, Fremont vai comemorar o solstício de verão com um desfile e um passeio ciclístico nudista. O troll, de quase seis metros de altura, segura um Fusca de verdade em uma das mãos e tem uma calota no lugar de um olho.

Pela décima vez no último minuto, checo que horas são no painel do carro. A sessão de autógrafos de Delilah Park é daqui a uma hora, e agora estou oficialmente em pânico.

Sem dúvidas, ela vai estar elegante, como sempre parece em todas as fotos. E vai ser simpática. Tenho certeza de que vai ser simpática. Já conheci autores amigos dos meus pais, mas não é a mesma coisa. Delilah é alguém que descobri sozinha, não alguém que meus pais recebem em casa para um drinque sempre que está na cidade. Horrorizada, me dou conta de que esqueci de trocar meu vestido manchado. Rezo para que esteja escuro na livraria. Não quero me sentar na primeira fileira, mas também não quero ficar muito no fundo. O que as pessoas normais fazem quando vão a eventos sozinhas? Talvez eu deixe a mochila no banco ao meu lado e finja que estou guardando para alguém.

— Você tem algum compromisso? — pergunta Neil enquanto seguimos procurando uma vaga. — Você não para de olhar o relógio.

— Sim. Quer dizer, não. Eu só... Tem uma coisa que quero fazer às oito.

— Ah. Certo. Você estava... planejando me contar?

— Estava. Agora.

Mesmo depois do minidiscurso pró-romances comerciais de Neil durante o jantar, essa sessão de autógrafos é algo que tenho que viver sozinha. Se ele estiver junto, não vou sentir que posso ser eu mesma, embora não tenha certeza de quem é essa pessoa, essa capaz de amar o que ama se envergonhar.

— Tudo bem — diz ele, devagar. — Onde é?

— Em Greenwood. Vou levar uns dez minutos pra chegar e só vou ficar fora por cerca de uma hora. Já estamos bem adiantados — digo, ciente de que pareço estar tentando defender minha decisão. — Podemos nos encontrar depois e terminar o jogo. A não ser que você ache que vai estar muito cansado.

— Estou preparado pra uma longa jornada.

— Ótimo. Eu também.

Um silêncio constrangedor se segue. Preciso mudar de assunto antes que me dissolva em uma poça de nervos.

— Você e sua irmã parecem próximos.

— Somos mesmo — diz ele, então reprime um sorriso. — Exceto pelos seis meses, quando ela tinha uns oito anos, em que a convenci de que ela era uma alienígena.

— O qu-quê?

Dou risada.

— Lucy é canhota, e o resto da família é destra. Ela também é a única que tem o umbigo pra fora, então eu a convenci de que isso significava que ela era alienígena. A coitada entrou em pânico e decidiu que ia tentar voltar pro seu planeta natal, que eu disse se chamar Blorgon Sete. De vez em quando, pergunto como vão as coisas em Blorgon Sete.

Dá para sentir que existe um afeto genuíno entre eles. Que Neil é um bom irmão, embora, como filha única, eu nunca tenha sido capaz de entender por completo a profundidade dos relacionamentos entre irmãos. Isso toca meu coração de diversas formas.

— Tadinha da sua irmã.

— E você, com seus pais... são bem próximos.

É mais uma afirmação do que uma pergunta. Assinto.

— Foi legal o que você disse pra eles. Obrigada.

— Eu descobri que estava errado. Eles também estão. Mas, sério, seus pais são muito legais. Você tem sorte.

As palavras carregam um peso. Sei que tenho sorte. Sério. E amo meus pais, mas não sei como fazê-los entender o que quero quando eles não entendem o que amo.

— Obrigada. De novo.— É tudo que consigo dizer. Cordialidade com Neil McNair. Essa é nova.

Encontramos uma vaga para estacionar que fica dez minutos a pé do troll. Tranco o carro enquanto Neil se alonga, como se estivesse se preparando para uma grande corrida. Estica os braços para o céu, a camiseta subindo e expondo um pedaço da barriga. Está usando um cinto marrom simples, e o cós azul-marinho da cueca boxer aparece acima da calça jeans.

Meu rosto esquenta. A ordem para desviar o olhar se perde entre a parte do meu cérebro que faz boas escolhas e a parte que não faz. É como se minha mente não conseguisse processar a barriga de Neil McNair. É óbvio que ele tem uma barriga, e é óbvio que é coberta de sardas...

Objetivamente, é uma barriga atraente. Só isso. Uma apreciação do corpo masculino. Os ombros, os braços, a barriga.

E o anel de sardas em volta do umbigo.

E os pelinhos ruivo logo abaixo que desaparece sob a cueca.

Seus braços caem, assim como a bainha da camiseta, escondendo a barriga em segurança. Ele encontra meus olhos antes que eu tenha a oportunidade de desviar o olhar, e um canto da sua boca se curva para cima.

Ah, não, não, não. Será que ele acha que eu estava reparando?

— Fazia tempo que não tinha um jantar de Shabat — comenta ele, e fico aliviada porque judaísmo é um assunto do qual posso falar. Já os motivos por que eu estava secando a barriga sardenta de Neil, nem tanto.

— Obrigado. De verdade. O que você disse, sobre aquela professora que…

— Ele balança a cabeça. — Já perdi a conta de quantas experiências parecidas eu tive. As pessoas dizem pra você levar numa boa, que tá exagerando. Ou parecem pensar assim no começo, e depois é uma "brincadeira" atrás da outra e você começa a se perguntar se realmente é inferior por causa da sua religião. Por isso parei de contar pras pessoas, e, pelo sobrenome… ninguém acha que sou judeu. — Seguimos no mesmo ritmo, passando por uma loja de molduras e por uma padaria de produtos sem glúten. — Mas as comemorações de final de ano são difíceis. Sempre acho que não vão ser, mas aí são.

— Você não adora quando as pessoas chamam de "festividades", ou "festas de fim de ano", mas tudo é vermelho e verde e tem a porra de um Papai Noel? É como se pensassem que chamar de "festividades" os torna automaticamente inclusivos, mas não querem se dar ao trabalho de incluir de verdade.

— Sim! — Ele quase grita, então uma família que sai de um restaurante tailandês nos encara. Neil está rindo um pouco, mas não por achar engraçado. — Um professor falou na minha cara que eu não podia participar de uma caça aos ovos de Páscoa, mesmo sabendo que eu queria.

— Quando as pessoas descobrem que sou judia, juro que às vezes assentem, tipo: "É, faz sentido." Já me disseram… que tenho muita cara de judia.

— Tive um amigo no início do fundamental que parou de ir na minha casa — diz ele, em voz baixa. — O nome dele era Jake. Quando perguntei por quê, ele contou que os pais não deixavam. Cheguei em casa chorando, sem entender, e minha mãe ligou pro pai dele. Quando desligou o telefone… eu nunca a tinha visto daquele jeito. Uma parte de mim *sabia*, antes mesmo que ela contasse, por que o Jake não tinha mais permissão pra brincar comigo.

Ele simplesmente continua partindo meu coração.

— Isso tudo é horrível pra cacete. — Dou uma conferida ao redor, então continuo. — Mais cedo, quando ouvi Savannah na zona segura, ela disse que eu obviamente não precisava do dinheiro do Uivo. Depois... depois ela bateu o dedo no nariz.

Repito o gesto, percebendo que estou chamando a atenção para meu próprio nariz e me perguntando se Neil acha que é muito adunco ou grande demais para meu rosto, como eu costumava achar. Ele para de súbito, as sobrancelhas arqueadas.

— Tá falando sério? — Ele bufa alto. — Porra, Rowan. Que escroto. Isso é muito escroto. Sinto muito.

Sua reação me ajuda a relaxar um pouco. Como se meu sentimento em relação ao que aconteceu fosse justificado por não ser a única a achar que foi um absurdo, mas... minha reação era o bastante, não era? Se me senti um lixo na hora, era o bastante.

Neil dá um passo à frente e roça meu antebraço com as pontas dos dedos, um pequeno gesto que cai bem com sua expressão de empatia. A maneira como me toca é suave e hesitante. É a maneira como eu o toquei no seu quarto, na sua cama.

— Sinto muito — repete ele, os olhos cravados nos meus.

Há algo de muito estranho nessas palavras combinadas às pontas dos dedos na minha pele, então desvio o olhar, o que o faz afastar a mão.

— As pessoas acham que é inofensivo. Acham engraçado. É por isso que fazem isso — digo, tentando ignorar o arrepio esquisito onde ele me tocou. Deve ser eletricidade estática. — Mas é inofensivo só até que algo de ruim aconteça. É inofensivo, e de repente há seguranças na sua sinagoga porque alguém avisou de uma ameaça de bomba. É inofensivo, e você fica com medo de sair da cama no sábado de manhã e ir aos cultos.

— Isso por acaso...? — pergunta ele em voz baixa.

— Pouco antes do meu bat mitzvah.

A polícia encontrou o cara que fez a ameaça. Tinha sido um trote, aparentemente. Não sei o que aconteceu com ele, se foi para a cadeia ou se um policial apenas lhe deu um tapinha nas costas e pediu que não fizesse mais aquilo, como acontece quando homens brancos têm um comportamento abominável. Mas eu fiquei com tanto medo que chorei e implorei aos meus pais por semanas que não me obrigassem ir à sinagoga. Com o tempo, apenas paramos de frequentar o templo, exceto nas datas comemorativas.

Esse medo tirou de mim algo que eu amava.

Não era nada inofensivo.

Neil e eu estamos um pouco sem fôlego. Suas bochechas estão coradas, como se a conversa tivesse sido um esforço físico tanto quanto emocional. Voltamos a acertar o passo.

— É estranho às vezes, com meu sobrenome, o cabelo e as sardas, suporem que sou totalmente irlandês. Passo por não judeu até alguém saber que sou judeu, e aí eles se referem a isso o tempo todo. As pessoas aqui se esforçam pra tentar fazer você se sentir confortável, e, no processo, às vezes te excluem ainda mais. Algumas têm boas intenções, mas outras...

É. Exatamente.

— Quando aprendemos sobre o Holocausto, presumimos que o antissemitismo é algo do passado. Mas... na verdade não é.

— Quando você ficou sabendo? — pergunta ele. Tenho que refletir por um momento. — Minha mãe me contou depois do que aconteceu com Jake.

— Na escola, aprendemos sobre isso no quarto ano do fundamental. Mas eu já sabia o que tinha acontecido. A questão é... — Faço uma pausa, vasculhando a memória, mas apenas uma resposta devastadora me vem à mente. — Não me lembro de ter aprendido. Tenho certeza de que meus pais conversaram comigo em algum momento, mas não me lembro de *não* saber.

Gostaria de lembrar. Quero saber se chorei. Quero saber quais perguntas fiz, quais perguntas meus pais não tiveram como responder.

— A gente vai destruir a Savannah, porra — declara Neil.

O uso casual do palavrão é, ao mesmo tempo, engraçado e outra coisa que não consigo nomear. Ele está falando sério. Está furioso por mim, em busca de vingança. Como se realmente fôssemos aliados além do jogo.

A conversa faz eu me arrepender, só um pouco, de não termos sido amigos. Kylie Lerner, Cameron Pereira e Belle Greenberg andavam em círculos diferentes, mas eu sempre quis muito ter amigos judeus. Tinha certeza de que me entenderiam em um nível profundo que não judeus jamais conseguiriam. Também tenho culpa — nunca fiz um esforço para conhecer Neil para além das nossas rixas. Estraguei tudo ao tratá-lo como um rival quando ele poderia ter sido muito mais. O que seríamos agora se eu não tivesse buscado a vingança a todo custo depois daquele concurso de redação, se ele não tivesse retaliado?

Essa linha do tempo alternativa soa tão, tão maravilhosa...

— Eu quase... — começo a falar, e então dou conta.

Ele para de andar.

— O quê?

— Eu... não sei. Queria que a gente tivesse conversado sobre essas coisas antes — confesso depressa, de uma só vez, antes que possa me arrepender. Dane-se, a gente já compartilhou bastante coisa hoje. — Nunca tive com quem falar sobre isso.

Os poucos instantes que ele demora para responder são uma tortura.

— Eu também queria — diz ele, baixinho.

Tiramos uma foto do troll. "*Com* o troll", insiste Neil, entregando seu celular a um turista. Tenho certeza de que estou carrancuda, mas, quando conferimos o resultado, fico surpresa ao ver nós dois sorrindo. De um jeito pouco à vontade, com certeza, mas já está um patamar acima da foto Mais Propensos a Ter Sucesso.

— Não vai dar tempo de ir ao Gas Works antes do seu compromisso — diz Neil enquanto voltamos para o carro. — A gente devia passar no zoológico primeiro.

Assinto.

— Ok. Beleza. Peraí, por que você tá parando?

Ele torce a boca, como se estivesse ponderando se quer dizer o que está prestes a dizer.

— Sei que vai soar ridículo, mas... ouvi dizer que ver a exposição chapado é uma experiência muito louca.

Com as sobrancelhas levantadas, ele aponta para a loja à esquerda. A placa na janela diz MARIA JOANA e abaixo há uma folha de maconha.

Neil McNair, orador oficial da Westview, acabou de sugerir que fôssemos ao zoológico *chapados*.

— Com licença — digo, lutando contra a vontade de rir. — Por acaso você acabou de sugerir que a gente compre maconha?

— Tenho muitas facetas, Artoo.

— A gente tem — verifico o celular — trinta e cinco minutos até eu ter que sair pro meu… hum… compromisso. Sem mencionar que nenhum de nós tem vinte e um anos.

— Temos tempo suficiente pro seu compromisso e pro zoológico. Estamos bem aqui. E o irmão do Adrian trabalha nessa loja. Ele sempre diz pra gente dar uma passada e escolher alguma coisa.

— Já sabemos quem vai ser o funcionário do mês.

Mas tenho que admitir que estou curiosa. Não sou contra a maconha, e sempre tinha muita erva rolando nas festas. Só que eu ficava preocupada em não saber como agir, o que me impedia de pedir para experimentar.

— Não tinha nada que você quisesse fazer no ensino médio e acabou nunca tendo a chance?

A pergunta mexe comigo.

— Na verdade… — começo, afinal já nos abrimos tanto um para o outro hoje que não faz diferença revelar um pouco mais do meu cérebro esquisito. — Eu tinha uma lista. Um tipo de guia pro sucesso que escrevi há quatro anos mapeando tudo o que eu deveria fazer antes de me formar. Ficou esquecida por um tempo, até hoje. E estou percebendo que perdi alguns ritos de passagem por excelência. Não a maconha, necessariamente, mas… outras coisas.

É meio catártico mencionar o Guia em voz alta. Mas o que quero saber é como uma amizade com Neil McNair se encaixa na minha lista, porque tenho quase certeza que não se encaixa.

— Tipo o quê?

— Ir ao baile, por exemplo. Eu não fui.

Parte de mim se perguntava se teria sido divertido ir sem um par, sem o tal Namorado Perfeito do Ensino Médio, mas, na minha cabeça, o baile perfeito era com um namorado perdidamente apaixonado por mim. Em vez disso, me entreguei a noite inteira ao meu "medo de ficar de fora", fuçando as redes sociais enquanto relia meu livro favorito de Delilah Park na tentativa de ignorar a pontada que parecia arrependimento.

— Você não perdeu muito. Brady Becker foi o rei do baile, Chantal Okafor foi a rainha, e Malina Jovanovic e Austin Hart quase foram convidados a se retirar porque estavam dançando... é... de maneira muito sugestiva, de acordo com a diretora Meadows. — Ele esfrega a nuca. — E... Bailey ficou muito quieta o tempo todo, então fez sentido quando ela disse que queria terminar alguns dias depois.

Eu sabia que eles tinham se separado fazia pouco tempo. Fiz algumas matérias com Bailey, mas a garota sempre foi muito na dela.

Como se previsse o que eu iria falar, Neil acrescenta:

— Tá tudo bem. Sério. A gente não tinha muita coisa em comum. Até conseguimos continuar amigos.

— Spencer quis que continuássemos amigos também, mas nós mal nos divertíamos, mesmo quando estávamos juntos. — Solto um suspiro, batendo com o pé na calçada. É estranho contar tudo isso a Neil, mas quero mesmo assim. — Pensando bem, o relacionamento era basicamente físico. O que era divertido, mas eu queria mais do que isso.

Neil tosse um pouco.

— Vocês dois pareciam... felizes. Ficaram juntos um bom tempo.

— Não é o mesmo que *ser* feliz.

Se tem algo que estou aprendendo hoje, é que todo tipo de relacionamento é complicado. O que explica por que estou aqui com Neil, e não com minhas melhores amigas. As palavras delas me atingem outra vez. Não estou fazendo isso por estar obcecada por ele; e sim para finalmente acabar com o lance entre nós. Só assim vou conseguir seguir em frente com tudo. Pelo menos é o que espero.

— Tantos namoros estão acabando... — continuo, sem querer mais falar de Spencer. — Darius Vogel e Nate Zellinsky terminaram na semana passada e estavam juntos desde o segundo ano. Acho que é difícil ficar com alguém que vai morar a centenas de quilômetros de distância.

— Acha mesmo?

Dou de ombros, sem saber a resposta, querendo outra mudança de assunto.

— Vamos entrar — informo.

Hoje já está cheio de coisas que nós dois nunca teríamos feito. Se eu quiser que seja uma verdadeira despedida, acho que podemos riscar algo da lista de Neil também. É isto que o Uivo está se tornando: um adeus ao ensino médio e ao garoto que perturbou meu juízo durante a maior parte dele.

Neil abre um sorriso.

O cara atrás do balcão aparenta ser um típico hipster de Seattle, com camisa xadrez, óculos de armação grossa e barba bem-cuidada. As luzes são fortes, e o balcão está abastecido com todos os tipos de produtos comestíveis. Cachimbos de todas as cores e formatos enfeitam as paredes.

— Neil, meu chapa!

— Oi, Henry — cumprimenta Neil, e então nós dois notamos que Adrian também está no local. — E aí?

Os irmãos Quinlan estão segurando duas marmitas. Adrian acena para nós.

— Nossa mãe não gosta que ele trabalhe aqui, mas faz questão que se alimente bem — diz ele, meio que para explicar. — E eu fui eliminado. Vocês ainda estão no jogo?

Neil assente e conta nosso plano.

— Insano! — exclama Adrian.

Para seu crédito, ele não lança nenhum olhar estranho para mim.

— Avisem se precisarem de ajuda — diz Henry, alegre, e sem parecer nem um pouco preocupado em vender maconha para menores de idade.

Damos uma olhada nos produtos comestíveis e na seleção de cachimbos, muitos dos quais parecem obras de arte. Há caramelos, biscoitos e pirulitos, tortas e chicletes, e até protetor labial.

Estou em uma loja de maconha com Neil McNair. O que está acontecendo com minha vida?

— Quer que eu pergunte se eles têm cream cheese de maconha e uma colher grande? — sussurra Neil.

— Cala a boca — digo, rindo, embora ache que ficaria bem gostoso espalhado em um bagel.

Neil bate os dedos na vitrine.

— O que você recomendaria pra duas pessoas que são relativamente novas no mundo da marijuana?

Ele não poderia soar mais mané nem se tentasse, caramba.

— Estão procurando comestíveis ou algo pra fumar?

— Comestíveis — digo.

Muito menos suspeito.

Ele enfia a mão na vitrine.

— Uma boa dose pra iniciantes é de cinco miligramas de THC. Esses cookies são os mais vendidos, e temos em porções de cinco e dez miligramas. De chocolate, manteiga de amendoim e menta.

— Qual é a sensação? — pergunto, sem querer soar amadora.

Não pretendo ingerir nada que me deixe muito diferente de mim mesma.

— Relaxante — responde Henry. — Não desliga o cérebro por completo. Uma dose pequena assim vai só te acalmar.

Fico animada. Talvez seja disso que preciso para conhecer Delilah.

— Soa perfeito.

Depois do zoológico, vou passar no evento da Delilah. Vou estar normal, tranquila e calma.

Compramos dois cookies de cinco miligramas.

Adrian nos deseja sorte e levanta o punho.

— Vida longa ao Quad! — exclama ele.

Desta vez não fico tão envergonhada quando Neil responde.

Do lado de fora, ele bate no meu cookie de maconha com o seu.

— Um brinde a escolhas questionáveis — diz, então damos uma mordida.

RANKING DO UIVO

TOP 5

Neil McNair: 11

Rowan Roth: 11

Mara Pompetti: 8

Iris Zhou: 8

Brady Becker: 7

JOGADORES REMANESCENTES: 21

HISTÓRIA DO UIVO: A disputa mais curta do Uivo durou 3 horas e 27 minutos, e a mais longa durou 4 dias e 10 horas. Depois disso, os criadores dos jogos estabeleceram como prazo o domingo de formatura.

19h34

NÃO DÁ PARA enxergar nada. Leva um tempo para meus olhos se ajustarem, para meus outros sentidos me reestabilizarem. Está quente na exposição noturna. Escuro como o breu. Algo farfalha, algo sai correndo, algo solta um pio. Silhuetas de árvores, talvez um lago, entram em foco aos poucos. Esta sempre foi minha exposição favorita, com sua estranha tranquilidade capaz de levar paz e reverência até às crianças mais agitadas.

Mas, no momento, a tranquilidade está passando longe. Por pouco não perdemos uma eliminação no caminho para o zoológico. Carolyn Gao estava cerca de seis metros à nossa frente, saindo do ambiente dos animais noturnos, com Iris Zhou.

— Neil! — sibilei, mas ele não reagiu. Tive que cutucar seu braço. Aquele mesmo braço sardento com o bíceps medíocre, mas, ainda assim, era uma surpresa agradável. — Fala sério! Carolyn!

— Carolyn...?

— Carolyn Gao. Seu alvo?!

— Ah. — Ele piscou como se estivesse acordando, embora eu duvidasse que a erva já tivesse feito efeito. — *Ah.* Merda. Tem razão.

Carolyn e Iris viram na direção oposta, para a saída do zoológico.

— Não temos tempo — disse ele, dirigindo-se à exposição, e eu o sigo, relutante.

Tiramos uma foto na entrada do ambiente noturno, mas, em vez de um visto verde, os alunos do terceiro ano devolveram um X vermelho.

— Acho que temos que entrar — sugeriu Neil.

Não era essa a ideia do cookie de maconha desde o início?

Ele insistiu que seríamos rápidos. Que eu não perderia meu compromisso misterioso. Acho bom ele estar certo.

Um morcego passa pela minha cabeça, e paro tão de repente que Neil esbarra em mim.

— Desculpa — sussurra ele, mas ainda posso senti-lo atrás de mim, com as pontas dos dedos roçando meu ombro enquanto recupera o equilíbrio. Não saber exatamente onde Neil está faz meu coração martelar no peito. — Já tá sentindo alguma coisa?

— Nada — respondo, mas, à medida que as palavras saem da minha boca, percebo que algo mudou, sim. Uma risada borbulha em mim, embora não tenha nada de engraçado acontecendo. — Eu... peraí. Talvez eu esteja sentindo alguma coisa.

Minha irritação em relação a Neil parece flutuar para longe, e de repente a sessão de autógrafos de Delilah não parece tão aterrorizante. Obrigada, Henry.

Delilah. Verifico o celular novamente, só tenho dez minutos antes de ir embora.

Mais um grupo de pessoas entra e trechos de conversas enchem o ambiente.

— O que você acha que vai fazer se vencer? — pergunta alguém, sem sussurrar, como deveríamos estar fazendo.

— Com cinco mil dá pra comprar um carro usado, e estou de saco cheio de andar de ônibus — comenta outra voz. — Sei que Savannah disse que eliminar os dois era mais importante, mas é ruim de eu não querer esse dinheiro, hein.

Eu me viro o mais devagar que posso e, embora não consiga ver a expressão de Neil, juro que sinto sua tensão ao meu lado.

— Trang ficou plantado aqui a tarde toda e não os viu. Devem estar vindo pra cá.

— Achei que ele seria mais fácil de avistar, com o cabelo ruivo.

— Pelo jeito, não. Savannah comentou quem tem o nome de Rowan?

— Não. Não deve ser alguém do grupo.

Nós nos agachamos, e Neil se inclina para poder dizer no meu ouvido:

— Vamos ficar aqui até eles saírem?

Sua respiração é quente na minha pele.

Engulo em seco.

— Isso — sussurro de volta.

Estou tão perto de Neil que sinto o calor do seu corpo, o cheiro do que deve ter sido o sabonete que ele usou de manhã, ou talvez do seu desodorante. Deve ser o cookie tomando conta do meu cérebro, distorcendo a experiência.

Os emissários de Savannah percorrem a exposição, parando de vez em quando para dar uma olhada mais de perto em alguma coisa. Dou meu melhor para manter a respiração sob controle, ciente de que, a qualquer momento, eles podem identificar e eliminar Neil.

E aí eu não saberia pelo que estaria jogando.

Sem poder ligar o celular, perco a noção de quanto tempo se passou. Dois minutos? Dez? Preciso sair daqui, preciso ver Delilah, mas a questão mais urgente é: estamos agachados há muito mais tempo do que seria razoavelmente confortável, e meus músculos protestam.

Eu me estico para a frente até ter certeza de que minha boca está bem perto da orelha de Neil.

— Não sei se consigo ficar mais tempo nessa posição — sussurro.

Estou tão perto que meu nariz roça... a lateral do seu rosto? Sua orelha? Não tenho certeza.

Ele fica quieto por um momento.

— Ok. Tenta ajoelhar o mais devagar que conseguir, depois desliza as pernas pro lado.

— Você poderia... hum...

— Te ajudar?

Assinto, mas então lembro que ele não consegue me ver.

— Por favor — murmuro.

Uma mão quente pousa no meu ombro, me firmando, e devagar, *bem devagar*, vou me ajustando em uma posição mais confortável. Ele é mais forte, mais sólido do que eu esperava. Definitivamente não é mais um graveto em uma camiseta.

— Melhor? — pergunta Neil assim que me acomodo.

Tento soltar o ar.

— A-hã — murmuro.

Sua mão deixa meu ombro.

Estamos extremamente próximos, o que, somado à erva e ao medo de sermos pegos, lança um tipo inédito de pânico na minha corrente sanguínea.

— Acho que não tem mais ninguém aqui — diz, por fim, um dos veteranos. — Vamos embora. Savannah é uma babaca mesmo. Quero ganhar o prêmio pra mim.

Espero um pouco mais do que devia para ter certeza de que eles não apenas foram embora, como também se afastaram o suficiente da exposição para não nos notar quando sairmos. Então me levanto, ansiosa para esticar as pernas.

— Acho que estamos seguros — digo e, como não obtenho resposta, interpreto como um acordo tácito.

Quando saio, o céu está azul-escuro e as nuvens parecem mais pesadas do que estiveram o dia todo. É lindo, de verdade, e fico admirando por um tempo enquanto meus olhos se reajustam à luz. Ah, então é isso... o relaxamento de que Henry estava falando.

Então duas coisas me atingem como um choque elétrico, uma após a outra.

O evento de Delilah começou há dez minutos e não vejo Neil em lugar algum.

O zoológico vai fechar em breve, e estou petrificada entre a exposição noturna e o pavilhão principal. Não quero mandar uma mensagem frenética para ele, então tento soar casual.

> Ei, conseguiu sair sem problemas?

Acho que ele não me daria um perdido. Daria? Talvez ainda esteja na exposição... mas e se tiver saído antes de mim e um daqueles veteranos com o nome dele o houver eliminado?

Preciso de uma resposta antes de ir para o evento de Delilah. Não posso sair sem saber de Neil. Vou me certificar de que ele está bem, correr para a livraria e me esgueirar em um assento nos fundos. Beleza. Vai dar tudo...

— Rowan?

Eu me viro e vejo Mara levantando a mão em um aceno.

— Oi — cumprimento, cautelosa, mas ela balança a cabeça.

— Não tenho seu nome.

— Ah. Que bom. — Meio que alterno o peso do corpo, desajeitada, de um pé para o outro. — Neil e eu ainda estamos jogando juntos. Estou... esperando ele.

Ou pelo menos acho que estou.

— Ah, você o chama de "Neil" agora? — pergunta ela, com o canto da boca se erguendo em um meio-sorriso.

— *É* o nome dele.

— Você sempre o chama de McNair, McNerd, ou algo assim.

Ah. Acho que sim. Devo ter feito a mudança mental em algum momento sem nem perceber.

— Tá sendo um dia estranho — admito, por fim, mas ela dá um sorriso aberto agora. — Cadê a Kirby?

— Foi eliminada — responde Mara, tão sem emoção como se estivesse me informando que tirou nota oito em um trabalho. — Não consegui salvá-la.

— Você entra mesmo de cabeça nisso.

— A-hã, olha quem tá falando. Foi bem doido. Meg Lazarski a viu no parque Seattle Center e, por algum motivo, Kirby pensou que Meg não iria atrás dela caso se escondesse na fonte. Estava errada. Aí ela ficou totalmente encharcada e foi pra casa se trocar. Vamos nos encontrar na próxima zona segura.

Imaginar as duas tendo um último dia completamente diferente do meu rompe algo dentro de mim. Mas fiz minha escolha: vou ficar com Neil. Se conseguir encontrá-lo.

O que não significa que não possa tentar acertar as coisas com minhas amigas.

— Mara — começo, e, como pedir desculpas é difícil, meus dentes mordem o lábio inferior antes de eu voltar a falar. — Você e Kirby tinham razão.

Fui muito egoísta esse ano. Quero melhorar as coisas entre nós três. Sinto muito por não ter me esforçado. Acho que estava tão focada na imagem de nós que eu tinha na cabeça que não percebi que realmente precisava, você sabe, fazer minha parte. Eu... tenho sido uma amiga de merda.

Penso na foto que uso de papel de parede no celular. Não sei quando perdemos aquilo, mas temos algum tempo para recuperar. Não tentar é a única coisa que garante o fracasso.

Mara permanece quieta por alguns instantes, pisando com a sandália em uma embalagem de canudo no chão.

— Você tá sendo dura consigo mesma. Quero dizer, sim, você foi um fantasma esse ano, mas todas nós tivemos que lidar com muita coisa.

— Tá deixando eu me safar assim tão fácil? — pergunto, e ela sorri.

— É muito mais difícil se livrar de mim do que você pensa. — Ela se inclina e coloca a mão no meu ombro. — E ainda temos o verão. Temos os recessos da universidade. Temos as redes sociais. Não vamos virar estranhas do nada. Não posso prometer que vamos continuar tão próximas pra sempre, mas... a gente pode tentar.

— Quero me redimir com vocês duas. Podemos conversar mais depois do jogo? Depois da formatura?

— Eu adoraria. E, quem sabe... talvez *Neil* possa vir também.

Arqueio as sobrancelhas, sem entender direito. Não sei se Neil e eu vamos passar mais tempo juntos depois de hoje, mas Mara está sendo a otimista de sempre: presumindo que, por Neil e eu termos nos unido esta noite, viramos amigos em um passe de mágica.

— Bom, se ainda tenho alguma esperança de alcançar vocês, preciso me apressar — diz ela.

— Boa sorte — digo, e Mara sai correndo em direção à saída do zoológico.

Grupo de Literatura Avançada
(Terceiro ano)
Terça-feira, 15 de janeiro, 20h36

Brady Becker

ME DEI BEM. Os dois alunos mais
inteligentes estão no meu grupo
🙏 💀 😎
e aí? vamos tirar um 9 ou um 10?

Lily Gulati

Brady, surpresa! Talvez você tenha que
trabalhar um pouco pra tirar um 10.

então... já tenho um monte de ideias de projetos

adoro a professora grable

Neil McNair

Ah, sim, se vocês não se importarem
em ler livros que nem vão estar na prova.

Brady Becker

@lily vc tá cortando meu barato!!!

você não precisa bancar o babaca só
porque não vamos ler seu parça mark twain

Neil McNair

Ele não é meu "parça". E todas as outras turmas de inglês do terceiro ano estão lendo Huck Finn este ano. Perdoe-me se eu estava ansioso por isso.

BRADY BECKER MUDOU A FOTO DE PERFIL.

BRADY BECKER CURTIU ISSO.

não consigo nem imaginar alguém ansioso por racismo e misoginia descarados, mas cada um sabe de si.

Lily Gulati

Então... a conversa toda vai ser assim?

Neil McNair

Não.

sim

NEIL MCNAIR SAIU DO GRUPO.

20h28

NADA DE NEIL atender o telefone. Delilah Park provavelmente está fazendo uma sala cheia de românticos dar muita risada, e Neil McNair não atende o telefone.

Recebo outra notificação do meu grupo e, embora eu saiba que vamos precisar nos esforçar, estou aliviada por estarmos de boa.

Mas Neil continua em silêncio. Estou prestes a surtar quando ele sai de um prediozinho de tijolos do outro lado da praça.

— Onde você se meteu, caramba? — pergunto, ciente de que soo como uma mãe furiosa porque o filho chegou em casa depois do horário combinado.

Ao redor, os pais arrastam as crianças em direção à saída do zoológico.

Ele me dirige um olhar desconfiado.

— Eu estava no banheiro. Avisei você na exposição. Falei que você podia ir pro seu compromisso e me mandar uma mensagem quando terminasse.

— Não ouvi. Eu estava... preocupada — digo, toda formal, porque soa muito ridículo. — Temos que ficar juntos. Pensei que você tivesse...

Paro de falar, de repente envergonhada pela minha reação.

— Te abandonado? — pergunta ele, mas não de um jeito maldoso.

— Hum... é. Ou que tivesse sido eliminado.

— Eu não te abandonaria. Juro. — Ele pigarreia e olha para o relógio. — Merda, são quase oito e meia.

— É. Eu sei.

A raiva que o pânico provocado pela ideia de que ele tivesse sumido estava voltando à superfície. Imagino pilhas e mais pilhas de *Escândalo ao pôr do sol*, todas esperando para serem autografadas. Aposto que ninguém lá se sente culpado por comprar os livros. Aposto que não escondem as capas com medo de que alguém as veja quando saem da livraria.

— Você pode chegar atrasada? — pergunta ele.

Seus olhos estão arregalados por trás dos óculos. Esperançosos.

A esta altura, é tarde demais até para chegar atrasada.

— Não, obrigada. Não preciso chamar mais atenção ainda.

Ainda em meio à resposta, há uma pequena parte de mim que relaxa ao pensar que vou perder a sessão de autógrafos. Nenhuma ansiedade para decidir onde me sentar ou o que dizer a ela. O oposto do "medo de ficar de fora". Não estou cem por cento feliz com essa pequena parte de mim, mas, ainda assim, ela existe.

— Eu não devia ter comido aquele cookie. Perdi completamente a noção do tempo na exposição.

Isso também deve estar bagunçando meu cérebro.

— Bem, seria ótimo se você me dissesse o que é pra eu poder pelo menos tentar dar uma sugestão útil.

— É uma sessão de autógrafos — digo, com um suspiro, tentando diminuir ainda mais aquela pequena parte relaxada. É mais fácil ficar chateada com Neil, então me concentro nisso. — Minha autora favorita, Delilah Park, está... estava lançando o livro novo e, graças ao Henry "vai só te relaxar" Quinlan e ao seu desaparecimento extremamente oportuno, o evento tá quase acabando.

Ele não retruca com o óbvio: eu não precisava ter esperado por ele.

— Você não queria me contar sobre uma sessão de autógrafos? — pergunta, inflamando ainda mais minha frustração. Diz como se fosse algo muito simples. — A gente não falou sobre romance comercial mais cedo? Você não viu um desses, tipo, na minha estante? Não entendo por que achou que precisava manter isso em segredo.

— Porque estou escrevendo um livro, tá bom? — Simplesmente coloco para fora e, após um momento de choque, percebo que gosto do jeito que soa em voz alta. Admitir é como tomar uma injeção de adrenalina na veia. — Um romance comercial. Estou escrevendo um romance comercial. Ainda não estou pronta pra mostrar pra ninguém, e provavelmente é péssimo mesmo... quero dizer, algumas partes são boas. Acho. Não contei pra ninguém porque você sabe como as pessoas julgam esse tipo de literatura. Só pensei que ir a esse evento, ver Delilah, estar perto de outras pessoas que amam esses livros... pensei que me sentiria como se aquele fosse mesmo o meu lugar.

Não sei por que meu cérebro escolhe o momento em que me assumo escritora para provar que não sou nem um pouco articulada. Eu me preparo para as provocações, mas elas não vêm.

— Isso é... muito maneiro — diz ele.

Não esperava sentir uma espécie de alívio físico, mas meus ombros relaxam e solto uma longa respiração. Achei que ele não entenderia o peso de um segredo mantido por tantos anos... mas talvez entenda.

— Mesmo?

Ele assente.

— Você estar escrevendo um livro? Sim, mesmo. Acho que nunca escrevi algo com mais de dez páginas.

— Eu quero... — Faço uma pausa para me recompor. Não tem como voltar atrás. — Eu quero ser escritora. E não no sentido de que estou escrevendo e isso, por definição, faz de mim uma escritora. É o que quero fazer da vida. Acho que é... bastante solitário às vezes. Não o ato de escrever em si, que é óbvio que é solitário. Mas, como sinto que não posso contar a ninguém. Quase me faz pensar que não é real. Essa sessão de autógrafos seria meio que uma validação pra mim.

— Eu li seus trabalhos. Nada daquilo era ficção, óbvio, mas você escreve bem.

— Isso com certeza não te impediu de criticar minha gramática e pontuação — retruco, mas quero saborear o elogio. Quero abraçar o que amo o tempo todo, não apenas com Neil no último dia de aula, quando não há quase nada em jogo. Quero ser destemida, mesmo quando as pessoas me julgarem. — Acho que, na minha cabeça, minha escrita pode ser tão boa quanto eu quiser que seja. Mas, assim que eu me declarar como escritora, vou ter algo a provar. É difícil admitir que você se acha competente em algo criativo. E é muito pior para as mulheres. Somos ensinadas a fingir indiferença diante de elogios, a minimizar quando dizem que somos boas em alguma coisa. A gente se diminui, se convence de que o que está criando não tem tanta importância assim.

— Mas você não pode acreditar. Que não tem importância.

— É tão válido quanto se tornar um lexicógrafo — digo, sem nenhum sarcasmo.

— Talvez o problema esteja no próprio conceito de "prazer culposo" — diz Neil com delicadeza. — Por que devemos nos sentir culpados por algo que nos traz... prazer?

Ele gagueja um pouco antes de proferir a última palavra, e a ponta das suas orelhas ficam rosadas.

Aponto para ele.

— Isso! Exato. E, em geral, são coisas de que mulheres, adolescentes ou crianças gostam.

— Nem tudo.

Levanto uma sobrancelha.

— Boy bands, fanfics, novelas, reality shows, a maioria dos filmes e séries com protagonistas femininas... Ainda é muito raro ficarmos em primeiro plano, e mais raro ainda quando se considera raça e sexualidade. Aí, quando enfim conseguimos alguma coisa que é só pra gente, nos sentimos mal por gostar. Não podemos vencer nunca.

Sua expressão se torna encabulada.

— Eu... nunca tinha pensado nisso desse jeito.

Neil McNair admitindo que estou certa: outro momento surreal.

Mesmo assim, o fato de concordar comigo não parece tão validador quanto deveria. Se tivéssemos falado sobre o assunto um, dois, três anos atrás... poderíamos ter feito a revolução do romance comercial na Westview.

Neil mexe no celular.

— Olha isso — diz.

Ele abriu o Twitter de Delilah. O tuíte mais recente é de alguns minutos atrás.

Delilah Park @delilahdeveriaestarescrevendo
O evento de hoje à noite na Books & More foi INCRÍVEL! Obrigada a todo mundo que compareceu. Eu poderia ler algumas páginas do meu próximo livro em um lugar com microfone aberto. O Bernadette's é legal?

— Você sabe do que ela tá falando?

— Ah, sim. É algo que ela faz às vezes. Delilah sempre fala sobre a importância de ler o que escreve em voz alta pra acertar o ritmo, e gosta de fazer isso diante de um público.

— Então por que a gente não vai assistir?

Sei que ele está tentando ajudar, e valorizo isso, de verdade, mas...

— Não é a mesma coisa — digo, me sentindo murchar. O objetivo era estar perto de pessoas que amam o que eu amo. — E a gente não devia perder mais tempo. Vamos só seguir em frente.

Ele guarda o celular no bolso.

— Se é o que você quer.

Forço a barra para que seja. Combinamos de pegar o carro até a Gas Works para resolver a pista sobre a vista do alto. Quando chegamos ao ponto de ônibus na avenida Phinney, na esperança de pegar um atalho, os números na placa digital nos informam que o ônibus 5 só vai chegar em vinte minutos. Embora o céu pareça ameaçador, decidimos ir andando. É tudo ladeira abaixo a partir daqui. Literalmente.

— É estranho que ninguém tenha vindo atrás de mim — digo, as mãos enfiadas nos bolsos para protegê-las do frio, tentando ao máximo expulsar Delilah da minha mente. — Quero dizer, não sabemos quantas pessoas a Savannah conseguiu unir. Mas parece que tá todo mundo indo atrás de você, não de mim.

Neil estufa o peito.

— É que *eu* sou o orador.

Ignorando-o, digo:

— Não ter nenhuma pista de quem poderia ser me deixa apreensiva.

— Vamos só continuar tomando cuidado. Mais três pistas. A gente consegue.

Quando estamos a poucos quarteirões do zoológico, a primeira gota de chuva atinge minha bochecha.

— Beleza, o que tá escrito na sua camiseta? Isso tá me perturbando o dia todo — comento.

Ele arreganha os dentes.

— Significa "qualquer coisa soa profunda em latim". A tradução literal é "tudo dito em latim soa profundo". Mas o tom lembra o jeito do Yoda de falar.

— Quem?

Ele cambaleia para trás, apertando o peito.

— *O que* você disse? Acho que vou ter que retirar esse seu apelido.

— Não — começo a protestar antes de me conter.

Isso o faz sorrir.

— Você gosta. — Há um brilho nos seus olhos, como se entendesse algo que eu não entendo. — Do apelido.

É... meio que gosto. Faz tempo que não é irritante. É uma linguagem só nossa, mesmo que seja uma referência que eu não compreendo.

— É original. E é melhor que Ro-Ro, que é como meu pai me chama.

O sorriso se alarga.

— Tudo bem, Artoo. *Yoda* — continua, como se me estivesse me ensinando a fazer um sanduíche de manteiga de amendoim e geleia — é um mestre Jedi de uma espécie desconhecida que treina Luke pra usar a Força.

— O carinha verde?

Ele geme, esfregando os olhos por trás dos óculos.

— O carinha verde — confirma, resignado.

A rua em que estamos é basicamente residencial, com casas pintadas em tons pastel com placas políticas progressistas nos quintais. A garoa se transforma em uma chuva constante, e sinto falta do meu cardigã.

— Então... se vamos continuar, tem uma coisa que preciso te contar — anuncia Neil.

— Ok — digo, hesitante.

— Lembra quando comparamos as admissões na faculdade? — Concordo com a cabeça e ele continua: — Eu me inscrevi na modalidade de admissão antecipada pro programa de linguística da Universidade de Nova York. Ia ter que ralar pra pagar as outras taxas de inscrição se não entrasse lá, então cruzei os dedos, sabendo que estaria contando com empréstimos, ou uma bolsa, ou as duas coisas. Meio que deixei você acreditar que tive sorte, e tive, mas... — Ele parece envergonhado. — Não toco muito no assunto com meus amigos, mas às vezes fico... constrangido. Sobre dinheiro. E não ter muitas condições. — Ele dá uma olhada no meu rosto. — E é exatamente por isso que não falo. Porque sempre tem essa reação, essa compaixão. Não quero que você sinta pena de mim, Artoo.

— Eu... eu não — digo depressa, embora ele esteja cem por cento certo. Tento forçar meu rosto a parecer menos complacente. — Eu só não fazia ideia.

— Eu me esforço pra disfarçar. Os ternos ajudam. Vasculhei os bazares de caridade até encontrar o que queria. Aprendi a ajustá-los com a máquina de costura velha da minha mãe, apesar de nunca ter realizado um trabalho perfeito. Fazia hora extra pra economizar pras competições regionais de quiz. É tudo uma questão de projetar uma imagem. Sinto que passei todo o ensino médio mantendo essa imagem porque não quero a piedade das pessoas. Quando sair daqui, pretendo começar do zero. Não quero ser Neil McNair, orador oficial, nem Neil McNair, filho do presidiário, nem Neil McNair, o cara que nunca tem dinheiro. Quero ver quem eu sou sem todos esses rótulos.

Afundo o pé em uma poça. A água lamacenta espirra nas minhas meias até a altura dos joelhos.

— Espero que você consiga tudo isso — digo, e estou falando sério. — Mas, se não quer minha compaixão, não sei bem o que dizer.

Agora é minha vez de ficar constrangida.

— Apenas... seja normal. Não mude de atitude porque sabe essas coisas a meu respeito. Não pegue leve comigo. — A chuva encharca seu cabelo, pinga nos seus óculos. — Eu esperava que você, de todas as pessoas, não me tratasse de forma diferente.

— Certo. Não vou tratar. Ainda acho você bastante insuportável — digo, embora esteja empacada em outra coisa que ele disse.

Não pegue leve comigo. Depois de hoje, quando vou ter outra chance de fazer isso?

Por mais divertido que seja, por mais que tenha gostado das nossas conversas, não posso me permitir esquecer que tudo, nossa rivalidade, nossa parceria, até mesmo nossa recente amizade em potencial, termina hoje. Será que existe alguma palavra para o que acontece depois que seu inimigo declarado deixa você entrar no quarto dele e lhe conta todos seus segredos?

— Ótimo. Eu detestaria perturbar o equilíbrio do universo — afirma Neil.

Quero revirar os olhos, mas, apesar das frustrações da última hora, meu rosto tenta esticar minha boca em um sorriso.

E... eu permito.

Quando chegamos ao carro, estamos encharcados e tremendo de frio. Eu me jogo lá dentro. Neil é muito mais meticuloso do que eu, enxugando os óculos e o visor do relógio com alguns movimentos delicados no tecido do assento.

Ele se senta ao meu lado. O cabelo está molhado e sua camiseta, colada no corpo. Se eu achava que a camiseta por si só era reveladora, a camiseta *molhada* é absolutamente indecente.

Procuro meu cardigã debaixo do assento, mas então me lembrar de onde o deixei.

— Deixei meu cardigã na loja de discos.

Meus dentes estão batendo.

Ele tira um moletom cinza com capuz da mochila.

— Aqui — diz, estendendo a roupa para mim. — Pega.

— Tem certeza? Nós dois estamos bem encharcados.

— É, mas você tá com menos roupa. — Seu rosto se contorce, e as sobrancelhas se juntam para formar uma expressão sofrida. — Espero que não tenha soado grosseiro. Quis dizer que você não tá usando nada por baixo do vestido, exceto... hum... você sabe. Tipo, você não tá de calça, meia-calça nem legging por baixo. Pra ser sincero, nunca entendi a diferença entre meia-calça e legging. Estou piorando as coisas, né? Você tá vestindo uma quantidade completamente normal de roupas. É sério que vai me deixar continuar falando?

— Vou. — O Neil desconcertado nunca deixa de ser engraçado. — Entendi o que quis dizer. Obrigada. — Fecho o casaco sobre meu vestido salpicado de chuva e café. Então ligo o aquecimento e amarro a braçadeira na manga do moletom. — As leggings não têm pés e geralmente são bem mais grossas que meias-calças.

Só depois que me recosto no banco, esperando o carro esquentar, que noto o cheiro do moletom de Neil. É bom, e me pergunto se é por causa do sabão ou apenas o perfume natural dele, algo em que nunca prestei atenção antes. Acho que nunca estive perto o suficiente para isso. Estou tão atordoada por não detestar o cheiro que fico meio confusa por uma fração de segundo.

Também pode ser o cookie de maconha bagunçando meu cérebro de novo.

Ele estende as mãos em direção à saída de ar.

— Vai esquentar logo — garanto.

Tenho medo da besta mitológica que vou ver no espelho, mas dou uma olhada assim mesmo. Meu delineador quase desbotou por completo e o rímel escorreu pelas bochechas. Limpo a mancha com os dedos, depois tiro o elástico do cabelo e abro a porta do carro para torcer a água. Com os grampos extras que deixo no porta-copos, prendo outra vez. Minha franja, por outro lado...

— Você tá sempre mexendo no cabelo.

Retiro a mão da franja como se tivesse sido flagrada fazendo algo que não deveria. É estranho quando alguém nota seus tiques nervosos.

— Minha franja idiota — digo, com um suspiro. — Nunca consigo decidir o que fazer com ela.

Ele me estuda por um longo instante, como se eu fosse uma frase que está tentando traduzir para outro idioma.

— Eu gosto dela do jeito que é — afirma ele, por fim, o que não ajuda e de alguma forma me deixa mais autoconsciente.

Prometo a mim mesma cortá-la antes da formatura. Não vou seguir conselhos de Neil McNair sobre cabelo.

Conecto o celular ao carregador e coloco The Smiths para tocar. De volta à trilha sonora para dias chuvosos.

Neil solta um gemido.

— É sério que você não tem nenhuma música alegre?

— The Smiths é alegre.

— Não, é triste e deprimente. Qual é o nome dessa música?

— Não vou dizer.

Ele pega meu celular. Tento puxá-lo de volta, mas ele é mais rápido.

— "Heaven Knows I'm Miserable Now". "Só Deus sabe como estou infeliz agora"?

— É uma música muito boa!

Neil rola a tela enquanto esperamos o carro esquentar. Sou dominada por aquela sensação chata de ter alguém mexendo no meu celular. Ele seleciona uma música do Depeche Mode e coloca o telefone de volta no porta-copos. Meus ombros relaxam.

— Gas Works? — pergunto, e Neil solta um suspiro longo e sofrido.

— Não é a melhor vista, mas tudo bem. E temos que descobrir essa pista do Cooper ou estamos ferrados. Vou pesquisar mais na internet, ver se Sean, Adrian ou Cyrus têm alguma ideia.

Com Neil entretido no celular, seguimos em relativo silêncio por alguns minutos, exceto por Dave Gahan cantando "Just Can't Get Enough". Quando faço uma curva à esquerda, algo que estava no banco detrás cai no chão.

Neil se vira para olhar.

— Você sempre carrega tantos livros com você?

— Ah, *merda!* — exclamo, batendo no volante. — Eu tinha que devolver hoje! — Apaguei completamente da mente hoje de manhã com a falta de luz. — Acha que tem alguma chance de a escola ainda estar aberta?

— Óbvio, são apenas quase nove da noi… Não, Artoo. Com certeza tá fechada.

— De quanto acha que seria a multa?

— Por livro? Você tem, o quê, uns cinco lá atrás, então… bem alta. — Ele estala a língua. — Ouvi dizer que quebram suas pernas se estiver com livros atrasados. Mas pode ser lenda urbana. Não soube de ninguém que passou por isso. Ei, você pode ser a primeira! — Ele dá mais uma olhada nos livros e depois me encara. — Bom, acho que só há uma coisa a fazer.

Fico imóvel, esperando por alguma solução mágica.

— Vamos ter que invadir.

Bufo, meio que rindo.

— Certo. O primeiro e o segundo lugar da turma invadindo a biblioteca da escola. Sem falar que não podemos continuar nos distraindo assim.

— Estamos com uma liderança bem sólida — diz ele, e está certo. — Que outra opção existe se você não quer levar multa? E se quer andar no domingo…

Mordo o interior da bochecha. Droga, ele tem razão. Não quero correr o risco de não andar. Quer dizer, não acredito nem um pouco nisso, mas por via das dúvidas…

— Vamos estar seguros lá — continua ele. — E vai ser rápido. Vamos em um pé e voltamos no outro.

Paro em um cruzamento, então faço a curva que nos levará de volta à escola.

— Então acho que é isso mesmo. Vamos invadir a biblioteca.

Mensagens de textos trocadas entre Rowan Roth e Neil McNair
Abril do terceiro ano

McNERD

O professor Kepler insinuou sem querer que vai dar um teste surpresa no terceiro período hoje.

Sei que você tem aula com ele no quarto período, então queria que você soubesse.

Assim a gente continua em pé de igualdade e tal.

isso foi... estranhamente gentil?

você tá com defeito?

20h51

— PETRICOR — diz Neil enquanto nos esgueiramos em direção à biblioteca.

Estacionamos a alguns quarteirões da escola para ter certeza de que ninguém reconheceria meu carro. É um bairro residencial, e os moradores de metade das casas já se recolheram. Um homem puxa o cachorro para longe de um canteiro de flores e, do outro lado da rua, três garotas em vestidos de festa se apertam em um carro de aplicativo.

— Quê? — pergunto, carregando a mochila cheia de livros.

— O cheiro de terra depois da chuva — explica ele. — É uma palavra maravilhosa, né?

Aperto o moletom contra o corpo. Não estamos mais encharcados, apenas um pouco úmidos. Agora que voltamos ao ar livre, estou convencida de que o cheiro do moletom de Neil tinha que ser da chuva. Não estou mais pensando nisso, mas, se estivesse, uma boa palavra seria… petricor.

— Então você se lembra do plano? — pergunta ele no caminho.

No carro, elaboramos um depois de pesquisar no Google "como invadir uma biblioteca", porque se tem uma coisa que não somos é desenrolados.

— Lembro. — Ergo a mochila. — Encontramos uma janela e vemos se está destrancada. Depois entramos e deixamos os livros.

— E aí damos o fora — completa Neil.

— Tem certeza de que não tem um sistema de segurança?

— Não na biblioteca.

Seguimos no mesmo ritmo, e tento ao máximo ignorar o cheiro do seu moletom.

— Posso acrescentar isso à lista das minhas lembranças sentimentais noturnas da Westview — digo. — Que inclui ficar com Luke Barrows pela primeira vez no carro dele, estacionado bem... ali.

Aponto para o outro lado da rua.

Ele solta um arquejo fingido.

— Rowan Roth, achei que você fosse uma boa menina.

O comentário me faz parar.

— E sou — contradigo, extremamente consciente das batidas do meu coração —, mas... não significa que sou virgem.

— Ah... eu não quis dizer...

— Você presumiu que boas meninas... meninas como eu, que tiram dez em tudo... não transam? — Meu tom é um pouco afiado demais, mas não consigo evitar. Ele expôs um ponto de vista sobre o qual tenho opiniões fortes. Não sei o que está bagunçando mais minha cabeça: querer saber o que Neil quis dizer ou o fato de que agora estamos falando oficialmente de sexo. — Você percebe como é errado e ultrapassado, né? Boas meninas não deveriam fazer sexo. Se não fazem, são puritanas, e, se fazem, são piranhas. E, óbvio, nada disso leva em conta o espectro de gênero ou sexualidade. As coisas estão começando a mudar *devagar*, mas a verdade é que tudo ainda é diferente pros garotos.

Neil se engasga com o que suponho ser sua língua, os olhos arregalados indicando que ele não tinha ideia do rumo que a conversa tomaria.

— Eu não sei — confessa ele, pelo jeito fazendo todo o esforço do mundo para não encontrar meu olhar —, já que eu nunca... você sabe.

Ai, meu Deus, ele nem sequer consegue pronunciar.

— Transou? — digo, e ele assente.

— Já fiz outras coisas — acrescenta, depressa. — Já fiz... quase todo o resto. Tudo exceto...

Ele acena com a mão.

Outras coisas. Minha mente fica meio confusa, e me pergunto se *outras coisas* significam o mesmo para ele que para mim. E eis a resposta para a pergunta que fiz anteriormente: Neil é virgem.

— Sexo.

— É.

— Não é uma palavra ruim — declaro.

— Eu sei.

Retomamos a caminhada. Alguns anos atrás, eu teria ficado muito sem graça com essa conversa. Embora minhas amigas e eu tenhamos falado muito sobre essas coisas (Kirby não perde uma oportunidade de criticar o patriarcado), eu nunca havia falado a respeito com um cara. Nem com Luke, nem com Spencer. Acho que os livros de romance me deixaram menos receosa. Já li as palavras tantas vezes que deveria ser capaz de dizê-las em voz alta, mas não tem sido fácil quando não consigo nem sequer admitir que adoro esse tipo de livro. Apesar disso, aqui estou eu, finalmente dizendo o que quero. Para Neil, entre todas as pessoas.

— Você já...? — começa ele, deixando-me preencher o espaço em branco.

— Sim, com Spencer. E Luke — respondo, e admiro o fato de Neil não ter uma reação exagerada. — Não sei por que deveria ser constrangedor sendo que todo mundo pensa nisso com muita frequência. E, sim, é um tabu maior ainda para meninas. — Outra razão pela qual adoro livros de romance é a maneira como tentam normalizar esse tipo de conversa. Não estou dizendo que o mundo seria melhor se mais pessoas lessem esse gênero, mas... é, sim. Estou. — A masturbação é o pior caso de dois pesos e duas medidas.

O céu está quase preto, mas um poste ilumina o rosto muito vermelho de Neil.

— Estou... familiarizado com o assunto.

Bufo.

— Tenho certeza que sim. Todo mundo parte do princípio de que os garotos transam, tanto que podem até fazer piadas sobre o assunto. Mas, no caso das garotas, às vezes ainda soa como algo sujo sobre o qual não devemos falar, mesmo que seja perfeitamente saudável e que muitas de nós tenham uma vida sexual ativa.

— Então você...

— Olha, eu não vou te dar um relato detalhado.

Ele volta a tossir, mas o episódio logo se transforma em um ataque. Pronto. Matei Neil McNair.

Ele levanta a mão como se quisesse me assegurar de que está bem.

— Aprendi muita coisa essa noite — conclui.

Chegamos ao estacionamento na extremidade da biblioteca. Estou grata por voltar a focar no motivo de estarmos aqui, porque, para ser sincera, a conversa estava me deixando bastante agitada. Além disso, meu cérebro não para de pensar nas *outras coisas*, invocando uma série de imagens úteis para preencher as muitas, muitas opções.

Mas é mais provável que seja a ansiedade por causa do arrombamento. Isso explicaria o coração acelerado.

— Vou verificar aquelas janelas — diz McNair, correndo e se afastando vários metros, e, assim que ele está longe, solto um suspiro longo e trêmulo e ajeito a franja.

Primeiro, tento a porta dos fundos da biblioteca. Nem se mexe.

— A porta dos fundos tá trancada — grito para Neil. Empurro uma janela. — Droga. Acha que vamos perder nossos títulos se alguém encontrar a gente aqui? Quero dizer... estamos arrombando e entrando pra devolver livros. Não chamariam a polícia, né? Já que a gente estuda aqui? Ou estudava? Todas essas aqui estão trancadas. Tem um lance que podemos fazer com um cartão de crédito, não tem?

Desenterro um cartão da mochila e acho uma página do WikiHow muito útil.

— Diz pra enfiar o cartão no vão entre a porta e o batente, e... Neil?

Eu me viro para ele, que de repente está lutando para abafar uma risada, mas falha miseravelmente, e o riso sai meio cuspido.

— Que foi? Qual é a graça?

Ele balança a cabeça, curvando-se enquanto agarra a barriga. Tenho a impressão de que está rindo de mim.

— Neil McNair. Eu exijo que você se explique.

Ele ergue um dedo e enfia a mão no bolso, revelando um chaveiro.

— Eu... eu trabalho aqui — diz ele em meio a uma risada. — Ou trabalhava. Acho que é melhor devolver essa coisa enquanto estamos aqui.

— É sério? Esse tempo todo? — Estendo o braço para pegar o chaveiro, mas ele o tira do meu alcance. — Por que não me disse que ainda tinha a chave?

Mas estou rindo também. Um pouco.

— Queria ver se você ia mesmo tentar arrombar. Não pensei que iria tão longe. Achei que fosse desistir mais cedo.

— Você é o pior — digo, empurrando seu ombro.

Ainda uivando de tanto rir, Neil gira a chave na fechadura, e então entramos.

Usamos a luz dos celulares para nos guiar até o balcão de atendimento.

— É meio assustador aqui — comento.

Ele deve perceber que estou nervosa, porque fala em uma voz suave:

— Só tem a gente aqui, Artoo.

— Sabe, eu nunca vi *Star Wars*.

— Você não viu os originais — corrige ele, mas balanço a cabeça. — Espera. O quê?

Ele joga a luz do celular na minha cara. Semicerro os olhos.

— Eu falei que não sabia quem era Yoda!

— Yoda quase não aparece nos novos. Imaginei que você tivesse visto pelo menos um deles!

— Acho que vi uns minutos de um durante uma festa. Só me lembro de um cara muito mal-humorado todo de preto.

— Você *acha*? Você saberia, Rowan. Você saberia. A gente vai ter que assistir.

Agora sou eu quem jogo a luz na cara de Neil. Encaro-o.

— *A gente?*

Ele cora, então usa a mão para proteger o rosto da luz.

— *Você* tem que assistir. Não comigo. Por que a gente faria isso?

— Não faço ideia — digo, dando de ombros de um jeito exagerado. — Foi você quem sugeriu. E agora tá todo vermelho.

— Porque você tá me interrogando! — Ele tira os óculos para esfregar os olhos. — Foi um lapso verbal. Odeio isso também, quase tanto quanto as sardas. Sempre revela como estou me sentindo. Nunca consegui falar com uma garota bonita sem me transformar na porra de um tomate.

— Eu me enquadraria nessa categoria?

Seu rubor intenso diz tudo. Hum. Neil McNair acha que sou uma garota bonita.

— Você sabe que não é feia — diz ele depois de alguns segundos de silêncio. — Não precisa de mim da minha validação.

É verdade que não preciso, mas não significa que não seja algo agradável de se ouvir. Devo estar bastante carente de elogios, já que "não é feia" faz eu me sentir tão bem comigo mesma, se é que o calor no meu peito quer dizer alguma coisa.

— É só deixar os livros aqui? — pergunto, tirando-os da mochila. — Ou devo escrever um bilhete ou algo assim?

— Por mais que eu fosse adorar escrever em caligrafia "livros atrasados de Rowan Roth da biblioteca", acho que você devia só enfiar tudo no compartimento de devolução.

Um por um, insiro os exemplares, que pousam com baques altos.

Estive na Westview à noite muitas vezes. Conheço muito bem a escola: as melhores localizações de armários, quais máquinas automáticas de venda estão sempre quebradas, o caminho mais rápido da assembleia para o ginásio. Mas hoje à noite… é realmente sinistro. Não parece minha escola.

Acho que de fato não é mais.

Temos que ir, tento dizer, porque quero muito ganhar o dinheiro para Neil, mas, em vez disso, me vejo vagando em direção às estantes. Ele me segue. A biblioteca pode até ser fantasmagórica, mas também é serena.

— Vou sentir muita falta disso tudo — digo, passando os dedos pelas lombadas.

— Acho que existem bibliotecas em Boston. Das grandes.

Dou um cutucão no seu ombro.

— Você entendeu o que estou querendo dizer. Pode ser nossa última vez aqui.

— Isso não é uma coisa boa?

Apoio o corpo na estante em frente a ele.

— Não tenho certeza. — Abro a mochila e pego o Guia para o Sucesso. Já compartilhamos muitos segredos hoje. Depois de chorar no ombro do seu inimigo, que limites ainda restam? — Passei muito tempo absorta na ideia de ter essa experiência perfeita no ensino médio, e não consigo deixar de me sentir frustrada pelo fato de a realidade não ser o que pensei que seria. Você vai me zoar, mas… esse é o Guia para o Sucesso.

Ele pega a folha de papel amassada e a examina, com um canto da boca inclinado para cima. Eu me pergunto para o que está sorrindo: descobrir o que fazer com a franja ou dar uns amassos embaixo das arquibancadas.

— Acho que pensei que seria essa pessoa muito específica agora — continuo. — Mas eu… simplesmente não sou.

Quando Neil chega ao final, aponta com o indicador para o número dez.

— "Destruir Neil McNair" — lê. — Não posso afirmar que destruir você não estaria no meu próprio guia hipotético para o sucesso.

— Obviamente, eu fracassei. Em tudo.

Ele ainda está encarando o papel, e fico me mordendo para saber o que se passa na sua cabeça.

— Você queria ser professora de inglês? "Moldar mentes jovens"?

— Por quê? Você acha que eu não seria boa em moldar mentes?

— Na verdade, acho que seria. Se conseguisse superar sua aversão pelos clássicos. — Ele me devolve o papel, e estou ao mesmo tempo aliviada e decepcionada por ele não ter feito comentários sobre o lance do Namorado Perfeito, só porque estou curiosa para saber o que ele teria falado. — Não é uma lista ruim. Não sei se é realista, mas… você ainda quer cumprir algum desses objetivos?

O pensamento me passou pela cabeça algumas vezes ao longo do dia — antes de eu tê-lo descartado por completo.

— Alguns ainda são alcançáveis. Não é algo em que penso com frequência, mas adoraria ser fluente em espanhol — digo. — Minha mãe é, e toda a família dela também, e sempre quis ter aprendido quando era mais nova.

— Não é tarde demais, você sabe.

Solto um gemido, sabendo que ele está certo.

— E você parou de estudar espanhol por um motivo. — Quando dou de ombros, ele continua: — Seus interesses mudaram. Outras coisas se tornaram mais importantes por um tempo. É a mesma razão pela qual você não quer mais ser professora. Não pode se prender a essa lista que fez aos catorze anos. Quem ainda quer as mesmas coisas que queria nessa idade?

— Algumas pessoas.

— Certo. Mas muitas não. As pessoas *mudam*, Rowan. Graças a Deus. Nós dois sabemos que eu era um merdinha arrogante aos catorze anos, embora isso não tenha impedido você de ter uma queda por mim.

— Doze. Dias.

Neil dá um sorrisinho torto. Engraçado ele achar que a arrogância é uma coisa do passado.

— Talvez essa sua versão tivesse sido legal — declara ele, batendo de novo no papel. — Mas... você é ótima agora também.

Ótima.

O elogio faz meu coração bater desenfreado. Deixo as costas desliza-rem pela estante, e me acomodo no carpete. Ele me imita, então ficamos frente à frente.

— Só queria que não tivesse que terminar agora — digo, embora parte de mim adoraria que ele falasse mais sobre todas as características específicas que me fazem *ótima*. — Queria mais tempo.

Apenas quando enuncio em voz alta percebo que é verdade. *Tempo.* É o que tenho tentado ganhar o dia todo, essa ideia de que, depois de hoje, depois da formatura, nenhum de nós vai estar na mesma cidade. Tudo o que importava para a gente nos últimos quatro anos vai mudar e evoluir, e acho que isso nunca vai parar. É apavorante.

— Artoo. Talvez você não tenha riscado todos os itens da sua lista, mas fez muita coisa. Você foi presidente de três clubes, editora do anuário, copresidente do conselho estudantil... — O sorriso torto retorna quando ele acrescenta: — ... segunda melhor da turma.

Mas isso não me incomoda mais. Puxo as meias, que estão úmidas e enlameadas, até os joelhos. O Uivo simplesmente destruiu meu look perfeito do último dia.

— Mas é estranho, não é? — digo. — Pensar no nosso grupo específico de veteranos todo espalhado por aí no próximo ano? Grande parte de nós só vai estar em casa durante as férias e os recessos, e depois cada vez menos. Não vamos nos ver todo dia. Tipo, se eu vir você na rua...

— Na rua? O que exatamente estou fazendo "na rua"? Estou bem?

— Provavelmente estará vendendo sua coleção autografada de livros da Riley Rodriguez em troca de dinheiro pra pizza.

— Uma coleção inteira autografada? Acho que estou indo muito bem, então.

Eu me estico para dar um soquinho no seu braço com a manga do meu moletom, que, na verdade, é a manga do moletom dele.

— Tá bem. Se eu *esbarrar com você*, como devemos agir? O que somos um pro outro quando não estamos brigando pra ser o melhor?

— Acho que mais ou menos o que estamos sendo hoje — responde ele baixinho, então toca minha sapatilha com o tênis. Mesmo que meu cérebro esteja gritando para meu pé se afastar, por algum motivo a mensagem não chega, e eu não me mexo. — Tipo... amigos.

Amigos. Venho competindo com Neil McNair desde que nos conhecemos. Passei muito tempo me perguntando como vencê-lo, mas nunca o considerei um amigo.

A verdade é que estou me divertindo com ele como não acontecia há muito tempo comigo. Meu arqui-inimigo é, na verdade, uma fonte secreta de conversas profundas, aventuras e *diversão*. Tinha certeza de que estaria de saco cheio de Neil a esta altura, mas a realidade é que não. Restam apenas três pistas. Terminar o jogo significa romper qualquer conexão que tenhamos forjado. Significa formatura, férias e entrar em dois aviões diferentes quando chegar o momento. Talvez seja por isso que estou relutante em ir embora da biblioteca... porque, de todas as coisas que aprendi sobre Neil hoje, no topo da lista está saber que gosto de verdade de passar tempo com ele. Achei que vencê-lo seria incrível, mas tudo que estamos vivendo é muito melhor.

O que me faz desejar, mais uma vez, ter percebido mais cedo que poderíamos ter sido mais que rivais. Eu me pergunto se ele sente o mesmo, esse desejo de ter tido mais conversas como essas enquanto comíamos uma pizza medíocre. E se isso nos torna amigos ou apenas duas pessoas que deveriam se encontrar em algum lugar mas se perderam no meio do caminho.

— É — digo, ignorando a cambalhota estranha que meu estômago faz. Com certeza foi provocada por toda essa honestidade tão tarde da noite. Deveria afastar minha sapatilha do tênis dele. Rowan Roth e Neil McNair, mesmo sendo amigos, não fazem contato sapato com sapato. Na verdade, não sei o que eles fazem. — Acho que a gente poderia ser isso.

Eu me recosto na estante de livros, me sentindo menos reconfortada pelas biografias de mulheres incríveis que estão, literalmente, me dando apoio, do que pensei que seria possível. Neil e eu ficamos fisicamente muito próximos em muitos lugares escuros hoje à noite. O contato reorganizou minhas moléculas, o que me deixou insegura em relação a coisas das quais eu pensava ter certeza.

Exemplo: a intensidade com que gosto não apenas dos seus braços ou da sua barriga, mas *de Neil*, e do jeito que olhou para mim quando disse que eu era "ótima".

Mas é uma ideia absurda. Né? De todos os itens do Guia para Sucesso que imaginei errado, Neil definitivamente não é o Namorado Perfeito do Ensino Médio. Mas é difícil me lembrar disso quando nossos sapatos estão se tocando ou quando a luz do poste da rua ilumina os ângulos mais suaves do seu rosto.

— Agora que somos amigos, pode me contar mais sobre seu livro? — pergunta ele.

As palavras me lembram do quão perto cheguei de conhecer Delilah Park. Ela já deve ter voltado ao hotel. Vai partir amanhã rumo à próxima parada da turnê.

Se não posso ser corajosa lá, talvez possa ser corajosa aqui.

— Quer saber mesmo? — Quando ele assente, respiro fundo. Topo qualquer coisa se for para tirar da cabeça seja lá o que estiver acontecendo com nossos sapatos e o que posso ou não querer que aconteça com o resto dos nossos corpos. — É... uma espécie de romance no local de trabalho. Entre dois colegas.

Hannah e Hayden. Dois personagens que vivem na minha cabeça desde o verão antes do terceiro ano. Hannah surgiu primeiro, uma advogada de espírito livre e língua afiada com uma mistura de características das minhas heroínas favoritas. Então veio Hayden, o advogado rígido com um lado delicado oculto que compete com ela por uma promoção. "Os opostos se atraem" é meu *lance*, literariamente falando, então fazia sentido começar por aí. Porque algo importante sobre pessoas antagônicas é: elas sempre têm muito mais em comum do que acham.

Às vezes penso em Hannah e Hayden antes de dormir, e aí entram nos meus sonhos. Contar a Neil sobre meus personagens faz eu me sentir como se estivesse falando sobre meus amigos imaginários. De certa forma, é isso.

— Foi tão difícil assim me contar?

— Foi! Mesmo — respondo, mas, agora que botei para fora, não parece mais tão aterrorizante.

— O objetivo de ser escritora não é que alguém leia suas histórias?

— Tipo… é, ai… mas ainda não cheguei lá. É complicado. Ninguém nunca leu nada que escrevi que não fosse pra escola.

Teoricamente, *quero* compartilhar meu trabalho. Quero abraçar por inteiro essa atividade que desejo passar a vida praticando. Quero não me importar quando as pessoas chamarem de "prazer culposo" e ter a coragem de convencê-las de que estão erradas. Ou, melhor ainda, quero ter a confiança necessária para não me importar com o que pensam.

— Mas você quer que leiam — diz ele.

Faço que sim com a cabeça.

— Digamos que você não seja instantaneamente perfeita em escrever ficção. É só continuar treinando. Se aprimorar.

— Não sei, parece muito trabalho — afirmo, e ele revira os olhos.

— Tenho uma ideia. Mas você vai detestar. — Quando ergo as sobrancelhas, Neil continua: — E se… você deixasse eu ler? Só uma ou duas páginas? O que poderia ser mais assustador do que eu ler o seu trabalho, certo?

Para minha surpresa, não detesto a sugestão. Sua expressão é gentil, e tenho certeza de que ele não riria de mim. O mais estranho é que eu *quero* mostrar a Neil. Ele ama as palavras tanto quanto eu. Quero saber o que acha.

— Você escreveu a porra de um *livro*. Sabe quantas pessoas gostariam de conseguir fazer isso, ou quantas falam e falam que vão tentar e nunca fazem? — Ele balança a cabeça, como se estivesse impressionado comigo. Quero muito ficar impressionada assim comigo mesma. — Você achou *Álbum de casamento* no meu quarto. Não sou o cara que era no primeiro ano. Pode me mandar parar quando quiser, ok? Vou interromper a leitura assim que você pedir.

Ele está sendo tão fofo. Queria explicar o quanto essa ausência de julgamento significa para mim, mas talvez seja mais fácil mostrar.

— Eu... eu sei.

Com as mãos trêmulas, encontro o arquivo no celular, então passo o aparelho para ele. Fecho os olhos. Sinto o coração bater forte. Não consigo vê-lo, mas posso senti-lo ao meu lado, ouvir o toque suave do seu polegar na tela.

— *Capítulo um* — começa ele.

— Ai, meu Deus. Por favor, não lê em voz alta.

— Tá bem, tá bem.

Ele fica quieto, e aguento apenas alguns segundos antes de perder o controle.

— Retiro o que eu disse. O silêncio é pior.

Ele ri.

— Quer que eu não leia, então?

Solto um suspiro trêmulo, girando os ombros para liberar a tensão.

— Não. É bom pra mim. Continua. Aviso quando for pra parar.

— Tudo bem. *Capítulo um. Hannah havia desprezado Hayden por dois anos, um mês, quatro dias e quinze... não, dezesseis minutos...*

Capítulo 1

Hannah havia desprezado Hayden por dois anos, um mês, quatro dias e quinze não, dezesseis minutos.

Ela se lembrava da hora exata em que ele entrara no escritório, com seu terno impecável e nem um fio de cabelo fora do lugar. Sabia porque tinha dado uma olhada, ou melhor, estava com os olhos fixos, no relógio de parede pendurado acima da mesa, contando os minutos até o próximo ataque de seu chefe.

Já tinha ouvido mais do que gostaria sobre esse novo contratado, um advogado formado em Yale que também tinha MBA pela Penn. Ninguém mais na firma possuía esse tipo de formação; e Hannah sabia que a ideia entusiasmava os sócios, o trio de homens grisalhos nas luxuosas salas de canto.

Hannah, no entanto, sentiu-se um pouco menos entusiasmada. Estava prestes a se tornar sócia, nem um pouco disposta a deixar aquele figurão cheio de diplomas atrapalhar seus planos. Não quando ela tinha concedido à firma sessenta, setenta, oitenta horas por semana nos últimos cinco anos. Não havia saído de férias nem tido um segundo encontro desde a faculdade de direito, mas tudo valeria a pena quando conquistasse sua sala luxuosa de canto.

Isso se Hayden Walker não entrasse em seu caminho.

Ela observara ele limpar as gotas de chuva do paletó e se dirigir para a mesa, que por acaso ficava de frente para a dela.

Hayden havia baixado os olhos azul-claros para ela.

— Você é minha secretária? — perguntara ele.

É óbvio que ele tinha sotaque britânico.

21h20

— PODE PARAR aí — digo baixinho.

Sem pestanejar, ele me devolve o celular. Não tenta ler mais nem pro-longar o momento... apenas me escuta. Não fez uma voz diferente, nem mesmo quando estava lendo o diálogo. Leu como se estivesse em uma apresentação para a sala de aula inteira. Quando finalmente recupero a compostura e olho para ele, suas bochechas estão coradas.

Gostei de como minhas palavras soaram na sua voz.

— Achei...

— Horrível? Devo desistir? Vou desistir.

— Não. Nossa, não. De jeito nenhum. Artoo, achei muito, muito bom. Você devia ter usado uma vírgula naquele terceiro parágrafo, e não ponto e vírgula...

— Eu sinceramente te odeio.

Ele abre um sorriso tímido.

— Você é uma ótima escritora. Estou falando sério. Achei tão... *tenso*.

Agora estou corando também. Neil McNair gosta do que escrevo. Mais que isso, ouvi-lo ler me fez perceber como gosto da minha história e dos meus personagens.

— Nem deu tempo de rolar nada entre eles — digo.

— Mas é a expectativa. O leitor *sabe* que vai acontecer.

— A expectativa é ótima, não me entenda mal. Eu adoro. Mas adoro o "felizes para sempre" que um livro de romance quase sempre garante. Mesmo que não seja realista.

— Mas a felicidade é realista — afirma Neil. — Ou pode ser. Talvez não seja "para sempre", mas isso não a torna menos real. Minha mãe e Christopher passaram por muita coisa. A gente não deveria querer que a outra pessoa nos ajudasse em momentos difíceis?

— Esse tipo de coisa não acontece depois do epílogo. A maioria dos livros de Delilah termina em casamento ou com um pedido de casamento e o pressuposto de que tudo vai ser perfeito. Sei que às vezes não passa mesmo de uma fantasia. Era óbvio que Spencer e eu não éramos perfeitos.

Spencer, o garoto que tentei forçar a encenar o papel que eu havia idealizado. Como teria sido o semestre passado se eu tivesse terminado e me dado permissão para não ter um NPEM no final das contas? Acho que teria me divertido mais. Poderia ter passado mais tempo com Kirby e Mara em vez de desperdiçá-lo tentando interpretar as mensagens de texto enigmáticas de Spencer.

— Eu também nunca me senti assim por ninguém — diz ele, e me sento um pouco mais ereta, pronta para mais uma sessão de História dos Relacionamentos de Neil McNair. — Os namoros que eu tive... foram legais, mas nada que abalasse as estruturas. Não sei. Os relacionamentos não deveriam ser assim?

— De abalar as estruturas?

— É. Tipo, sempre que você tá com a pessoa, sua cabeça vai a mil e você não consegue respirar. Simplesmente sabe que esse alguém tá mudando sua vida pra melhor. Que é alguém que *te* desafia a ser melhor.

— Eu... acho que sim — declaro, porque ele me pegou desprevenida, e realmente não sei o que dizer.

Spencer não me desafiava, não era uma questão de prova de uma matéria avançada. O que não conto a Neil é que também venho procurando por esse amor de abalar as estruturas, e às vezes o desejo tanto que me convenço de que poderia fazê-lo existir só com a força do querer.

— Você vai achar nada a ver, mas Bailey e eu... A gente terminou porque ela achava que eu tinha uma queda por você.

Bufo. Ruidosamente. Isso é ridículo.

— Ai, meu Deus. Kirby e Mara... elas acham que estou obcecada por você.

— Meus amigos acham que estou obcecado por *você*!

A ideia provoca uma crise de riso que dura alguns minutos.

Neil se recupera primeiro.

— Sempre achei que esses romances fossem só... — Ele acena com a mão. — sobre sexo.

Embora ele pronuncie a palavra com um pouco menos de constrangimento desta vez, ainda deixa muito espaço em torno dela.

— Ah, na maioria das vezes faz parte, mas não é o tempo todo. E... eu definitivamente não odeio essa parte. Mas esse tipo de livro é muito mais do que isso. É sobre os personagens e seus relacionamentos. Como se complementam e se desafiam, como superam algo juntos. — Faço uma pausa. — Embora de fato tenham me levado a acreditar que meu primeiro beijo seria mais mágico do que realmente foi.

— Agora estou curioso.

— Gavin Hawley. Sétimo ano. Nós dois usávamos aparelho. Não tinha como dar certo.

— O meu foi pior. Você sabe que meu nariz sangra no inverno, né?

— Ah. Ah, não.

— Ah, sim. Chloe Lim, oitavo ano. No refeitório, o que, pensando agora, foi, com certeza, a pior ideia que já tive. Todo mundo chamou de Beijo do Vampiro. — O comentário me faz rir pelo nariz, e ele balança a cabeça. — Fiquei traumatizado. Só fui beijar outra garota dois anos depois.

Mas está rindo também. Adoro o som da sua risada e o jeito que ele fica quando está rindo. É como se relaxasse, esquecesse que deveria ser rígido e presunçoso. Acho que nunca tinha visto isso até hoje.

— Vai finalmente assinar meu anuário agora? — pergunta ele quando paramos de rir. — Preciso ter um autógrafo de Rowan Roth pra quando você ficar famosa.

Uma cachoeira de alívio.

— Estou me sentindo um lixo desde que disse não — confesso.

Escrevo a mensagem mais fofa possível, recontando algumas das nossas rivalidades do passado e desejando tudo de melhor no próximo ano. Neil não se apressa. A caneta para e recomeça, e ele bate no queixo, borra a mão com tinta.

Quando trocamos os anuários de novo, faço um movimento para abrir o meu, mas ele me interrompe.

— Só pode ler amanhã.

— É quase amanhã.

Ele revira os olhos.

— Só não lê na minha presença, tá?

O pedido me deixa mais curiosa, mas, como acabei de permitir que alguém lesse o que escrevo pela primeira vez, entendo o lado de Neil. Pode ser estranho ler uma mensagem de anuário na frente da pessoa que a escreveu.

— Beleza. Então você não pode ler o meu também. — Enfio o anuário na mochila. — Temos que ir. A menos que a gente possa encontrar alguma pista aqui.

— Ah… um disquete! — Tenho certeza de que é a reação mais empolgada que alguém demonstrou em relação a um disquete nas últimas duas décadas. — Aqui é um lugar muito propício pra acharmos um, certo? Vou verificar na sala de reforço. — Ele se levanta em um salto, mas, antes de sair, se ajoelha como se tivesse esquecido alguma coisa. — É a que fica mais à frente no corredor. Ao lado do departamento de ciências. Quero deixar bem explícito para onde estou indo dessa vez. Sei que você fica nervosa quando eu saio.

Cinco minutos depois, Neil volta com um disquete, um rolo de serpentinas e um pacote de Skittles.

— Suponho que não tenha nada a ver com o misterioso Sr. Cooper — digo, apontando para as serpentinas e os Skittles.

— Tive uma ideia. — Ele coloca as coisas no balcão de atendimento. Gasta um tempo excessivo para arrumá-las, como se estivesse refletindo sobre o que vai dizer em seguida. — Você não foi ao baile. A gente tá conversando muito sobre o fim das aulas, e essa parece ser a experiência por excelência do ensino médio, pelo menos de acordo com os filmes e as séries.

— Certo…

— A comida era bem mais ou menos. — Ele segura os Skittles. — E aqui vai uma música apropriadamente melosa. — Ele navega pelo celular, então dá play em uma canção antiga de *High School Musical*. Solto um bufo, afinal é realmente melosa. — Minha irmã acabou de descobrir. Aceito gentilmente suas condolências. — Então ele fica sério. Coloca o celular no balcão e estende a mão. — Não vai ser o baile perfeito do seu Guia para o Sucesso, mas... quer ir ao baile comigo?

Paro de rir. Enquanto parte de mim acha a situação cafona ao extremo, também é incrivelmente fofa. Meu coração vai parar na boca. Não me lembro da última vez que alguém fez algo tão gentil assim por mim.

Por trás dos óculos, seu olhar é firme. Inabalável. O que me deixa ainda mais consciente de como minhas pernas de repente ficaram bambas.

— A gente tem que ir — digo, em vez de *sim*.

Minha conexão cérebro-boca está com defeito quando se trata de Neil. Sua expressão não vacila.

— Uma dança?

Meu Deus, ele parece tão intenso na escuridão que não faço ideia de por que não dei minha mão de imediato.

— Tudo bem, mas essa música, não.

Encontro outra no meu próprio celular, uma canção delicada e maravilhosa de Smokey Robinson and the Miracles.

— Muito melhor — concorda ele.

Encaixo uma das mãos na dele e a outra, em seu ombro, enquanto a mão livre dele se acomoda na minha cintura. Já dancei com outros caras antes, Spencer, Luke e outros desajeitados do ensino fundamental, mas estávamos ficando. Agora estou em um território desconhecido. Como somos da mesma altura, olhamos nos olhos um do outro, minha mão direita entrelaçada na esquerda de Neil.

— Não precisamos deixar espaço pra Jesus — diz ele. – Ou qualquer que seja o equivalente judaico. Se existir um. Deixar espaço pra Moisés?

— Deixar a porta aberta pra Elias — digo, e ele bufa.

— É. Essa é a versão judaica.

— E nós somos os piores judeus. — Ainda assim, eu me aproximo.

— Mas é estranho ficar olhando pra você assim. Vou ficar o tempo todo tentando não rir.

Neil se move para que sua mão na parte inferior das minhas costas me leve gentilmente até mais perto dele, de modo que eu possa descansar a cabeça no espaço onde seu pescoço encontra o ombro. Ah. Opa. Estamos... muito mais próximos do que estávamos há um segundo, e ele é sólido, confiante e *quente*, o que não entendo, já que passou a maior parte do dia de camiseta. Meu Deus. Essa camiseta idiota. QUIDQUID LATINE DICTUM, ALTUM VIDETUR. Bem que podia significar "olhe para esses belos bíceps".

— Melhor? — pergunta ele, e sinto o hálito quente na bochecha e no ouvido.

Essa única palavra viaja pela minha espinha até os dedos dos pés feito uma corrente elétrica, então me lembro da minha paixonite do primeiro ano, quando passei doze dias fantasiando sobre nós dois irmos para o baile juntos. É assim que teria sido? Como ele teria me segurado?

Provavelmente teria sido diferente, decido. Eu era mais alta que ele na época, antes que seu pico de crescimento igualasse nossa estatura. Também tem o fato de que ele era esquelético, o que agora definitivamente... não é.

— A-há — consigo dizer, mas não tenho certeza se é melhor.

É ao mesmo tempo melhor e pior, porque Neil McNair é a porra de um paradoxo. Aquele cheiro bom do moletom que senti mais cedo... não era a chuva. Era só *ele*. Se meu rosto estiver corado por causa da proximidade, pelo menos ele não consegue ver.

— Que bom.

Enquanto nos movemos para a frente e para trás ao ritmo da música, uma coisa se torna drasticamente evidente.

— Não sou boa nisso — digo, depois de me desculpar por pisar nos seus pés.

Sou transportada para uma cena de *Doce como Sugar Lake*, em que Emma, a dona do restaurante, fecha o lugar mais cedo para ensinar seu melhor amigo (e crush de longa data), Charlie, a dançar antes do casamento do irmão dele. Ainda dói ter perdido minha chance de tirar uma foto com a réplica do gazebo de Sugar Lake que Delilah leva na turnê.

— Tudo bem. Pode deixar que eu compenso.

É arrogante, mas é verdade. Ele é *bom*, e eu estou mais para um daqueles bonecões de posto.

— Você é, tipo, muito bom.

— Fiz aula de dança quando criança. Ballet e jazz, principalmente. Algumas aulas de sapateado de vez em quando.

— Isso é bem maneiro — digo, e é mesmo. — Minha prima Sophie é coreógrafa. Ou tá estudando pra isso na faculdade. Ela, Kirby e Mara tentaram me ensinar, mas sou uma causa perdida. Você sabe fazer uns passos irados? Quero ver.

— Receio que meus passos irados se resumam a esses mesmo hoje em dia — retruca ele, então me guia em um giro suave.

Quando acabo exatamente onde comecei, meu nível de admiração vai às alturas.

Seus membros parecem mais confiantes ao se moverem em um ritmo específico do que em outras ocasiões. Não acredito que este é o mesmo garoto que usava um terno com mangas compridas demais hoje cedo.

Neil sendo um bom dançarino… é meio sexy.

A percepção me vira do avesso, como se meu coração e cérebro traidores estivessem em exibição para ele ver.

— Por que você parou de dançar? — pergunto para seu ombro, sem conseguir mais fazer contato visual.

Se não continuar falando, vou cair em uma espiral maluca. *Neil. Sexy.* Meu cérebro se descontrolou, assim como minhas mãos trêmulas, que ele tenta ao máximo manter firmes. *Porque ele dança bem. O que eu acho sexy.* Droga. Espiral maluca. Tento evocar lembranças dos últimos anos, as vezes que ele me deixou tão furiosa que eu não conseguia enxergar direito.

Não funciona.

— A escola começou a tomar muito tempo — conta ele. Há uma tristeza que só aumenta minha ternura. — E meu pai nunca gostou que eu me interessasse por isso.

— Talvez você possa fazer algumas aulas na faculdade.

— Talvez — repete ele enquanto a música muda. *Uma dança*, Neil falou. Tenho certeza de que vai me soltar, mas não o faz, e permaneço firme nos seus braços. — Senti falta disso. É… gostoso.

E é, pra caramba. Mas é fugaz, como tudo que envolve esta noite. Não posso me apegar muito. Fico preocupada. Neil não é meu NPEM. Não é o cara com quem eu daria uns amassos embaixo das arquibancadas ou que seguraria minha mão durante um filme. Ele não tiraria selfies ridículas comigo e as postaria com hashtags irônicas de que eu iria gostar sem ironia, nem declararia seu amor com um buquê de rosas. Ele não é um herói dos meus romances.

— Deve ser mais gostoso quando você tá a fim da pessoa com quem tá dançando — comento.

Na hora, percebo que disse a coisa errada. *Merda.* Neil fica rígido. Dura apenas um segundo, mas é o suficiente para nos tirar da sintonia com a música.

— É. Certeza.

Mordo com força o interior da bochecha. Queria interromper o fluxo de emoções que ameaçava me atropelar, mas pelo jeito fui longe demais. Deveria dizer que não estou imaginando mais ninguém. Que fiquei tonta com seu cheiro. Que seria impossível pensar em alguém além dele quando estamos nos tocando desse jeito, quando sua mão está espalmada nas minhas costas, quando meus cílios roçam seu pescoço toda vez que pisco.

— Quero dizer — digo, em uma tentativa de voltar atrás. Piso nos seus dedos e murmuro um pedido de desculpas. — Não que eu não goste de dançar com você. É só que...

— Eu entendo. — Sem aviso, ele solta minha mão. — Você estava certa. A gente tem que ir embora.

— A gente... hum... certo. — Tropeço nas palavras e nos pés, que lutam para se mover por conta própria. O clima mudou tão rápido que senti um choque, a temperatura na sala caiu de agradável para abaixo de zero. Pego o celular para me estabilizar. — Tem outra atualização do Uivo.

Ainda estamos na liderança: 13 para Neil e eu, 9 para Brady e Mara, e 8 para Carolyn Gao.

— Bom trabalho, Brady — diz Neil com um assobio baixo.

Também tinha perdido mais de dez notificações do meu grupo da Two Birds.

COLLEEN

> Alguém pode fechar pra mim hoje??
> Meu filho vomitou numa festa do pijama,
> e tenho que ir buscá-lo 😟

> Alguém?? Eu dou todas as gorjetas que ganhei hoje.

Todos os outros funcionários responderam que não podiam, que já tinham planos que não poderiam desmarcar. A mensagem mais recente é mais uma de Colleen, apenas meu nome com três pontos de interrogação.

— Depois do disquete, sobraram só duas. A vista e o Sr. Cooper. Pra vista, a gente devia ir ao parque Kerry. É meu lugar favorito em Seattle — diz Neil enquanto pondero como responder à mensagem. Ele percebe que estou distraída. — O que foi?

— É do trabalho. Two Birds One Scone. Minha chefe precisa de alguém pra fechar a cafeteria essa noite, e sou a única disponível. Você se importa se dermos uma passada rápida lá? Vai levar dez minutos, eu juro.

— Ah. Vamos, ok.

Há uma frieza na sua voz que sei não estar inteiramente relacionada ao desvio.

Eu não deveria ter insinuado que desejava que Neil fosse outra pessoa. Nenhum ser humano ficaria feliz ao ouvir isso enquanto dança com alguém, mesmo que essa pessoa seja sua inimiga declarada. Estou fadada a nunca dizer a coisa certa a ele, mas começo a me perguntar se faço alguma ideia do que seja essa coisa certa.

É o incidente do anuário se repetindo. Estava tão preocupada com o tipo de amizade que um "sim" daria a entender que pulei para o "não"? Meu subconsciente está tentando me proteger de chegar perto demais ou estou com tanto medo assim do que significaria reconhecer esses sentimentos? Porque entendi agora: sentimentos significam alguma coisa. Se aprendi algo nos romances que leio, é que o coração é um músculo imperturbável. Você não consegue ignorá-lo por muito tempo.

Neil pega a mochila. De repente, não consigo suportar a ideia de partir. Não da escola ou da biblioteca em si, mas deste momento. Com ele.

Mas forço os pés a seguirem os de Neil à medida que saímos, sorrateiros. A porta se tranca automaticamente. Não conversamos no caminho para o carro, e é só quando estamos à meia-luz dos postes que abro a boca.

— Obrigada — digo, estendendo a mão para tocar seu braço nu com a ponta dos dedos. Ele também está com frio. — Por tudo. Embora eu duvide que o baile de formatura tenha sido tão extravagante. Provavelmente tinham a marca genérica de Skittles.

O que não digo é que, de alguma forma, tenho certeza de que foi melhor que o baile. Mal consigo me lembrar de como imaginei que seria. O NPEM e eu teríamos dançado, mas estaríamos namorando há algum tempo. Teria sido tão emocionante quanto dançar com Neil pela primeira vez? Eu teria estremecido ao sentir sua mão descer pela parte inferior das minhas costas ou ouvir seu sussurro tão perto do meu ouvido?

Graças a Deus, Neil meio que sorri.

— Apenas o melhor para Rowan Roth — diz ele, e então estou caindo na espiral maluca de novo.

Sob a luz, suas sardas estão quase brilhando e seu cabelo adquire um tom de âmbar dourado. Tudo nele se torna mais suave quase ao ponto de parecer embaçado, como se eu não pudesse dizer quem é esta nova versão de Neil McNair. Estou mais incerta do que nunca.

UMA LISTA INCOMPLETA DAS PALAVRAS FAVORITAS DE NEIL MCNAIR

- _petricor_: o cheiro da terra depois da chuva (inglês)
- _tsundoku_: adquirir mais livros do que você conseguiria ler durante a vida (japonês)
- _hygge_: uma sensação calorosa e acolhedora associada a relaxar, comer e beber com pessoas queridas (dinamarquês)
- _Fernweh_: a saudade de um lugar em que você nunca esteve (alemão)
- _Fremdschämen_: a sensação de ficar constrangido por outra pessoa: vergonha alheia (alemão)
- _davka_: o oposto do que se espera (hebraico)

22h09

— MUITO OBRIGADA — diz Colleen retirando o avental. — Eu teria fechado cedo, mas tivemos um pico de movimento de última hora.

Ela lista as tarefas restantes: limpar as mesas, lavar os pratos e embrulhar os doces que sobrarem para o cesto de itens feitos no dia anterior.

— Sem problema. Você sabe que eu adoro esse lugar.

Neil se inclina na vitrine, examinando as guloseimas. Se Colleen fica curiosa, felizmente não faz nenhuma pergunta.

Ela pega a bolsa.

— Vamos sentir sua falta ano que vem.

— Eu volto nos recessos. Sabe que não resisto a esses rolinhos de canela.

— É o que todos os universitários dizem. Mas aí ficam ocupados, ou querem passar mais tempo com os amigos, ou se mudam de vez. Acontece. Quer você volte a trabalhar aqui ou não, sempre vai ter um rolinho de canela te esperando.

Quero dizer que não vou ser uma dessas pessoas, mas a verdade é que não há como saber.

Colleen nos deixa sozinhos na pequena cafeteria. No caminho, não conseguia parar de pensar na dança. Fiquei viajando tanto que renunciei aos privilégios de escolher a música, deixando-o colocar uma canção da Filhotes Grátis! que ele alegou ser a melhor de todas. Mas mal prestei atenção.

Ficar tão próxima de Neil na biblioteca confundiu meus sentimentos. Tentei racionalizar a situação: estou exausta e o jogo me deixou delirante. Minha mente está me pregando peças, tentando me convencer de que sinto algo por ele que com certeza não sentia ontem. Ou era meu corpo ansiando pela proximidade com o de outra pessoa. Sou escritora, posso inventar uma centena de razões diferentes.

Meu comentário sobre desejar que Neil fosse outra pessoa deve ter ferido seu ego. Mas não gosto do clima que ficou entre gente. Não gostei depois da assembleia de hoje de manhã, quando me recusei a assinar seu anuário, e não gosto agora. Ou talvez goste muito, o que é ainda mais assustador. Neil é mais sensível do que eu imaginava, e eu sou uma cerca de arame farpado. Toda vez que ele chega perto demais, eu me torno mais cortante.

— O que devemos fazer primeiro? — pergunta ele.

Estendo a mão dentro da vitrine.

— Olha, *eu* vou comer um rolinho de canela. E você devia comer também.

O rolinho não é uma espiral perfeita, porque, como Colleen gosta de dizer, comida de aparência imperfeita tem mais sabor. Seguro o prato perto do rosto de Neil, deixando-o inalar a doçura do açúcar com canela. Afasto antes que ele tenha a oportunidade de dar uma mordida.

— Falta a cobertura — digo, indo para a cozinha.

Depois do lance da biblioteca, só quero que a gente volte ao normal, e meu plano brilhante é ignorar o que aconteceu. Não posso gostar de Neil nesse sentido. É o oposto de destruí-lo, e, mesmo que esse não seja mais meu objetivo, até cerca de sete horas atrás ele era meu inimigo. Ele é Neil McNair, e eu sou Rowan Roth, e isso costumava ter um significado.

Abro a geladeira, e a rajada fria é uma explosão bem-vinda em meu rosto, mas não acalma meu coração descontrolado.

— Cobertura de cream cheese? — pergunta ele, com uma pontada de provocação na voz.

— Nunca vou perdoar meus pais.

— Pela parte que me toca, gostei de conhecer as curiosidades sobre Rowan Roth. — Ele se inclina contra o balcão e parece muito relaxado. Talvez a dança o tenha soltado, o que é irônico, porque eu fiquei toda travada. Não me sinto tão tensa desde a prova de cálculo avançado, talvez mais. — Como a síndrome de trancar veados. Isso foi épico.

Solto um gemido. Depois que voltei à mesa de jantar, meus pais contaram tudo o que Neil queria saber sobre os livros de Riley e suas vidas como escritores, inclusive como costumavam reclamar que tinham a síndrome dos "trancafiados" porque se isolavam em casa para cumprir os prazos. Quando eu era pequena, achava que estavam dizendo "síndrome de trancar veados", e um dia perguntei, bem preocupada, se os bichos iriam caber na nossa casa.

— Não tenho medo de usar isso como arma — digo, segurando o pote da cobertura. — E, já que quer falar de pais constrangedores, vamos falar sobre como sua mãe sabia exatamente pra que universidade eu vou.

— A escola divulgou uma lista. Minha mãe investe muito na minha educação. — Ele acena com a cabeça em direção ao pote. — E acho que você tá blefando.

Só porque sei que vou lavar o pote depois, mergulho o dedo indicador e, sem pensar demais, passo a cobertura na sua bochecha sardenta.

Por um momento, ele fica paralisado. Então diz:

— Não estou acreditando que você fez isso — reclama, mas está rindo. Enfia a mão no pote e passa um dedo cheio de cobertura na minha sobrancelha. A sensação é fria, mas não desagradável. — Pronto. Estamos quites.

Nossos olhares ficam presos um no outro por alguns segundos, tipo em uma competição de encarar. Seus olhos ainda estão brilhando de tanto rir. Não estou disposta a começar uma guerra de comida, não com a dança da biblioteca ainda tão fresca na minha memória. Soa um tanto perigoso.

Então algo assustador acontece: sinto uma estranha vontade de *lamber a cobertura do rosto dele*.

É *divertido*. Estou me divertindo com Neil McNair, cujo rosto sujo de cobertura eu quero lamber.

Que Thor me ajude.

— Tenho a leve impressão de que isso é o oposto do que a gente deveria fazer aqui — diz ele, pegando o rolo de papel-toalha atrás de si.

Com as costas da mão, limpo a cobertura da sobrancelha, tentando ignorar o ritmo frenético do meu coração. Em um movimento rápido, pego uma espátula e espalho a cobertura em um lugar mais seguro: o rolinho de canela. Corto-o ao meio, e a canela açucarada escorre pelos lados.

Seus olhos se fecham quando ele dá uma mordida.

— Primoroso — declara ele, e fico meio emocionada, como se eu mesma o tivesse preparado.

Não tenho nem vontade de implicar com sua escolha de palavra.

— Pode ficar aí comendo. Vou lavar os pratos.

Ele franze a testa, colocando o prato no balcão.

— Eu te ajudo.

— Não, não. É meu trabalho. É pra isso que eles me pagam uma fortuna.

— Artoo. Não vou ficar aqui parado vendo você lavar a louça.

Devoro minha metade do rolinho de canela. Acho que terminaríamos mais rápido, e seria estranho *mesmo* ele ficar ali só assistindo. Então Neil põe Filhotes Grátis! para tocar, insistindo que esta é a melhor música da banda, mas foi o que ele disse sobre as três últimas. Então lavamos a louça juntos.

Ele até canta a música de um jeito meio inconsciente. Precisa mudar o tom de voz para alcançar todas as notas, o que às vezes acontece no meio de um verso, e isso me faz rir toda vez. A maioria das pessoas não se sentiria tão à vontade cantando perto de alguém. Admito que a banda tem uma unidade de música boa. Tudo bem, talvez duas. E talvez eu não resista quando começa "Pawing at Your Door" e a gente cante o refrão juntos.

É oficialmente o dia mais esquisito da minha vida.

— Sério, obrigada — digo pela décima vez, pondo uma frigideira no escorredor. — É assim que teria sido sermos amigos?

— Lavar pratos, comer rolinhos de canela e falar sobre ser judeu? Com certeza — Um pouco de espuma sobe pelos seus braços pontilhados de caramelo. — Pense em todos os filmes que a gente poderia ter visto, todos os jantares de Shabat que a gente poderia ter dividido.

Algo na maneira como ele diz a última frase me dá um aperto no coração. A sensação é semelhante à nostalgia que venho sentindo o dia todo, exceto que é uma nostalgia de algo que nunca aconteceu. Tem que haver uma palavra para esse tipo específico de melancolia.

Arrependimento.

Talvez seja isso.

A gente poderia ter tido tudo isso. Foram quatro anos de disputas em vez *disso*: seu canto horroroso, seu quadril batendo no meu para me encorajar a cantar junto, o escarlate nas suas bochechas quando o ataquei com a cobertura. Fiquei tão focada em destruí-lo que acabei perdendo muita coisa.

— Acontece que sou uma péssima amiga, então talvez você esteja melhor sem mim — digo, e imediatamente desejo poder voltar atrás.

Passo-lhe um prato, mas ele apenas o segura debaixo da água.

— Quer... falar sobre isso?

— Eu me apeguei a uma noção idealizada de minha amizade com Kirby e Mara, mas não tenho estado presente nos últimos tempos. Vou tentar melhorar, mas... pode ser que eu faça isso com um monte de coisas, na verdade. Eu idealizo. — Solto um longo suspiro. — Será que não sou realista o suficiente? Sou muito... dos sonhos? — Eu me encolho quando as palavras saem. — Não no sentido de eu ser pessoa dos sonhos pra alguém, mas de eu sonhar demais.

Ele reflete por um instante.

— Você é... otimista. Talvez excessivamente, às vezes, como no caso do Guia para o Sucesso. Mas não acho que seja uma coisa ruim. Ainda mais se você estiver ciente.

— Estou ciente disso faz três horas.

Um lado de sua boca se curva em um sorriso.

— É um começo. — Ele faz um movimento como se fosse apontar, mas, como suas mãos estão cobertas de bolhas de sabão, gesticula para mim com o cotovelo. — Mas você tá ciente de que tem cobertura na sobrancelha toda?

Meu rosto arde. Seus olhos perfuram os meus com uma intensidade que me paralisa.

Se estivéssemos em um livro de romance, ele passaria o polegar pela minha sobrancelha, mergulharia o dedo na boca e me lançaria um olhar sedutor. Depois me encurralaria no balcão da cozinha com os quadris e me beijaria. Sua boca teria gosto de açúcar e canela.

Vou dar pontos ao meu cérebro pela criatividade. Não deveria ser um momento romântico. Estamos limpando as migalhas de outras pessoas e pedaços mastigados de comida dos pratos. Ainda assim, a ideia de beijá-lo me atinge como um terremoto, e o tremor quase me faz perder o equilíbrio.

— Você... vai limpar ou vai esperar até que crie uma crosta?

Plim, plim, plim, temos um vencedor para a palavra mais brochante. Parabéns, crosta!

— Certo — digo, passando o pulso pela sobrancelha. O momento se foi… porque é sempre assim, não é? O que acontece na minha cabeça é melhor que a realidade. — Me passa aquele pano?

Assim que tranco as portas, Neil faz um ruído estranho estalando a língua.

— Sabe de uma coisa? — diz ele. — Na verdade, não estamos longe do lugar com o microfone aberto. Acho que a gente consegue chegar a tempo, se você ainda quiser ver Delilah.

O ar frio espeta minhas bochechas.

— Melhor não.

Mas faltam apenas duas pistas, e a ideia de a noite terminar, a ideia de me despedir de Neil… me deixa irracionalmente triste. O microfone aberto pelo menos prolongaria nosso tempo juntos.

— Tá bem — concorda ele.

Ele enfia as mãos nos bolsos e vira na rua onde meu carro está estacionado.

— Tá bem? — Tenho que correr para acompanhá-lo. — Achei que você fosse insistir mais.

Neil dá de ombros.

— Se você não quer ver Delilah, não veja.

— Esse é algum tipo de truque de psicologia reversa?

— Depende. Tá funcionando?

— Eu realmente te odeio.

— Você não precisa ir. Podemos entrar no carro agora. Mas você adora Delilah, certo? Se não for hoje, quando vai ter outra chance? Que desculpa vai dar na próxima vez que sua autora favorita estiver na cidade, ou quando alguém quiser saber que tipo de livro você tá escrevendo? — Ele se inclina e coloca uma mão no meu ombro. Acho que é para ser um gesto encorajador, mas acaba me distraindo. — Eu sei que você consegue. Você é a pessoa que revolucionou a coleta de lixo na Westview, lembra?

Contra a vontade, abro um sorriso.

— Então presta atenção em mim: se você não abraçar a oportunidade e mergulhar de cabeça...

— Dois clichês em uma só frase? — digo, e ele me fuzila com o olhar.

— ... vai desejar ter agido diferente. E todo aquele arrependimento de que estava falando antes em relação ao Guia para o Sucesso... Ver Delilah é um sonho que você pode realizar agora, mesmo que não possa riscá-lo de uma lista.

Tento visualizar o local, mas nunca estive no Bernadette's, então não consigo. Talvez tropece nas palavras e faça papel de boba na frente de Delilah. Mas o dia deveria ser sobre abraçar essa coisa que amo, e, por incrível que pareça, já fiz muito progresso com *Neil*. A sensação de finalmente falar disso foi ótima... *libertadora*.

E acho que ainda não terminei.

— Você venceu — digo.

Quando ele sorri, é luminoso o suficiente para clarear o céu noturno. É meio que lindo.

SEIS COISAS SOBRE NEIL MCNAIR
QUE NÃO SÃO HORRÍVEIS

- Ele usa camiseta de vez em quando.
- Seu conhecimento de palavras e idiomas é impressionante.
- Ele é um ótimo ouvinte... quando não está sendo implicante.
- Ele leu Nora Roberts.
- Ele sabia, de alguma forma, que eu poderia encarar aquele microfone aberto, mesmo que eu não soubesse.
- Suas sardas. Todas as sete mil.

22h42

O BERNADETTE'S FOI decorado como um bar clandestino da época da Lei Seca, com pouca iluminação e fotografias em preto e branco da antiga Seattle revestindo as paredes. Mesas e cadeiras estão posicionadas de frente para um pequeno palco, onde uma garota talvez alguns anos mais velha do que a gente está se apresentando. Ela move um arco para frente e para trás em um violino. Não... uma viola.

— A Delilah já deve ter ido embora — sussurro para Neil. — Ou vai achar que é coisa de stalker uma fã a seguir pra pegar um autógrafo.

— Ou ficar lisonjeada — retruca ele.

Passo os dedos pela franja, empurrando-a para a esquerda, onde deveria se aquietar depois de anos sendo penteada dessa maneira. Vou deixá-la crescer, e ponto-final.

Eu gosto dela do jeito que é, Neil disse sobre minha franja mais cedo. A frase ricocheteia dentro do meu crânio até se transformar apenas em *eu gosto eu gosto eu gosto eu gosto eu gosto*. Quando o pego me olhando, ele desvia o olhar depressa. Sinto o rosto corar.

É bem nesse momento que eu a vejo, sentada com uma mulher em uma mesa a poucos metros de distância.

Ela ri abertamente de algo que a outra mulher está dizendo, mas é de um jeito discreto. É impecável, tem zero defeitos, com o cabelo preto liso em um corte tipo bob e vestindo um macacão azul-marinho com coraçõezinhos brancos. Pequenos adesivos de coração enfeitam suas unhas.

Enquanto eu tenho o que parece ser uma mancha de cocô na frente do vestido.

— Vá dizer "oi" — murmura Neil, colocando a mão nas minhas costas. De alguma forma, dou um impulso para a frente.

— Com licença, mas... você é, hum, Delilah Park?

Delilah e sua companheira de mesa se voltam para nós. Seus lábios cor de cereja se curvam em um sorriso caloroso.

— Isso, sou eu. — Sempre educada, ela gesticula para a mulher à sua frente, que veste um blazer bem ajustado e ignora a frequência com que a tela do celular acende na mesa. — Esta é minha assessora, Grace. Sinto muito, acabei de me apresentar tem uns vinte minutos.

Legal, legal, só quero sumir. Estou pronta para dar meia-volta e correr quando Neil dá um tapinha na minha mochila.

Coragem. Eu consigo.

— Eu adoro seus livros — desembucho. — Tenho certeza de que você escuta muito isso. Porque, obviamente, se alguém vai a um evento seu, é porque adora seus livros, a menos que tenha sido arrastado pra lá por outra pessoa, e, nesse caso, ainda deve, tipo, ser respeitoso e não dizer na cara que não adora seus livros, né? Não que eu esteja dizendo que um monte de gente que vai aos seus eventos não adore seus livros. Tenho certeza de que quase todos adoram. Eu definitivamente sou uma dessas pessoas. Que adora seus livros.

Grace tenta segurar o riso.

— Obrigada — diz Delilah, e soa sincera. — A gente se viu na livraria mais cedo?

Balanço a cabeça.

— Eu perdi a sessão de autógrafos. É uma longa história que envolve o zoológico, um cookie de maconha e um jogo muito complicado.

— Hum, parece ser uma história das boas — comenta ela, como se fôssemos amigas.

Meus ombros relaxam. De alguma forma, estou falando com ela. Estou conversando com Delilah Park, cujas palavras admiro há tantos anos.

— E essa é a pessoa que não adora meus livros e foi arrastada por você? — pergunta ela, apontando para Neil.

Sinto o rosto corar ainda mais, mas há uma gentileza no seu tom de voz. Ela não está tirando sarro de mim.

— Ainda não li nenhum — admite Neil, e depois me encara antes de acrescentar: — Mas pretendo.

Estou flutuando.

— Trouxe alguns livros seus. Você poderia autografar pra mim?

— Com certeza — responde ela. Grace já está lhe entregando uma caneta. — Qual é o nome?

Soletro meu nome para ela. Grace passa o carimbo de lábios de Delilah também, e, quando ela o pressiona na almofada de tinta e depois na página, fico chocada por ainda estar de pé. Tenho uma sensação de *déjà-vu* depois do que aconteceu com Neil e meus pais. É mais forte do que nós... somos dois viciados em livros.

— Foi um prazer te conhecer, Rowan — declara ela, devolvendo os exemplares para mim, então gesticula em direção ao palco. — Vai apresentar alguma coisa?

— Na verdade... — comenta alguém, e com horror percebo que esse alguém sou eu — eu estava indo me inscrever.

Talvez ela me deseje boa sorte ou diga que está ansiosa para ver ou que estou prestes a cometer o pior erro da minha vida. É neste momento que meu cérebro desliga temporariamente, e Neil precisa me guiar até uma mesa.

— Você tá se esforçando muito pra não sorrir, né? — pergunta ele.

Assinto, então deixo meu sorriso se abrir.

— Ai, meu Deus. Ela foi tão legal! Eu amo a Delilah! Pareci ridícula demais, ou foi um nível aceitável?

— Você foi *ótima*. Vai se apresentar? — pergunta ele, sorrindo.

Ah. Certo.

— Acho que me empolguei com o momento.

— Acho que é uma ideia incrível.

Talvez seja mesmo, ou, no mínimo, não é péssima, porque eu, a nuvem humana que um dia foi Rowan Roth, de repente vou até o hipster no balcão que segura uma prancheta.

— Tá tranquilo hoje — diz o cara quando pergunto se ainda tem vaga. Veste a bandeira oficial de Seattle, uma camisa xadrez de flanela. — Você pode ser a próxima, se quiser.

Com a voz trêmula, digo meu nome, então volto para a mesa. Neil pergunta se quero água, refrigerante ou qualquer outra coisa, mas não sei se meu estômago seria capaz de digerir agora. Enquanto tiro o caderno da mochila, meus dedos roçam meus livros autografados. Escrevi os primeiros capítulos à mão antes de digitá-los, e prefiro ler no papel a ler no celular.

Não consigo imaginar qual seria o cenário mais otimista, e, portanto, também não me permito me preparar para o pior. Não precisa ser assustador. Deixei Neil ler. Neil, meu rival e inimigo, que costumava me provocar sem dó sobre os livros que amo. E tenho *orgulho* do que escrevi. Por que isso é tão difícil de admitir, ainda que para mim mesma?

— Uma salva de palmas pra Adina — diz o apresentador, suas botas fazem as tábuas do piso balançarem e rangerem. — É sempre um prazer ter você aqui.

O salão aplaude a violista. Eu estava tão perdida em pensamentos que não tinha percebido que ela havia terminado, mas me junto aos outros enquanto meu estômago realiza um impressionante número de ginástica olímpica.

Na saída do palco, Adina e eu nos cruzamos. Seu cabelo é escuro e cai pelas costas, há um toque de vermelho nos seus lábios. As bochechas estão coradas por causa da apresentação. Acho que é a pessoa mais bonita que já vi de perto.

— Foi incrível — afirmo.

Então ela me surpreende. Em vez de dispensar o elogio como outras pessoas fariam, ela me dá um meio-sorriso, como se soubesse exatamente quão incrível foi.

— Obrigada. Já te vi aqui antes?

— Primeira vez.

Seu sorriso fica mais largo. Ela exala tranquilidade, naturalidade.

— Faz uns anos que venho aqui, principalmente nos recessos da universidade. É um bom público. — Ela olha atrás de mim em direção aos espectadores. — Seu namorado parece bem animado por você.

— Ah, ele não é...

Eu me interrompo, porque não vou recitar nossa história para uma desconhecida e a palavra "namorado" está mexendo com meu coração de um jeito estranho no qual não quero pensar antes de subir naquele palco.

— Você vai se sair muito bem — incentiva ela.

A voz do apresentador ecoa:

— A seguir, temos uma novata, então vamos dar as boas-vindas ultra-especiais do Bernadette's a Rowan!

Sigo o caminho até palco, observando enquanto Adina se junta a uma garota de cabelo curto em uma mesa nos fundos.

— Oi. Obrigada — falo no microfone.

As luzes são muito fortes. Levo alguns segundos para localizar Neil, então me pergunto por que não o captei de imediato, uma vez que está com aquele sorriso genuíno que enruga os cantos dos olhos daquele jeitinho lindo. Estaria mentindo se dissesse que a visão não acalma alguns dos meus nervos.

Então vejo Delilah, com toda sua atenção voltada para mim, como se estivesse de fato interessada no que estou prestes a ler.

— A propósito, isso é café — explico, apontando para meu vestido, imaginando quão marrom a mancha deve ficar sob as luzes. — Um latte de avelã, pra ser exata. E não... hum... outra coisa. Tá sendo um dia bem estranho.

O público dá risada.

— Vou ler o início de uma história em que estou trabalhando. É o prólogo, então é curto, e tudo que vocês realmente precisam saber é que é... um romance comercial.

Algumas pessoas gritam, e uma assobia. Talvez seja Delilah. Talvez Neil.

— Lá vai — anuncio, e então fica fácil.

Neil está esperando por mim do lado de fora, encostado no prédio de tijolos na outra extremidade do beco. Quando terminei, ele ergueu o relógio de pulso e apontou com o polegar em direção à porta. Meu coração ainda está martelando, e minha cabeça, zumbindo. Uau, a adrenalina está correndo solta.

— Eu consegui, porra! — digo enquanto corro até ele.

Neil está radiante.

— É, você conseguiu, porra! — diz ele, correspondendo ao meu entusiasmo. — Foi *incrível*.

Quando o alcanço, jogo os braços ao redor do seu pescoço dele em um abraço que o surpreende, uma vez que seu corpo se move para trás de primeira. Então ele relaxa, como se seu corpo precisasse de um momento para processar o que estava acontecendo. Seus braços me envolvem e suas mãos descansam na base das minhas costas. Sou muito grata pelo moletom… estou suando bastante sob o tecido.

Meu rosto se encaixa no espaço abaixo da sua orelha, onde a mandíbula encontra o pescoço. Já nos abraçamos antes? Talvez seja nosso primeiro abraço. Movo as mãos até seus ombros, demorando-me no tecido macio da camiseta. Eu me pergunto se Neil está com frio. Se devo devolver o moletom. Seu cheiro é uma combinação de chuva e suor de garoto, não necessariamente ruim, e, subjacente, de algo limpo e reconfortante. Luto contra a vontade de respirar fundo para evitar parecer que estou, literalmente, inalando seu perfume.

— Eles não detestaram — declaro.

Seus batimentos estremecem contra minha pele.

— Porque foi *bom*.

Desfazemos o abraço aos poucos, e não consigo acreditar no que acabei de fazer. Também não consigo acreditar que Neil McNair estava presente e que está *feliz* por mim. Se tivéssemos sido amigos em vez de concorrentes, quantos outros abraços teríamos dado?

Conseguir ler o que escrevi na frente de um público foi diferente de tudo que já experimentei. Talvez tenha sido ainda melhor do que ouvir Delilah ler. *Ela me ouviu*, uma fulaninha qualquer esperando um dia se tornar alguém.

— Delilah me seguiu no Twitter — conto, em parte para me distrair da vontade de abraçá-lo de novo. — Ela acenou pra mim antes de eu sair, e simplesmente pegou o celular e pediu meu arroba, e, ai, meu Deus, o que vou tuitar agora? Ela vai ver tudo. Talvez seja melhor excluir minha conta.

Ele ergue as sobrancelhas.

— Foi assim que eu fiquei quando conheci seus pais?

— Não. Você fez pior. — Agarro o braço de Neil para olhar o relógio.

— Que horas são?

Tenho total capacidade de tirar meu próprio celular do bolso, mas existe algo de adorável na maneira anacrônica como Neil vê as horas.

— Passa um pouco das onze. Recebemos a mensagem com a próxima zona segura enquanto você estava lá — informa ele.

Lemos juntos.

> SE LIGA, LOBO VETERANO!
>
> COMO ESTÁ SE SENTINDO? CANSADO?
>
> ESTÁ NA HORA DE JOGAR GOLFE
>
> VEMOS VOCÊ NA ZONA SEGURA NÚMERO DOIS

A mensagem contém um link para a um campo de minigolfe que não fica muito distante e pede para estarmos lá às 23h30.

— Preciso me sentar primeiro — digo, ainda trêmula por causa da adrenalina.

Como ainda temos algum tempo, nos dirigimos até um banco no parque ao lado. O frio me atinge em cheio.

— Quer seu moletom de volta? — pergunto.

— Pode ficar. — Ele se move até que seu quadril esteja a alguns centímetros do meu. Daria para colocar dois livros de bolso no espaço entre sua calça jeans e meu vestido. — Nada mais justo, considerando a mancha de café.

Acho que nem uma lavanderia seria capaz de salvar meu vestido depois de todo o sofrimento pelo qual passou hoje, mas não sei se vou conseguir me desfazer dele. Vai ser um troféu desta noite, um lembrete de tudo que fiz e antes pensava que não conseguiria.

— Muito obrigada. Por... por me ajudar a perceber que eu conseguiria fazer isso.

Eu me aproximo só um pouquinho de Neil. Digo a mim mesma que é por causa do frio.

Sou uma grande mentirosa.

Ao luar, seu cabelo parece de bronze, como se ele fosse o busto com que o provoquei hoje mais cedo. Quase não dá para acreditar que isso aconteceu apenas algumas horas atrás.

— Eu... não sei se você tem noção de como me ajudou — fala ele, voltado para os joelhos rasgados da calça jeans, e não para mim. — Todos esses anos. Eu não podia me dar ao luxo de não elevar meu nível. Não foi só por me manter alerta ou fazer com que eu desse o melhor de mim. Competir com você, *você* de modo geral... Você me ajudou a manter o foco. Ajudou a evitar que as coisas com meu pai se tornassem esmagadoras. Eu... eu poderia ter me deixado abater fácil. E você fez tudo sem nem sequer se esforçar.

As palavras partem meu coração mais uma vez.

— Neil. Nem sei o que dizer — falo baixinho.

— De nada? — sugere ele, e dou risada, cutucando-o com o cotovelo.

Quase não há espaço entre nós agora, e, quando Neil inclina a cabeça para olhar para mim, seus olhos me trazem uma sensação emocionante, intensa. Não sei como não tinha notado antes.

— De nada. E obrigada. Mais uma vez — completo, então vou em frente com o segredo que venho guardando desde a casa dele. — Então... estive pensando. Se a gente vencer, você devia ficar com o dinheiro.

— Rowan...

Eu sabia que ele iria protestar, então o interrompo de imediato.

— E não deveria usar nem um centavo com seu pai. Ele fez algo horrível não só com aquele garoto, mas com toda sua família. Com você. — As palavras saem suaves agora. — Você deveria usar consigo mesmo. Pra coisas legais. Tipo mudar seu sobrenome, ou talvez estudar no exterior, ou comprar um terno em... onde quer que vendam ternos bonitos.

Neil fica quieto por alguns segundos. Teria certeza de que disse a coisa errada se ele não permanecesse quase me tocando, um espaço mínimo entre seu quadril e o meu.

— Agora eu que não sei o que dizer — confessa ele, forçando uma risada. — O que, como você sabe, é raro. Não sei se poderia aceitar o dinheiro todo, mas obrigado. Isso... soa mesmo muito legal. — Ele solta um suspiro e depois volta a falar. — Estou com medo. — As palavras são muito suaves. Eu poderia me aconchegar com um cobertor feito de *Estou com medo*. — Nunca disse pra ninguém, mas estou com muito medo do que vai acontecer quando eu for embora. Quero muito partir, mas mesmo assim... fico preocupado de não ser tão independente quanto acho que sou. De ir pra faculdade e não saber mexer na máquina de lavar, apesar de já lavar minha própria roupa há anos. Ou de não saber como me locomover pela cidade e acabar me perdendo. Minha mãe parece feliz com Christopher, mas me preocupo com a possibilidade de que ela acabe se sobrecarregando. De que minha irmã não seja capaz de superar tudo. Ou de que, onde quer que eu esteja, eu não consiga me afastar do meu pai.

"Às vezes fico com medo de acabar como ele. Me pergunto se esse tipo de coisa é genética. Se estou fadado a fazer tanta merda quanto ele, se existe essa propensão à violência dentro de mim.

— Isso é assustador pra caralho — digo. Bato no seu sapato com o meu para que ele saiba está errado, que não está fadado a nada. — E não existe *nada* disso em você.

Este garoto é gentil até o último fio de cabelo. Ele luta com palavras, não com os punhos. Está tão próximo que eu poderia usar a ponta do meu nariz para ligar cada sarda nas suas bochechas. Não quero mais saber de contar. Seus lábios parecem macios, e me pergunto como ele me beijaria: se seria lento e deliberado, ou bruto e desesperado, se agarraria minha cintura ou meus quadris. Será que seria ponderado, cada movimento de seus lábios planejado de antemão? Ou desligaria a mente e deixaria o corpo assumir o controle?

A ideia de Neil perdendo o controle desse jeito é quase demais para o coitado do meu cérebro.

— Você não precisa falar disso. Se não quiser — digo.

— Aí é que tá. Acho que quero. Não falo sobre isso há muito tempo, e com você... por alguma razão, não é tão difícil quanto pensei que seria.

— Quero fazer uma piada suja agora, mas não vou te deixar sem graça.

Neil cutuca meu ombro com o dele. É um tipo de gesto provocador de amigo que me faz ter pensamentos nem um pouco de amigo. E nossas pernas... ainda estão quase se tocando. De algum jeito, é mais íntimo que a dança na biblioteca. Nunca estive tão ciente de cada terminação nervosa na parte externa da minha coxa.

A algumas ruas de distância, um carro buzina e, quando viro a cabeça por instinto, percebo que um pouco do meu cabelo se prendeu entre as ripas do banco. Como se eu já não estivesse esculhambada o bastante por hoje. Saio puxando o elástico e os grampos do meu coque bagunçado.

— É provavelmente uma causa perdida — digo a título de explicação.

— Selei o destino do meu cabelo quando tomei banho no escuro hoje de manhã e não consegui secar. Agora tá ficando cada vez pior.

Neil me observa pentear o cabelo com os dedos.

— Ele... hum... não tá ruim. Você tá brincado com ele o dia todo, mas... tá sempre bonito.

Então ele faz algo que talvez surpreenda nós dois: pega um dos meus cachos soltos, roçando-o com a ponta do dedo. Como se dissesse: *Esse aqui. Esse é o cacho que tá sempre bonito.* O toque é tão leve... A delicadeza acaba comigo, o jeito como Neil é inseguro mas corajoso. A ponta do dedo se vai antes que eu possa me inclinar para perto, imaginando como seria se ele deslizasse as mãos pelo meu cabelo.

Sempre bonito.

— Pra ser sincera, eu não odeio seus ternos. Quer dizer, não vai ficar se achando. Ainda é uma peça de roupa extremamente nerd pra se usar no ensino médio, mas... você não fica péssimo com um.

— Nós não somos os melhores em fazer elogios, hein?

— Eu sou melhor que você — digo, e ele ri.

A risada soa como a primeira música indie pop pegajosa que ele tocou para mim na loja de discos, a da Filhotes Grátis!. Atrás dos óculos, seus olhos escuros se iluminam, tornando-se âmbar. Mais uma vez, estou convicta de que nunca tinha prestado atenção na risada de Neil. Talvez ele não tenha rido o suficiente na minha presença. Talvez olhasse para mim apenas com os olhos semicerrados e as sobrancelhas franzidas de irritação. Mas hoje à noite quero fazê-lo rir sem parar.

Com o coração martelando, movo a perna até finalmente estar colada à dele, pondo fim à distância entre nós. Eu não aguentava mais não tocá-lo.

Sua respiração fica presa na garganta. Meu Deus, que som maravilhoso.

— Tá com frio? — pergunta ele, o que faz eu me sentir um pouco culpada, uma vez que estou usando seu moletom.

— Um pouco — digo, surpresa com a súbita rouquidão da minha voz.

Se o fato de eu estar com frio o fizer se aproximar um centímetro, então vou ser a porra da Antártida.

De repente, eu ouço. Sinto o farfalhar do tecido enquanto ele move a perna até a minha, a pressão que confirma que o que está acontecendo é absolutamente proposital. Estamos quadril com quadril, coxa com coxa e joelho com joelho. Ele acaricia meu joelho uma vez com o polegar em um gesto rápido.

Um gesto que merecia um livro inteiro.

— Tudo bem? — pergunta ele.

Não sei se Neil está perguntando se está tudo bem comigo, se está tudo bem com o que estamos fazendo, ou se é um "tudo bem, estou pronto pra ir". No último caso, *eu* não estou. Não estou. Está frio, mas eu seria capaz de acender uma fogueira com a sensação de estar tão perto dele. Sim, está tudo bem, mas também não está nem de longe bem o suficiente.

Só o que consigo fazer é assentir. De repente, seu moletom parece quente demais. Estava lamentando o que perdemos por não sermos amigos, mas e se tivéssemos nos tornado amigos e depois outra coisa? Talvez tivéssemos compartilhado todas as nossas primeiras vezes. Aprendido juntos, explorado juntos e, além do lado físico, teríamos nos ajudado nos dias difíceis. Passei a noite inteira protegendo minhas emoções porque não conseguia admitir a verdade: tenho sentimentos reais por este garoto.

Há muitas coisas que não sabia sobre Neil: ele é fã de livros infantis, sua palavra favorita é *tsundoku* e ele mesmo ajusta seus ternos. Ele se preocupa com a mãe e a irmã. Ele se preocupa comigo, Rowan Roth, a garota que vinha tentando destruir durante quatro anos.

Nunca experimentei uma paixão de abalar as estruturas, como Neil disse. Mas tenho a impressão de que, se acontecesse entre nós... seria possível.

Essa possibilidade é o que me atrai como um ímã para meu ex-inimigo, Neil McNair, que está olhando para minha boca como se tivesse acabado de descobrir o sinônimo perfeito para uma palavra que não possui nenhum.

E talvez seja o que o atrai para mim também.

— É Rowan, certo?

Uma voz quebra o silêncio, e Neil e eu nos separamos antes de nossos lábios se tocarem.

— Era você no palco do Bernadette's, né, garota?

Uma moça que aparenta uns vinte e poucos anos está parada a alguns metros. Um gorro esconde seu cabelo, e a luz do poste reflete em um piercing no nariz.

— O-oi — gaguejo. — É. Isso. Era eu.

Minhas bochechas estão em chamas, como se eu tivesse sido flagrada fazendo algo que preferia que fosse particular. Se ela viu o que estávamos prestes a fazer, ou não se ligou ou não está deixando transparecer. Não consigo nem olhar para Neil, congelado ao meu lado.

De repente, uns trinta centímetros de espaço se materializaram entre nós. Como se ele estivesse preocupado em ser flagrado também.

Ela abre um sorriso.

— Adorei sua apresentação. Sou viciada em livros de romances , mas nenhum dos meus amigos entende muito desse lance. Aí eu te vi, lendo um em um microfone aberto e arrasando.

Uau, eu adoraria ter esta conversa em literalmente qualquer outro momento.

— Obrigada. Muito obrigada.

Obrigada por estragar o que pode ter sido o momento mais romântico da minha vida.

— Eu tinha que te falar. Espero te ver na próxima! — diz ela.

— Beleza. Também espero.

A garota acena e sai andando na escuridão.

O lado esquerdo do meu corpo está frio e estou tremendo de novo. Quero aquela suavidade de Neil de cinco minutos atrás, mas agora ele é uma estátua, com coluna de ferro e ombros de concreto. Estávamos prestes a nos beijar. Não foi minha imaginação.

Por fim, Neil volta à vida.

— A gente devia ir — diz, levantando-se de um salto e batendo a poeira da calça. — Temos que estar no minigolfe às onze e meia.

— Certo — resmungo.

Fico de pé com as pernas bambas.

Nenhum de nós diz uma palavra durante toda a caminhada até o carro.

AS PISTAS DO UIVO

- ~~Um lugar onde se pode comprar o primeiro álbum do Nirvana~~
- ~~Um lugar que é vermelho do teto ao chão~~
- ~~Um lugar onde se pode encontrar Chiroptera~~
- ~~Uma faixa de pedestres das cores do arco-íris~~
- ~~O sorvete certo para o Pé-Grande~~
- ~~O grandalhão no centro do universo~~
- ~~Algo local, orgânico e sustentável~~
- ~~Um disquete~~
- ~~Um copo descartável de café com o nome de outra pessoa (ou seu próprio nome com erros ortográficos muito loucos)~~
- ~~Um carro multado por estacionamento irregular~~
- *Uma vista lá do alto*
- *A melhor pizza da cidade (à sua escolha)*
- ~~Um turista fazendo algo que um morador teria vergonha de fazer~~
- ~~Um guarda-chuva (todos sabemos que os moradores raiz de Seattle não usam)~~
- *Uma homenagem ao misterioso Sr. Cooper*

23h26

FIZEMOS MUITAS VIAGENS de carro embaraçosas hoje, mas esta é *silenciosa*. Neil está olhando para fora, o queixo apoiado em uma das mãos. Quero ouvir minha música melancólica. Quero que ele me explique a etimologia da palavra "desencanto".

Desde que deixamos o banco, a dor no meu peito só aumentou. Neil aprendeu a ocultar muito de si mesmo depois do que aconteceu com o pai e, pela maneira como se tornou resignado, ainda é muito bom nisso. E, *merda*, é devastador. Não gosto nada do que estou sentindo, nem do aperto no peito nem da pressão crescendo atrás dos meus olhos.

Juro que ele se inclinou para mim também. A menos que, agora que a adrenalina do microfone aberto passou, ele tenha percebido o erro colossal que quase cometemos. Talvez esteja feliz por termos sido interrompidos. Lamente o que quase aconteceu. Seis horas atrás, eu teria ficado horrorizada também... ou não? Quando esse sentimento surgiu de fato? Porque tenho certeza de que não foi hoje. Foi quando sonhei com Neil? Tem estado adormecido desde aquela paixonite rápida no primeiro ano? Não, não pode ser. O que sinto por ele é novo, mas ao mesmo tempo antigo e familiar. Implico com seus ternos, mas os adoro, certo? E as sardas. Meu Deus, as sardas. Sou caidinha por aquelas sardas.

Ele continua olhando do relógio de pulso para o do painel do carro.

— Tá três minutos adiantado — explico.

— Vamos chegar em cima da hora.

O que Neil não diz é que, se não tivéssemos ido ao microfone aberto, se não tivéssemos nos demorado naquele banco, se não tivéssemos quase nos beijado, não estaríamos arriscando nossa liderança no Uivo.

— Tinha uma vaga lá atrás — diz ele enquanto dou a volta.

— Era muito apertada.

Minha condução é segura porém frenética, ainda mais depois da batida de hoje, mas juro que paramos em todos os sinais vermelhos possíveis, o que nos presenteia com mais tempo sentados em silêncio. Neil suspira, depois tosse, então suspira de novo, parecendo se preparar para dizer algo para o qual nunca encontra as palavras.

— Atrasados — diz ele baixinho quando estaciono o carro próximo ao estádio do centro.

Não chore.

— Não pode ser.

— Não é possível discutir com o tempo. Se estamos atrasados, estamos atrasados. É apenas um fato.

O tom mordaz me pega desprevenida. Não nos falamos desse jeito nem nos últimos quatro anos. Sempre houve respeito. Não sei o que aconteceu, mas sinto um nó apertado se instalar na minha garganta. Ele se arrepende do que quase aconteceu. Tenho certeza.

Logan Perez está na porta, munida de uma prancheta.

— Vocês dois estão atrasados — diz ela, balançando a cabeça.

— Só dois minutos — acrescento debilmente, mas sou uma seguidora de regras nata.

Atraso é atraso, seja de dois minutos, seja de duas horas.

— Logan — diz Neil e ajeita a postura. — A culpa é minha. Fiz a gente seguir um caminho nada a ver, contra a vontade de Rowan. Pode me eliminar se for preciso. Mas deixa ela continuar.

Meu rosto esquenta de imediato, e o nó na garganta afrouxa. Não sei o que ele está querendo. Não chegou a dizer abertamente que ficaria com o dinheiro se ganhássemos, mas, se apenas eu continuar no jogo, vamos reduzir nossas chances de forma bastante significativa.

O olhar de Logan oscila entre nós dois.

— Eu não deveria fazer isso, mas, como presidente recém-empossada, imagino que tenha algum tipo de poder executivo. Em geral, não me considero uma pessoa de coração mole. Mas o que você está fazendo, Neil, é muito bonitinho. Faz eu sentir alguma coisa bem nessa região. — Ela coloca a mão sobre o coração e sorri. — Vocês dois podem permanecer no jogo, mas não digam *nada* a ninguém. — Assentimos, e ela se afasta para nos deixar passar. — Aproveitem a zona segura.

Depois que entramos, ele fica subitamente fascinado com as alças da mochila.

— Você não precisava ter feito isso — digo, ainda sem saber ao certo como interpretar seu ato.

Ele dá de ombros.

— Você estava certa. A gente não deveria ter feito tantos desvios.

O comentário faz eu me sentir com meio metro de altura.

— Acho que te vejo em meia hora, certo?

Ele confirma com a cabeça e mais uma vez desaparece com os amigos. Nunca fiquei tão aliviada por ver as minhas. Mara acena, e Kirby, um pouco mais hesitante, abre um sorriso.

— Oi — digo, sem firmeza nos pés. Se vou chorar, que bom que minhas amigas estão aqui. — Acho que preciso conversar.

Em um canto escuro de um campo de minigolfe coberto, depois de pedir desculpas mais uma centena de vezes por ter reagido mal à viagem para o lago Chelan, confesso para minhas amigas o que elas vinham suspeitando todos esses anos: meus sentimentos por Neil McNair são mais profundos que a rivalidade.

Conto todo o restante também, sobre os romances que leio, o livro que estou escrevendo e Delilah Park.

— Beleza — digo, encostando as costas na parede e me preparando para as respostas. — Podem me zoar.

— Você tá escrevendo um livro de romance — afirma Kirby, devagar. — Você mostrou pro Neil.

Assinto, desanimada e espero que elas insistam que eu poderia ter lhes mostrado. Mas me sinto melhor agora que não estou mais me escondendo.

— Você achou que a gente não te apoiaria? — pergunta ela em um tom nada brincalhão.

Acho que está magoada.

— É um romance comercial. Vocês deixaram bem explícito o que pensam sobre esse tipo de livro.

— É, mas… — Kirby balança a cabeça. — Eu não sabia que você *amava* esse tipo de livro. Eu estava só brincando. Não era minha intenção ser maldosa. Você nunca deu a impressão de que se amarrava tanto neles, apenas que tinha alguns por aí.

— Porque eu tinha medo — digo em voz baixa. — E não quero ter medo. Talvez ainda não seja uma escritora incrível, mas acho que sou razoável. E tenho bastante tempo pra melhorar. Não quero ter vergonha do que gosto.

Mara, que se manteve quieta durante toda a conversa — o que não é nada fora do comum para ela — diz, por fim:

— Eu gosto do Harry Styles.

A confissão nos surpreende. Kirby se vira para ela.

— Sério? Você nunca me contou. Mas, admito que ele é um cara bonito.

Um rubor toma conta das bochechas de Mara.

— Não. Eu gosto das *músicas* dele.

— Ah. Nunca escutei.

— São boas. Vou te mandar algumas.

Então Mara e eu olhamos para Kirby, como se esperássemos sua confissão.

— Tá bem, tá bem — concorda ela. — Eu adoro reality shows. Mas não aqueles que exigem talento, tipo canto ou estilismo. Gosto daqueles *bem* toscos que têm só umas pessoas gostosas e ricas gritando umas com as outras. Comecei a assistir de zoeira com minha irmã alguns anos atrás, antes de ela ir pra faculdade, mas depois meio que comecei a curtir de verdade.

— Eu amo Harry Styles! — grita Mara, agora sim em um gesto nem um pouco característico, então dá uma risadinha quando alguns colegas olham na nossa direção com as sobrancelhas levantadas. — E não estou nem aí pra quem sabe ou deixa de saber!

Eu adoro esta garota.

— Talvez você possa indicar alguns livros pra gente — sugere Kirby, e meu coração se aquece.

— Com toda certeza.

Recuperada do surto, Mara coloca a mão no meu joelho.

— Então… Neil.

Até o nome deixa meu rosto quente.

— Por um tempo, achei que vocês só precisavam dar uns pegas e matar a vontade. Mas você gosta mesmo dele — comenta Kirby.

— Meu Deus. Eu gosto mesmo. Mas é como se o que aconteceu no banco tivesse virado alguma chave dentro dele, e agora Neil tá agindo de um jeito ainda mais estranho que o normal.

— Parece que ele ficou com medo — diz Mara. — Eu me senti assim com Kirby no começo. Era medo de que, se a gente fosse em frente, as coisas não pudessem voltar a ser como antes. De que isso mudaria nossa amizade pra sempre, pra melhor ou pior.

— Felizmente, mudou pra melhor — intervém Kirby.

Mara entrelaça os dedos com os da namorada.

— E a escola pode ter acabado, mas vocês precisariam descobrir vai acontecer no verão… e na faculdade, supondo que não tenham se matado até lá. É de dar medo em qualquer um. Kirby e eu estamos indo pra mesma instituição, e mesmo assim estou apavorada.

Kirby a encara.

— Você tá?

— É, estou. Vamos ter turmas novas e conhecer pessoas novas. A gente vai estar a meio caminho de se virar sozinha. Vamos mudar.

— Mas eu gosto de mim assim — diz Kirby com um choramingo, e Mara dá um tapa no seu braço.

Eu as amo. Amo demais, e talvez não as mereça, mas estou muito feliz por tê-las ao meu lado agora.

— Me desculpem — digo de novo. — Por todo o lance com Neil e por abandonar vocês.

— Você não pode apagar toda nossa história em apenas alguns meses — retruca Mara. — Mas, se quiser realmente se redimir, poderia compartilhar algumas das suas fotos do Uivo.

— Sem chance.

— E não vou mandar você se catar porque tivemos uma briga. — Kirby sorri, triste. — Só queria é que tivesse acontecido antes. Nós quatro poderíamos ter saído juntos, feito coisas de casais.

Volto a sentir aquela pontada de arrependimento, aquela que me faz desejar que os últimos anos tivessem sido diferentes. Consigo até imaginar: madrugadas em Capitol Hill, ocupando uma mesa inteira na Hot Cakes, e Mara tirando fotos bobas. Preciso pressionar a mão no peito, como se o arrependimento fosse uma dor física.

— Não sei como vai ser, se vai rolar qualquer coisa entre a gente. — É bizarro reconhecer a possibilidade. *Pode rolar alguma coisa entre a gente.* — Mas sei que quero que vocês duas façam parte disso. Quer dizer, não de tudo.

— Quero todos os detalhes McSórdidos — diz Kirby, batendo os cílios. Reviro os olhos.

— Como você diz à pessoa que passou quatro anos tentando destruir que você tá a fim dela?

— Eu chutaria que existe um livro sobre isso. E que você provavelmente já leu — diz Mara.

— Garanta que ele saiba que você tá falando sério. Sem sarcasmo — sugere Kirby. — Você é o tipo da pessoa que supera as expectativas. Tenho certeza de que pode se superar nisso também.

— Vou tentar. — Estou totalmente dominada pela emoção, por causa desta noite inteira e por causa das minhas amigas. De repente tenho uma ideia. — Ei. Podemos tirar uma foto? Faz tempo que não tiramos.

Mara já está pegando o celular.

— Achei que nunca fosse pedir — brinca ela.

Não me importo que meus olhos estejam inchados; minha maquiagem, desbotada; e meu vestido, bem, já se sabe. Mara estende seu braço craque em selfies, nós juntamos as cabeças, e, sem nem olhar, sei que a foto é perfeitamente imperfeita.

A distância, ouvimos um assobio e então a voz de Logan pelo interfone:

— Lobos! Vocês têm três minutos até seu tempo na zona segura expirar. Podem se encaminhar de forma ordenada até a saída, por favor.

— Beleza. — Eu me levanto, renovada e cheia de energia. — Vou nessa. Vou falar com Neil.

Ainda me sinto um pouco como uma girafa recém-nascida aprendendo a andar, mas, depois que abraço minhas amigas, fico mais firme. Equilibrada.

— É possível se orgulhar de alguém que tem a mesma idade que você? Porque estou orgulhosa de você — diz Mara.

Então as lágrimas voltam aos meus olhos por um motivo totalmente diferente.

Quando vejo Neil, minha barriga se contorce. Se é que é possível, ele parece ainda mais fofo que antes. Tudo que eu quero é envolver os braços ao seu redor de novo, que ele me puxe para perto, do jeito que nos abraçamos depois do Bernadette's. Quero voltar para aquele banco e subir no seu colo. Quero beijá-lo como nunca beijei outra pessoa. Quero que ele perca o controle do jeito que nunca fui capaz de imaginar, ou talvez seja porque não consigo imaginar isso acontecendo com ninguém além de mim.

Oi. Acho que gosto de você. Quer comer outro rolinho de canela comigo?

Então… você acha que eu te odeio? Não mais!

Você. Eu. Banco traseiro do meu Honda Accord. Agora.

— Tá pronta? — pergunta ele.

Estou tão presa nos meus pensamentos que o que sai da minha boca é apenas um "Hã?", o que o faz arquear uma sobrancelha. Então recupero o juízo.

— Estou. Vamos pro lugar que segundo você tem a melhor vista de Seattle, e depois tentamos descobrir quem é esse misterioso Sr. Cooper.

Logan solta outro assobio, o que significa que temos cinco minutos para nos afastarmos ao máximo deste lugar até as eliminações recomeçarem. Alguém abre a porta, e Neil e eu passamos voando, correndo em direção ao meu carro na escuridão.

Ziguezagueamos pelo bairro até nos assegurarmos de que ninguém que tenha nossos nomes consiga nos seguir. Está muito mais frio, então enfio as mãos nos bolsos do moletom. Deveria devolvê-lo, sei que deveria, mas gosto demais dele.

Estamos quase chegando quando meus dedos se fecham em torno de um pequeno pedaço de papel no bolso.

Paro de correr e o tiro para ver. Meu coração despenca enquanto leio e releio o nome escrito. *Não.* Não, não, não. Deslizo o polegar pelas letras, tentando forçá-las a fazer sentido.

Rowan Roth.

12h05

NEIL TEM meu nome.

Neil tem *meu* nome.

Neil não eliminou ninguém, o que significa que tem meu nome desde o início do jogo.

— Rowan? — Eu o ouço dizer. E não "Artoo". Porque não somos amigos. Não somos seja lá o que for que quase nos tornamos naquele banco. — Fico me perguntando se Cooper esteve envolvido na fundação de Seattle, ou em alguma outra coisa na história da cidade. Encontrei um artigo sobre Frank B. Cooper, o cara que supervisionou a construção de novas escolas nas comunidades. Isso nos levaria à primeira escola em Seattle, ou seria um raciocínio muito tortuoso? O que você acha?

Meu coração está martelando e ai, meu Deus, ai, meu Deus, ai, meu Deus. Não consigo pensar em Frank B. Cooper nem nas escolas de Seattle agora. Oscilo para a frente e para trás sobre os calcanhares, puxando as alças da mochila. Sinto o rosto em chamas.

De repente, tudo se torna muito óbvio: como Neil se mostrou inquieto depois que o salvei, como não perseguiu Carolyn Gao. Fez tudo apenas para que pudesse me derrotar uma última vez. Brincou comigo ao me deixar entrar na sua casa e no seu quarto, me contando seus segredos e ouvindo os meus. Só para esfregar na minha cara quando me eliminar, mesmo depois de termos nos aliado.

Não acredito que estava prestes a me declarar para ele.

Fecho o punho em torno do pedaço de papel. Devagar, eu me viro para encará-lo, então abro a mão para revelar meu nome.

Ficamos suspensos no espaço e tempo por alguns segundos, paralisados. A cor se esvai do seu rosto.

— Ah. Merda. Eu posso explicar — murmura ele.

— Eu adoraria ouvir.

Ele esfrega os olhos, ajustando os óculos.

— Desculpa. Eu... eu não queria que você descobrisse.

— Óbvio — digo, meio sufocada. — Você estava com meu nome o tempo todo?

Ele assente, triste.

— Desde o Cinerama. Sim. Deveria ter te contado. É que achei... achei que você não confiaria em mim se soubesse.

A ironia das ironias.

— Então qual era o plano? Manter em segredo até o fim, depois me surpreender porque já tinha ganhado minha confiança? Me amolecer, me fazer baixar a guarda? — Balanço a cabeça. Acima de tudo, trata-se de perder a confiança, não o prêmio. — Você sabe que não estou mais jogando pelo dinheiro. Por que simplesmente não me contou?

Ele permanece em silêncio.

— É isso, parabéns. Você me pegou. Então vai em frente. Pode me eliminar.

Estendo o braço na sua direção, indicando que ele deveria tirar a braçadeira azul.

— Não é isso que eu...

— Só vai logo, tá bem? — digo, entredentes. Nós dois a encaramos. Cutuco seu ombro de leve, mas Neil não se mexe, como se fosse feito de aço, e não de pele e ossos. — Para de falar com seus sapatos! Pelo menos olhe nos meus olhos.

Quando ele, enfim, volta os olhos para os meus, sinto um aperto no coração. Neil parece mais aflito do que esteve a noite toda.

— Rowan — diz ele, com a voz trêmula, nitidamente tentando soar gentil. Engole em seco. — Ok. Você tem razão. Eu não ia esperar até o final, no começo. Quando a gente estava na loja de discos, teve um momento em que pensei: "É agora. Vou pegar a bandana." Mas não consegui. Não sei. A gente estava se dando bem, e foi... desculpa... *legal*. Foi *muito legal*. Eu *gostei* de passar esse tempo com você.

— Você fala como se fosse uma surpresa — declaro, embora não possa negar como é bom ouvir isso. — Como se fosse impossível ter gostado da minha companhia.

Ele cruza os braços.

— Nós dois sabemos que sua autoestima não é tão baixa assim. Desculpa por querer passar mais tempo com você. Desculpa por querer te manter no jogo, o que, devo salientar, foi exatamente o que você fez por mim em Pike Place... pra gente poder se enfrentar no final e você me derrotar, já que, pelo jeito, essa é a única coisa que importa pra você.

— Não é.

Faz horas que não é.

Sob as sardas, seu rosto é uma confusão de manchas vermelhas raivosas. Não é fofo. É irritante pra cacete. De perto, consigo ver todas as sardas, além de uma cicatriz no queixo que não tinha notado. Também nunca o tinha visto com pelos faciais, mas, após uma noite toda fora, uma camada de ruivo está começando a crescer, e não é horrível. Exceto que se trata de Neil, e eu o odeio, não odeio? Mas não é horrível mesmo assim.

— Até hoje — continua ele —, a gente meio que só se conhecia superficialmente. Eu sabia que você odiava não receber votos suficientes pra aprovar uma medida no conselho estudantil e que gostava de livros de romance. Mas eu não sabia por quê. Não sabia sobre sua família ou que você escreve. Não sabia como você gosta de músicas tristes ou por que adora ler os livros que lê. E — Ele respira fundo — você também não sabia muito sobre mim. Não sabia sobre minha família. Sabe pra quantas pessoas eu contei espontaneamente sobre meu pai? — Neil balança a cabeça. — Umas cinco? Eu confiei em você. E fazia tempo que não confiava em ninguém o bastante pra contar.

Ele está se desculpando. É óbvio que se sente mal. Talvez o fato de ele ter escondido que tinha meu nome não seja tão terrível assim. Talvez possamos superar isso, continuar jogando.

O luar banha seu rosto, e não posso negar como é lindo.

— A gente compartilhou umas paradas muito pessoais. Isso não importa nem um pouco? — pergunta ele.

Estou corando também. Dá para sentir. Penso no que conversamos na biblioteca. Em como me senti segura ao ter aquelas conversas com ele. Em como gostei de brincar, porém, mais do que isso...

Queria beijá-lo, e queria que ele me beijasse de volta. Era isso que eu queria.

O que *quero*.

— Importa — digo, me aproximando.

Não quero ficar de mal com ele. O dia passa pela minha mente em um lampejo: a assembleia, a fuga no Pike Place Market, as brigas enquanto comíamos pizza. A loja de discos, o laboratório de Sean Yee e a casa de Neil, o lugar aonde ninguém nunca vai. Minha casa, depois o zoológico e a biblioteca. *A biblioteca.* Aquela dança. Então a Two Birds e a cantoria enquanto lavávamos os pratos, depois o microfone aberto e como me senti incrível depois.

O banco.

Quanto disso foi real? O que aconteceu na casa de Neil, sim, e o que aconteceu na minha. Mas e o resto? Antes de perdoá-lo, preciso ter certeza.

— Preciso saber... Que parte do dia de hoje foi real? Porque o que aconteceu no banco... quase nos beijamos, Neil.

Sussurro a última parte.

Não queria que tivesse sido quase, é o que queria dizer. Queria a boca dele na minha e suas mãos no meu cabelo. Não era algo que eu vinha imaginando fazia meses. Não tinha ideias preconcebidas de como seria e, pelo menos dessa vez, queria desligar meu cérebro e simplesmente *sentir*.

Não sei como explicar como tudo é uma novidade para mim.

Neil fica ainda mais vermelho.

— Acho que foi bom não ter acontecido. A gente simplesmente... se deixou levar pelo momento. Teria sido um erro.

Um erro.

Ele encolhe os ombros, virando-se um pouco para longe de mim. O choque de saber que o sentimento foi unilateral me faz recuar alguns passos.

Sinto como se uma pedra pressionasse meu peito. Fui enganada. Depois de tantas horas, continuo não passando de um jogo para Neil.

Horas. Passaram-se apenas horas. Ninguém pode mudar de ideia tão rápido... e ainda assim aconteceu comigo. Eu tinha certeza de que com ele também.

Forço o rosto a não demonstrar tristeza, forço as mãos a não tremerem. Meu coração, porém... isso eu não consigo controlar. Quando era mais nova, nunca entendia quando lia em um livro que o coração de alguém "afundava". *Não é fisicamente possível,* eu dizia para todo mundo. Agora sei, pela primeira vez, a sensação exata de um coração afundando. Só que não é apenas meu coração — todo meu corpo quer entrar em colapso.

Neil está tão envergonhado com o que aconteceu no banco que nem sequer olha para mim; está focado no que deve ser um rebaixamento fascinante no meio-fio.

— Rowan? — diz ele, como se quisesse ter certeza de que o ouvi acabar comigo.

— Tá. Tudo bem — falo com mais convicção do que realmente sinto.

Está muito frio, e aperto bem os braços ao redor do corpo. O que não ameniza a sensação de afundamento. Não impede que a pressão se acumule atrás dos meus olhos nem que minha voz soe tensa e aguda.

— Um grande erro. Entendi.

— Fico feliz por estarmos de acordo — afirma Neil, mas as palavras são secas, e ele parece qualquer coisa menos feliz.

— Ainda bem que recuperamos o juízo. Imagina, você e eu? Em que universo isso faria sentido? — Se eu me forçar a dizer em voz alta, talvez acredite nas minhas palavras. Deve ajudar a doer menos. — Ia ser um prato cheio pro restante dos veteranos.

Penso em todos os momentos que fui muito cruel, nas vezes que o afastei. Se tivesse feito o contrário, será que a gente estaria tendo esta conversa? Ou seria apenas mais doloroso?

— Será que a gente pode... só esquecer o que aconteceu? — pergunta ele, gaguejando — Por favor?

— Tá. Tudo bem.

Eu me ajoelho para abrir a mochila e procurar a chave do carro. Não posso olhar para Neil agora. Não quero que veja que estou prestes a chorar. Ele não precisa de mais munição.

Sério, qual é o meu problema? Neil McNair não teria sido o Namorado Perfeito. Sob nenhuma circunstância ele é a pessoa com quem eu deveria estar.

Meus dedos envolvem o metal frio, e fecho bem o punho em torno das chaves para me ancorar. Talvez Neil mereça ganhar o jogo, afinal. Me ludibriou a ponto de eu achar que sentia alguma coisa por ele, então, de algum jeito, a tornou real. Ele é o verdadeiro campeão da Westview e se certificou de que esta competição final terminasse comigo completamente destruída.

— Só temos mais duas pistas — diz ele, baixinho dessa vez, então se vira para mim. *Porra*. Espero que não ache que precisa me tratar com delicadeza agora. Não sei o que seria pior, a zoação quando confessei o crush ou isso. — Vamos resolver, aí a gente pode tentar entender essa coisa toda.

Isso é pior. Definitivamente.

— Não... não tem nada pra entender. — Eu me levanto tão rápido que sinto a cabeça girar. Agarro as chaves com mais força. — Podemos seguir caminhos separados ou agora, ou no final do jogo, ou depois da formatura. Pra que prolongar? Você e eu não sabemos ser amigos. — O sentimento de vingança me invade, igual a todos esses anos. Precisa substituir a sensação de afundamento. Quero machucá-lo também. E sei exatamente onde golpear para que ele sinta mais dor. — A pior parte é que... eu gostei da pessoa que você foi hoje! Gostei de passar um tempo com você também. É por isso que é tão desconcertante saber que você estava escondendo algo o dia inteiro. Poderia ter me falado muitas vezes, mas não falou. Achei que você fosse diferente, mas talvez seja mais parecido com seu pai do que pensa.

O arrependimento me atinge de imediato. Eu e minha habilidade espetacular de acabar com Neil. Nos últimos quatro anos, ela me tornou mais forte, mas esta noite só faz eu me sentir mesquinha. Esta não sou eu. Ou pelo menos... não quero que seja.

Observo seu rosto enquanto o comentário o atinge. Seus olhos escurecem e sua boca se abre um pouco, como se ele fosse dizer algo, mas nada sai.

— Foi um golpe baixo de merda, e você sabe. Se vamos falar de falhas de caráter, e quanto a você?

Dou um passo para trás.

— O que tem eu?

Ele joga as mãos para cima.

— Rowan! Você tá se sabotando. Tem feito isso há anos. Aquele Guia para o Sucesso no Ensino Médio?

— Fazia uma eternidade que não pensava nele — digo baixinho, me perguntando por que de repente me sinto na defensiva mais uma vez.

— Você fez aquela lista quando tinha catorze anos. É óbvio que vai querer coisas diferentes agora. É uma pessoa diferente. Cresceu e mudou, e isso é uma *coisa boa*. No zoológico, você estava chapada de verdade ou estava usando isso como desculpa por estar ansiosa pra conhecer Delilah?

— Não — protesto, mas de repente não tenho certeza.

A pontada de alívio que senti… era isso?

— Spencer? Kirby e Mara? Sua *escrita*, a coisa a que quer se dedicar a vida toda? Você mesma disse. Está tão preocupada que a realidade não esteja à altura do que você tem na cabeça que nem *experimenta* coisas que te assustam e não percebe quando existe um problema com seus relacionamentos. Porque, se você não o encara, ele não existe. Certo?

Estou balançando a cabeça.

— Eu… não. Não.

Hoje à noite, subi no palco do microfone aberto. E, quanto a Kirby e Mara, estamos bem. Vamos nos resolver. Neil não sabe, mas não vou contar. Não lhe devo nada. Não tenho que convencê-lo de que entendeu tudo errado.

Ele endireita a postura. Tem exatamente minha altura, mas de alguma forma parece muito mais alto neste momento.

— Você tá atravancando o próprio caminho, e, até perceber, nunca vai ser feliz com sua realidade.

Tenho apenas mais uma réplica.

— Se não somos amigos — digo, minha voz com aquele som engasgado horrível —, então por que você ainda tá aqui?

Seu rosto é uma mistura de emoções dolorosas. Mágoa, confusão...
arrependimento? Talvez eu esteja me iludindo.

— Boa pergunta.

Então ele vira de costas para mim, os ombros curvados contra o vento,
e vai embora.

Fico sozinha na noite fria e escura.

RANKING DO UIVO

TOP 5

Neil McNair: 14

Rowan Roth: 13

Brady Becker: 12

Mara Pompetti: 10

Iris Zhou: 8

JOGADORES REMANESCENTES: 13

12h27

SE O PIKE PLACE MARKET é realmente assombrado, os fantasmas devem estar à solta. Eu mesma me sinto meio mórbida enquanto me arrasto pelo centro da cidade, passando pelo distrito comercial e ao longo da zona portuária. Está mais frio aqui fora, venta mais.

Aperto o moletom de Neil em volta do corpo, desejando que pertencesse a qualquer um, menos a ele. É irritante que ainda cheire bem. Maldito moletom de capuz cheiroso que não posso tirar sem congelar.

Meus pés doem de tanto andar. Estacionei no mercado, que estava vazio. As lojas haviam fechado havia muito tempo, mas eu precisava espairecer e entender o que aconteceu e o que vou fazer agora.

Devo estar obcecada por Neil McNair, porque, mesmo longe, ele é tudo em que consigo pensar. A pior parte é: ele não estava errado.

O Guia para o Sucesso tem quatro anos. Só porque hoje não sou cem por cento quem queria ser naquela época não significa que não seja bem- -sucedida. No fundo, talvez soubesse disso o dia todo, mas o Guia foi um grande consolo, a ideia de que eu ainda tinha a chance de riscar algum item da lista.

Nada correu conforme o planejado hoje, e, até a briga com Neil, estava tudo bem. *Maravilhoso*, na verdade. Eu tinha me agarrado às fantasias e me convencido de que a realidade não poderia se equiparar.

Então me permito cogitar algo que nunca cogitei: e se a realidade for *melhor?*

Eu só… não sei como consertar isso em mim. Essa *falha de caráter*, como Neil chamou. Se conseguir terminar o Uivo sozinha, então nossa competição vai estar encerrada para sempre. Ele vai para Nova York, e eu para Boston, e, se nos encontrarmos em Seattle quando estivermos em casa nas férias, talvez seja apenas para um momento de contato visual prolongado, um aceno de cabeça e depois uma olhada rápida na direção oposta. Se tivesse rolado algo entre a gente, Neil seria apenas mais uma coisa que terminaria depois do ensino médio. Nossas universidades ficam a mais de quatro horas de distância uma da outra. (Eu pesquisei mais cedo.)

Quero contar para Kirby e Mara, mas ainda não sei se consigo colocar em palavras o que aconteceu. Apesar de tudo, estou feliz por ter subido ao palco e lido o que escrevi. Outra coisa inexoravelmente ligada a Neil McNair.

Dane-se.

Pego o celular e toco no atalho na tela inicial.

— Rowan? — Minha mãe atende depois do terceiro toque. Meus pais sempre comemoram o fechamento dos prazos do mesmo jeito: ficando muitíssimo bêbados. Sempre têm uma garrafa de uísque onze anos no escritório para essas ocasiões. — Está tarde. Tá tudo bem? Acabamos de abrir o uísque...

— Estou escrevendo um livro — desembucho.

— Neste exato momento?

— Não... quero dizer que estou trabalhando nele há um tempo. — Mordo o interior da bochecha, esperando uma reação. Ouço alguns ruídos ao fundo, e dá para notar que ela me colocou no viva-voz. — É um romance comercial.

Silêncio do outro lado da linha.

— Sei que não é seu tipo de livro favorito, mas eu gosto muito, ok? São histórias divertidas, emocionantes e têm um desenvolvimento de personagens melhor que a maioria de outros livros por aí.

— Ro-Ro, você está escrevendo um livro? — pergunta meu pai.

Assinto, então lembro que eles não podem me ver. Argh, falar é difícil.

— Estou. Eu... talvez queira fazer isso. Profissionalmente. Ou pelo menos gostaria de tentar.

— Isso é incrível. Você não faz ideia de como é legal ouvir isso — diz minha mãe.

— Jura?

Ela ri.

— *Juro.* O fato de ter sermos seus pais não arruinou a magia da escrita pra você? É fantástico, se parar pra pensar.

E talvez seja.

— É um romance comercial — repito, caso não tenham ouvido da primeira vez.

— A gente ouviu. Rowan, isso é... — Meu pai faz uma pausa, e alguns murmúrios são trocados entre eles. — Desculpe se alguma vez demos a impressão de que considerávamos esse... um gênero menor. Talvez tenha sido porque você começou a lê-los muito novinha e a gente achasse que era uma fase fofa e engraçada pela qual você estava passando.

— Não era.

— Sabemos disso agora — afirma meu pai.

— Adoro o que vocês fazem e adoro esses livros. E sei que tenho muito o que aprender, mas é pra isso que serve a faculdade, certo?

Previsivelmente, meu pai ri da "não piada".

— Opa, revelação completa — diz minha mãe. — Nós dois estamos um pouco bêbados, mas muito felizes por ter nos contado. Se quiser que qualquer um de nós leia o livro, vai ser o maior prazer.

— Obrigada. Não sei se já cheguei nesse estágio, mas aviso vocês.

— Tá tudo correndo bem? Não vai ficar na rua até tarde da noite, vai?

— Acho que já vamos estar dormindo quando ela chegar. Se o uísque cumprir sua função — comenta me pai.

Minha mãe solta um assobio baixo.

— A situação tá quase tão ruim quanto naquela vez do livro do D. B. Cooper. Mas acho que o uísque não era escocês.

— Do quê? — pergunto.

— Riley tentou resolver o caso D. B. Cooper em um dos livros da *Escavações* — informa minha mãe. — Lembra? Ficamos muito chateados quando a editora não quis publicar. Não achou adequado pra crianças.

— D. B. Cooper... Isso era um lance de Seattle, certo?

— Você não conhece a história?

Quando respondo que não, ela me explica.

Eis a lenda de D. B. Cooper: em 1971, um homem sequestrou um Boeing enquanto sobrevoava algum lugar entre Portland e Seattle. Ele pediu duzentos mil dólares de resgate e saltou de paraquedas... mas nunca foi encontrado, mesmo depois de uma operação de busca do FBI. É o único caso não resolvido desse tipo.

Cheguei a ler o manuscrito do livro, mas devo ter me esquecido do assunto depois que eles tiveram que engavetá-lo. E Neil também não teria como saber.

— Até trabalhamos com a equipe do Museu dos Mistérios — revela minha mãe. — Sabe aquele prédio velho e macabro no centro?

— É igualmente macabro por dentro — completa meu pai. — E *esquisito* também. É metade museu, metade bar. Então fica aberto até tarde.

De repente, tudo se encaixa. Cara, eu amo meus pais.

— Rowan? — diz minha mãe, com tanta urgência que me faz pensar que devo ter ido longe nos pensamentos. — Rowan Luisa, que horas você acha que vai chegar em casa?

— Não devo vou demorar muito.

— Divirta-se — diz minha mãe, e eles começam a dar risadinhas de novo enquanto encerramos a ligação.

O Museu dos Mistérios. Se ainda me importasse com o Uivo, resolveria a pista da vista e depois iria até lá. Bom saber, acho.

Solto um suspiro. Eles sabem, e Kirby e Mara sabem, e, quando eu começar as aulas no outono, vou poder dizer aos meus novos amigos também: *Estou escrevendo uma romance comercial.*

A roda-gigante The Great Wheel brilha em contraste ao céu noturno. Nunca andei nela. O nome não é à toa. Quando foi construída, era a mais alta da Costa Oeste, e a ideia de estar tão longe do chão me apavorava. Mas hoje à noite suas luzes me atraem, e me pergunto por que tinha tanto medo.

— É a última volta da noite — anuncia o cara da bilheteria depois que entrego os cinco dólares. — Você chegou bem na hora.

Um minuto depois, meus pés estão flutuando.

O ar é frio em meu rosto e, lá embaixo, a água é preta e serena. A algumas cabines acima, dois adolescentes riem e tiram selfies. A algumas cabines abaixo, um pai tenta acalmar uma criança muito atentada.

— Não se atreva a balançar o assento, Liam. Liam… LIAM!

Estou em uma roda-gigante à meia-noite. Seria extremamente romântico se eu não estivesse sozinha.

Ao longo do dia, me senti no limiar de várias coisas. No ensino médio, sabia como fazer tudo e como iria me sentir. É reconfortante desafiar Neil porque existem apenas dois resultados: ele vence ou eu venço. Uma rotina. Uma rede de segurança.

Moro em Seattle desde que nasci, mas nunca tinha andado na Great Wheel. Nunca tinha quase invadido uma biblioteca. Nunca tinha explorado a cidade como fiz esta noite, mas não se trata apenas do cenário. Pouco a pouco, o dia me forçou a sair da zona de conforto. O fim do jogo significa o fim do ensino médio e, embora eu tenha romantizado muitas coisas, há muitas outras de que vou sentir falta. Kirby e Mara. As aulas, os professores.

Neil.

— Ai, meu Deus — diz alguém, me tirando dos meus pensamentos. É uma voz de mulher. — Ai, meu Deus!

Está vindo do outro lado da roda. Não é um *Ai, meu Deus* apavorado. É do tipo bom.

— Ela disse "sim"! — grita outra mulher.

Quando o casal se abraça, todo mundo na roda-gigante aplaude. Se isso não é digno de um livro de romance, eu não sei o que é.

Quero saltar sem medo para seja lá o que a vida me reserve. Realmente quero. Na verdade, nem tenho escolha; não vou ficar no alto desta roda-gigante pelo resto da vida. Bom, o cara disse que era a última volta da noite, então, literalmente, não tenho escolha. Mas tenho medo de cair, de falhar, de não conseguir me salvar.

Minha cabine para no topo. A cidade iluminada é tão linda que vou dar uma de turista e tirar uma foto. Abro a mochila e procuro o celular. Meus dedos roçam uma capa dura familiar.

Meu anuário.

Devagar, tiro-o da mochila. Sinto as mãos trêmulas enquanto viro as últimas páginas. Neil não queria que eu lesse até amanhã, mas, dane-se, já é amanhã, e estou desesperada para saber o que ele escreveu.

Preciso folhear até encontrar. Duas páginas no verso estavam grudadas, e foi assim que ele conseguiu encontrar um espacinho. Vejo meu apelido escrito em caligrafia, e, nossa, a mensagem é longa. Meus olhos disparam para lá e para cá, lutando para se concentrar em alguma palavra. O que espero é uma garantia de que não estraguei tudo de um jeito que não tenha conserto, embora ele tenha escrito a mensagem antes da nossa briga. Ainda assim, sinto como se fosse um colete salva-vidas.

Então inspiro o ar frio da noite e começo a ler.

Artoo,

Mudei para minha letra normal. Escrever fazendo caligrafia é difícil e não trouxe minhas canetas boas. Ou preciso de mais prática.

Você está sentada na minha frente, provavelmente escrevendo "Tenha um ótimo verão!" trinta vezes seguidas. Conheço um pouco de muitas línguas, mas, mesmo assim, estou me esforçando para colocar isto em palavras. Ok. Lá vai.

Antes de mais nada, preciso que saiba que não estou fazendo esta declaração com qualquer esperança de reciprocidade. É algo que tenho que botar para fora (clichê, desculpa) antes de seguirmos cada um para o seu lado (clichê). É o último dia de aula e, portanto, minha última chance.

Dizer que tenho uma "queda" por você é usar uma palavra muito fraca para descrever como me sinto. Não te faz justiça, mas talvez funcione para mim. Sou aquele que caiu. Fico de cara no chão por termos visto um ao outro apenas como inimigos. Fico de cara no chão quando o dia termina e eu não disse nada a você que não esteja envolto em cinco camadas de sarcasmo. Fico de cara no chão por quase encerrar o ano sem saber que você gosta de música melancólica, come cream cheese direto do pote no meio da noite e mexe na franja quando está nervosa, como se estivesse preocupada que ela esteja feia (nunca é o caso.)

Você é ambiciosa, inteligente, interessante e linda. Deixei "linda" por último porque, por algum motivo, tenho a sensação de que você reviraria os olhos se eu escrevesse isso primeiro. Mas você é. Você é linda, encantadora e charmosa pra caralho. E tem toda essa energia que irradia, um otimismo cintilante que eu gostaria de poder pegar emprestado para mim de vez em quando.

Você está me olhando como se não conseguisse acreditar que ainda não terminei, então permita-me encerrar isto antes de transformar minha mensagem em uma dissertação de cinco parágrafos. Mas, se fosse uma dissertação, a tese seria essa:

Estou apaixonado por você, Rowan Roth.

Por favor, não me zoe muito na formatura.

Com carinho,

Neil P. McNair

12h43

A PRINCÍPIO, não consigo assimilar as palavras. Não faz sentido. Deve ser alguma piada rebuscada, um jeito derradeiro e distorcido de Neil vencer me fazendo de otária. Então leio de novo, demorando no quarto parágrafo, e no quinto parágrafo, e na forma como meu apelido fica bonito na caligrafia dele. Então, no sétimo parágrafo, na confissão de uma única frase:

Estou apaixonado por você, Rowan Roth.

Há muito cuidado e honestidade nessas palavras para que seja uma piada. Minha pulsação ruge nos meus ouvidos, meu coração é como um animal selvagem.

Neil McNair está apaixonado por mim. Neil McNair. Está apaixonado. Por *mim.*

Não sei quantas vezes releio. A cada uma, palavras diferentes se destacam para mim: "queda", "linda", "apaixonado", "apaixonado", "apaixonado".

Algo fica entalado na minha garganta: uma risada? Um soluço? O orador da turma, Neil McNair, escreveu "pra caralho" no meu anuário. Leio de novo. Não consigo parar. "Otimismo cintilante", e não "cabeça nas nuvens". Ele gosta disso em mim, o bastante para me dizer que às vezes sou tão radical nesse sentido que atravanco meu próprio caminho.

Exceto que... *Teria sido um erro,* foi o que ele disse quando comecei a falar do que aconteceu no banco.

Neil estava mentindo. Certeza. A mensagem é tão sincera que não seria possível ele apagar esses sentimentos em questão de horas. Posso não saber muito sobre amor se tirar o que li nos livros, mas tenho certeza de que dura mais do que isso. Um fogo queimando devagar, não uma faísca.

A declaração é mais doce que qualquer romance.

É *real*.

Neil me ama.

Hoje cedo, eu não conseguia imaginá-lo beijando ninguém. Isso porque só consigo imaginá-lo *me* beijando, porque "Rowan com Neil" é essa coisa inevitável que todo mundo sabe, exceto nós dois. Kirby e Mara; Chantal Okafor, do conselho estudantil; Logan Perez nos deixando entrar na zona segura; meus pais...

Será que amo Neil McNair?

Mesmo que não tenha certeza, a verdade é que acho que *poderia* amá-lo.

Preciso sair dessa porra de roda-gigante.

A vida é engraçada: no momento mais romântico da minha vida, estou no topo de uma roda-gigante com um anuário, em vez de com o garoto que escreveu que está apaixonado por mim.

O Museu dos Mistérios, localizado em um porão no centro, é o único museu de Seattle dedicado ao sobrenatural. Não sei por que precisam explicar nem por que a cidade precisaria de outro lugar dedicado ao assunto, mas lá, na frente, está a placa dando a informação.

> Podemos conversar?

Mandei uma mensagem para Neil assim que saí da roda-gigante.

> Estou muito mal com o que aconteceu.
> E acho que desvendei a última pista.

Ninguém venceu o Uivo ainda, ou a gente teria recebido uma mensagem de aviso. Estou determinada a acertar as coisas com ele.

Ele respondeu um ok, sem qualquer pontuação, muito atípico de Neil. Devia estar bastante chateado para nem se dar ao trabalho, mas talvez seja uma prova de que, ao concordar em se encontrar comigo de novo, ainda se sente como se sentia quando escreveu no meu anuário. Ou quer ganhar o jogo e dar a noite por encerrada.

Ele está me esperando em uma rua de paralelepípedos com uma escadaria frágil que leva ao museu. Seu cabelo está despenteado e sua postura, meio curvada. Por que raios impliquei com ele por causa das sardas? Eu amo as sardas. Cada uma. Amo as sardas e o cabelo ruivo, o terno com as pernas curtas e as mangas compridas demais, o jeito que ele ri, o jeito que levanta os óculos para esfregar os olhos.

Estou apaixonado por você, Rowan Roth.

Ele acena, e eu me derreto.

Estou muito ferrada.

— Oi — digo em uma voz fraca.

— E aí?.

— Estranho que esteja... — digo, ao mesmo tempo que ele pergunta:

— Devemos...? — Então se corrige: — O que você ia dizer?

— Ah. É... Eu ia dizer que é estranho que esteja aberto tão tarde.

— É o *único* museu de Seattle inteiramente dedicado ao sobrenatural — informa ele, apontando para a placa.

Neil não está tão formal quanto pensei que estaria. Alcançamos a porta ao mesmo tempo, e nossas mãos se tocam. Então as afastamos como se tivéssemos encostado no fogo.

A mulher que trabalha aqui está lendo um livro atrás do balcão. Tem cabelo louro platinado até os quadris e óculos roxos grandes.

— Boa noite — cumprimenta, mal olhando para gente.

Pagamos a taxa de entrada baratinha, agradecemos e nos aventuramos no interior do museu. Está tocando uma trilha sonora estranha, uma peça clássica pontuada por gritos. A sensação é de estarmos em uma casa mal-assombrada. Esbarramos um no outro várias vezes, como se nossos pés tivessem esquecido como andar.

— Eu... é... resolvi a pista da "vista lá do alto" — digo.

— Eu também.

Mas não pergunta aonde fui, então também não pergunto.

Paramos em frente a uma exibição sobre o Incidente Ufológico da Ilha Maury.

Leio a placa.

— "O Incidente Ufológico da Ilha Maury ocorreu em junho de 1947. Após avistamentos de objetos voadores não identificados sobre a ilha Maury em Puget Sound, Fred Crisman e Harold Dahl afirmaram testemunhar a queda de destroços e ameaças de homens de preto. Mais tarde, Dahl voltou atrás em suas alegações e declarou que era uma farsa… MAS SERIA MESMO?" — Toco o queixo com o indicador. — Um tanto parcial, acho.

Ele apenas resmunga.

Nenhum dos nossos silêncios anteriores tinha sido tão incômodo.

— Você podia trazer sua irmã aqui — sugiro, na tentativa de deixar o clima mais leve.

Ele dá de ombros.

— Ela pode ficar com medo. Não é muito chegada em coisas assustadoras, ainda mais depois de toda a história com o Blorgon Sete.

— Ah, certo. — Viro uma esquina e aponto para uma placa que diz SALA D. B. COOPER. — Ele tem uma sala inteira só pra ele. Que sortudo.

Em uma parede, há uma lista de todos os fatos conhecidos sobre o homem:

1. *Pediu um bourbon e refrigerante*
2. *Quarenta e poucos anos*
3. *Olhos castanho-escuros*
4. *Usava uma gravata preta e um prendedor de madrepérola*
5. *Possuía entradas no cabelo*
6. *Tinha algum conhecimento de aviação*

O FBI arquivou o caso em 2016, mas pelo jeito os moradores do noroeste do Pacífico ainda são fascinados por ele, como a exposição demonstra.

— Ele só pode estar morto. Impossível ter sobrevivido ao salto — conclui Neil.

— Sei, não. É legal imaginar que ele ainda tá por aí em algum lugar. Já estaria idoso a esta altura, mas poderia ter tido filhos. Talvez tenha escapado e enganado todo mundo. — Paramos em frente a um busto de cera da sua cabeça. — Até que era gato — comento, em mais uma tentativa de melhorar o clima.

— Calvo e de meia-idade faz o seu tipo?

Não, mas ruivos sardentos que ajustam os próprios ternos fazem.

— Ah, sim — digo, e, por uma fração de segundo, parece que voltamos ao normal.

Então Neil anda pela sala e tira uma foto.

— Acho que é isso — anuncia ele. — Terminamos. Podemos ir pro ginásio, dividir o prêmio e seguir cada um pro seu lado, como você queria. Não tem que me dar sua parte por caridade.

Se isso não for um soco no estômago...

Ele se vira para ir embora, mas seguro-o pelo braço.

— Neil. Espera.

— Não posso, Rowan. — Ele fecha os olhos e balança a cabeça, como se desejasse poder bancar o D. B. Cooper e sumir. — Nós dois nos unirmos foi uma ideia ridícula. Se passamos quatro anos tentando destruir um ao outro, por que de repente nos daríamos bem hoje?

Mordo com força o interior da bochecha.

— Desculpa pelo que falei sobre seu pai. Foi da boca pra fora. Você compartilhou muitas coisas pessoais comigo hoje, e eu devia ter tratado o assunto com mais respeito.

— Devia. Concordo.

Dou um passo para trás, tentando dar-lhe espaço.

— Quero que sejamos amigos.

Ele bufa.

— Por quê? Você demonstrou bem que não é o que somos.

— Tem razão. Fiz isso. — Respiro fundo. — Olha... você foi um grande pé no saco nos últimos quatro anos, mas também é todas essas coisas que eu não sabia até hoje. É um excelente dançarino. Adora livros infantis. Se preocupa com a família. E é judeu, e... é legal conhecer outro judeu.

— Vai conhecer muitos judeus em Boston.

— Você tá dificultando bastante minha tentativa de te elogiar.

Ele me lança um sorriso encabulado, e enfim me sinto relaxar. Podemos ficar bem. Temos que ficar.

— Desculpa pelo que falei também. Sobre você se sabotar. Foi... completamente despropositado. Você foi incrível naquele microfone aberto e.. e eu deveria ter te dado mais crédito por isso.

— Mas você não estava totalmente errado. — Eu me apoio no corrimão, a alguns metros de distância, testando nossos limites. — Sou mesmo um pouco sonhadora e atravanco meu próprio caminho. Às vezes parece que competir com você é a única coisa que me mantém focada. — Faço uma pausa. — Liguei pros meus pais. Contei sobre meu livro.

Seus olhos se iluminam. Sua beleza é um crime que eu nunca havia notado.

— E aí? Como se sentiu?

— Apavorada. Fantástica — respondo. Mas ainda não terminei de me desculpar. Não tenho sido totalmente honesta com ele ao longo do dia. Toda vez que disse algo errado, foi por tentar seguir um plano que não parece mais meu. Eu me pergunto como seria a sensação de abandoná-lo por completo. — Neil. Estou sempre dizendo essas coisas horríveis pra você, coisas que não penso. Não foi só o que falei do seu pai. Aconteceu quando você pediu que eu assinasse seu anuário. É como se meu instinto natural fosse atacar você, e estou realmente tentando superar isso, mas fracassei algumas vezes. E sinto muito.

Ele fica quieto por um instante.

— Meu instinto é deixar pra lá e dizer que tá tudo bem, mas... obrigado.

— O que eu falei na biblioteca, quando a gente estava dançando... — Quando suspiro, o ar sai trêmulo. Ele abriu o coração na página do meu anuário de um jeito que nunca tive coragem de fazer. Neil me inspira a querer me esforçar mais. — Eu não estava imaginando outra pessoa.

O comentário arranca um sorriso dele.

— Ah, é?

Assinto.

— Eu me diverti muito com você hoje.

Eu me aproximo aos poucos, observando seu rosto com cuidado. Suas sobrancelhas se contraem, e, se eu não o conhecesse bem, diria que está oscilando um pouco na minha direção. Mais um passo e meio e estaríamos peito com peito, quadril com quadril.

— Foi tão difícil de admitir? — pergunta ele, e abre um sorrisinho torto.

Estou apaixonado por você, Rowan Roth.

Coloco a mão no cabelo e solto um som estrangulado e frustrado.

— Meu Deus, como você é irritante.

Mas não soa cruel. Provocador, talvez, mas não cruel.

— Mas você gosta. — Deve ser a réplica mais ousada que ele soltou o dia todo, e, quando dá um passo à frente, posso sentir o calor irradiando do seu corpo. Por isso ele tinha ficado bem sem o moletom: o garoto é uma tocha humana. — Você gosta de ser irritada. Por mim.

Gosto. Gosto muito.

Minha respiração falha. Acho que Neil ouve, porque um canto da sua boca se inclina para cima, e ele passa a mão ao longo do corrimão até quase tocar a minha. O espaço entre nossos corpos é minúsculo. Seu cheiro é terroso e inebriante, o que me faz ansiar por algo que eu nem sabia que queria.

A fantasia: que meu Namorado Perfeito do Ensino Médio fosse a personificação do romance.

A realidade: Neil McNair estava aqui o tempo todo.

— Voz passiva? — questiono, muito mais rouca do que estou acostumada a ouvir. — A Westview foi melhor que isso, né?

A piada não o faz rir, como eu esperava. Seu semblante é meio brincalhão e meio sério, o que me deixa eletrizada. Neil sustenta meu olhar com firmeza, e tenho uma visão dos lindos ângulos do seu pescoço enquanto ele engole em seco.

— Não — diz ele, tão perto de mim que quase consigo ouvir seu coração bater no mesmo ritmo do meu. — Você foi.

Então atinjo o limite. Sem pensar demais, antes que eu passe a eternidade sonhando com o momento perfeito, eu me lanço para a frente empurrando-o contra o corrimão e cobrindo sua boca com a minha.

RANKING DO UIVO

TOP 5

Neil McNair: 14

Rowan Roth: 14

Brady Becker: 14

Mara Pompetti: 13

Carolyn Gao: 10

JOGADORES REMANESCENTES: 11

FALTA POUCO PARA TERMOS UM VENCEDOR?
CORRAM! E BOA SORTE!

1h21

NEIL MCNAIR ESTÁ correspondendo ao beijo. Não existe hesitação, não é como quando nos abraçamos mais cedo, com movimentos tímidos e incertos. Desta vez, ele se deixa levar.

Seus lábios pressionam os meus com força enquanto coloco os braços ao redor do seu pescoço e me dissolvo. É um tipo de beijo rápido e desesperado, e, *caramba*, que sensação boa. Suas mãos se perdem no meu cabelo, o que, somado à sua boca e ao som que ele emite do fundo da garganta, faz meu sangue ferver. Afasto os lábios, saboreando uma doçura remanescente do rolinho de canela que dividimos. Minha imaginação não teria sido capaz de fazer justiça a este momento.

Sinto quando ele sorri contra minha boca.

— Rowan? — diz ele se afastando. Sua voz é uma mistura de surpresa e fascínio. Está ofegante. Seus olhos são lindos e têm as pálpebras pesadas, longos cílios que tremulam abaixo das lentes dos óculos. Talvez seja sono, ou talvez ele esteja tão inebriado com o sentimento quanto eu. — O que... tá acontecendo?

— Estou te beijando. — Deslizo uma das mãos da gola da sua camiseta para sua nuca e entre seu cabelo. Quero sentir todas as texturas na ponta dos dedos. — Quer que eu pare?

Neil passa o polegar ao longo da minha maçã do rosto. Apesar de o toque ser levíssimo, sinto que estou prestes a explodir.

— Não. Com certeza não — diz ele, e desliza o dedo pelo meu nariz. Pelos meus lábios. — Só queria ter certeza... sei lá. De que você sabe que sou eu.

A incerteza na sua voz me desarma. Nem todos os livros do mundo teriam me preparado para este momento. Não há palavras.

— Essa é a melhor parte — afirmo.

Não, a melhor parte acontece a seguir: quando voltamos a nos aproximar, fica mais ardente. Com uma das mãos no meu cabelo e a outra no meu quadril, Neil nos muda de posição, de modo que eu fique pressionada no corrimão. Nossas bocas se chocam, dentes e línguas driblando entre si. Tentando vencer qualquer que seja esta nova competição. Passo as mãos pelo seu peito, pelos braços que tenho secado o dia todo, desconcertada pela quantidade de partes que gostaria de tocar. Traço uma linha abaixo e depois rabisco aquela frase idiota em latim com a ponta dos dedos. Ele é sólido sob as palmas das minhas mãos, e não resisto a agarrar um pouco o tecido da camiseta.

Suas mãos encontram o caminho de volta para meu cabelo. Seus lábios me convidam, me provocam, me *desafiam*. Porque, *cacete*, Neil é gostoso. É absurdo, e é verdade.

— Você gosta do meu cabelo — insinuo entre beijos.

— Nossa. Demais. É maravilhoso.

Agora tenho ainda mais certeza de por que não conseguia imaginá-lo beijando outra pessoa: sempre deveria ter sido assim. Nós dois.

Neil me mantém presa ao corrimão, beijando meu queixo, meu pescoço, atrás da minha orelha. Estremeço quando ele se demora lá.

— Tudo bem por você? — pergunta ele contra a minha pele.

— Tudo — digo, e ele beija minha clavícula.

Estou viciada na maneira como ele me pergunta isso. Querendo ter certeza.

Este deve ser o sentimento de abalar as estruturas do qual Neil falou. Suas mãos deslizam pelas laterais do meu corpo. Seus dentes roçam minha clavícula. O jeito como volta para meus lábios e me beija às vezes como se eu fosse algo que quer devorar de imediato e às vezes como algo que quer saborear. Rápido, depois devagar. Eu adoro cada segundo.

Como temos a mesma altura, nosso corpo se alinha perfeitamente e... *nossa*. A prova do quanto ele está gostando me faz delirar. Movo os quadris contra os dele porque a pressão é incrível, e a maneira como ele geme soa incrível também.

Deixo as mãos caírem até o seu cinto. Meus dedos roçam a pele macia de sua barriga, e ele solta uma risada baixa e involuntária. Cócegas. Estou remotamente ciente de que estamos em público. Que precisamos parar antes de irmos longe demais. Mas eu nunca tinha me sentido tão desejada, e é um sentimento inebriante e poderoso. Nunca havia me perdido em alguém assim.

Juntando cada molécula de coragem que existe no meu corpo, eu me obrigo a me afastar.

— Isso foi… uau — digo, sem fôlego.

Neil encosta a testa na minha, ainda me segurando pela cintura.

— "Uau" não é um adjetivo.

Em quatro anos, nunca tinha ouvido sua voz desse jeito. Tão rouca, exaurida.

Não sei dizer quanto tempo ficamos ali, inalando um ao outro, quebrando o relativo silêncio de vez em quando para rir feito os bobos bêbados de amor que somos. Suas bochechas estão coradas. Tenho certeza de que as minhas também.

— Eu tinha certeza de que tinha estragado tudo — diz ele depois de um tempo, então pega minha mão. É tão fácil entrelaçar os dedos nos dele. — Quis muito te beijar naquele banco. Mas aí fomos interrompidos, e eu fiquei… com medo, acho. Com medo de você não sentir o mesmo.

É um alívio ouvi-lo dizer isso.

— Então foi por isso que você disse que teria sido um erro?

Percorro os nós dos seus dedos com o polegar.

Ele assente.

— Achei, sei lá, que você tinha se arrependido, e a melhor forma de superar seria fingir que foi um erro. Não queria que a situação te deixasse desconfortável.

— Um mecanismo de defesa.

— É — diz ele, levantando a outra mão para segurar meu rosto.

— Acho que tenho uns também.

Quando nos beijamos de novo, é mais delicado. Mais doce.

De canto do olho, vejo D. B. Cooper nos observando, então me lembro do por que viemos aqui para começo de conversa.

— O jogo — murmuro, e reúno toda a minha força de vontade para parar de beijá-lo.

Estamos perto demais dos cinco mil. De Neil poder mudar o nome. De se livrar da sua antiga vida, quer eu seja parte dessa nova vida ou não.

— A gente tem que ir.

— Eu… hum… preciso de um tempinho — diz ele, olhando para baixo, tímido.

Minhas bochechas ficam em chamas, e não consigo segurar outro sorriso.

Com algum esforço, nos desgrudamos e pegamos os celulares. Nenhuma atualização do Uivo, o que significa que ninguém ganhou ainda. Sinto-me voltar ao modo competitivo aos poucos. A Westview fica a menos de quinze minutos daqui. O Uivo é quase nosso.

Percorremos o caminho até a saída do museu, escondendo os rostos corados da recepcionista. Quando olho para trás, juro que a vejo sorrir.

Não sei se sou eu que pego sua mão primeiro ou se ele que pega a minha, mas imediatamente parece natural. Neil acaricia os nós dos meus dedos com o polegar a caminho do carro, e, quando chegamos, me empurra contra a porta do lado do motorista como um bad boy em um filme adolescente.

— A gente tem um verão inteiro pra fazer isso — digo, ainda que agarre a camiseta dele e puxe sua boca para a minha. — Ou melhor… se você quiser.

Embora sua confissão no anuário esteja estampada atrás das minhas pálpebras sempre que pisco, a resposta envia faíscas até meus dedos dos pés.

— Será que eu quero te beijar o verão todo? — Ele arqueia as sobrancelhas, um canto da boca se curvando para cima. — Será que Nora Roberts é prolífica?

— Mais de duzentos livros — respondo, e então, com alguma relutância, continuo: — Mas estamos muito perto. Isso pode ficar pra depois.

Depois de um beijo demorado, ele resmunga:

— Tudo bem, tudo bem. Você venceu.

— Pode repetir? Eu gosto do jeito que soa.

— Cara de pau.

Mas está exibindo aquele sorriso torto preguiçoso e fofo de novo, aquele que eu nunca tinha visto antes de hoje à noite. Aquele que agora sei que é exclusivo para mim.

Mas um nó surge na minha garganta. *Um verão todo.* De repente, não soa tão longo assim.

— Ei, pombinhos. Finalmente se entenderam, hein?

Do outro lado da rua, Brady Becker destrava as portas de um pequeno Toyota branco e acena para nós. O papel com seu nome queima no meu bolso.

Mais forte que o choque de perceber que o quarterback estrela da escola, Brady Becker, sabe que estamos juntos é a sensação de pavor que sobe pela minha espinha.

Neil está paralisado, como se tentasse processar o que Brady está fazendo aqui.

— Oi — diz ele baixinho, a voz cheia de incerteza. Não falamos sobre como nos assumir para o resto da turma de formandos, nem sequer se é algo que queremos fazer. Entrelaço os dedos nos de Neil, mostrando a ele exatamente como me sinto. Suas feições relaxam, e ele envolve meus dedos outra vez. — É, a gente, é… sim. A gente se entendeu.

Ele nervoso é tão bonitinho!

— Museu maneiro — comenta Brady, e forço meu cérebro chapado de oxitocina a lembrar a posição de Brady na última divulgação do ranking do Uivo.

Quatorze pontos.

Estava com quatorze, assim como nós. E, se está saindo do museu, significa que…

— Vejo vocês na escola. Vou ser o cara com o cheque de cinco mil dólares.

RASCUNHO: (sem assunto)

Rowan Roth <rowanluisaroth@gmail.com>
para: jared@garciarothbooks.com,
ilana@garciarothbooks.com
Salvo sábado, 13 de junho, 12h32

Queridos papai e mamãe,

Isso é apavorante, mas aqui estão os primeiros capítulos. Sejam gentis comigo.

Com amor,
Sua filha favorita, apaixonada por cream cheese e potencial autora de romances que se passam em um único dia

Anexo: capítulos 1-3 para papai e mamãe.docx

2h04

NUNCA ACHEI que o Uivo terminaria com uma perseguição de carro, mas errei sobre muitas coisas hoje. Para ser justa, é um racha entre dois carros usados e econômicos com cinco estrelas nas avaliações de segurança. *Velozes e furiosos: sedãs prudentes.*

As ruas estão desertas, as luzes noturnas mancham o horizonte com tons dourados, e meu coração bate no cinto de segurança enquanto seguimos Brady até a rodovia.

— Não tinha percebido que ele estava tão perto da gente — digo, mudando de pista e acelerando.

Seguimos lado a lado com o Toyota, mesmo quando acelero até 110 quilômetros por hora.

Neil olha para o celular.

— D. B. Cooper deve ter sido o último dele também. Acho que estávamos… distraídos.

— É — digo, sentindo o estômago revirar.

Se ele se arrepender do que aconteceu no museu…

— Mesmo que ele ganhe — continua ele, como se conseguisse detectar a insegurança na minha voz —, eu não teria feito nada diferente. Quero que você saiba disso.

Ele soa mais resoluto do que durante a noite toda, o que me enche de uma determinação feroz.

— Não se preocupe. A gente não vai deixar ele ganhar.

Seguimos emparelhados até nos aproximarmos da saída, quando tenho que voltar para a mesma pista que Brady. Logo atrás.

— Um dez pelo esforço! — grita ele pela janela enquanto passa por um semáforo amarelo um segundo antes de ficar vermelho.

Piso no freio.

— Merda. E agora?

— Vira à direita — sugere Neil. — Ele deve pegar a 45 ate o final. Se a gente seguir pelas ruas secundárias, não vamos pegar mais nenhum semáforo.

— Tem certeza?

— Não. Mas é nossa única chance.

Ligo a seta e entro à direita. Entramos em um bairro residencial. Contorno algumas rotatórias, segurando o volante com força o tempo todo.

O estacionamento da escola fica logo à frente, e o Toyota branco de Brady se aproxima do outro lado da rua. Vejo Logan Perez parada na entrada do ginásio, acompanhada de Nisha e Olivia, segurando duas bandeiras quadriculadas em preto e branco. Há um campo gramado entre o estacionamento e o ginásio. Conseguimos parar perto, mas ainda vamos precisar dar uma corridinha até lá.

É agora, tudo ou nada.

— Somos dois contra um. Você tem que correr até a Logan — digo. — Vou parar o mais perto que der e tentar parar o Brady. Só preciso pegar a bandana dele. — Uma risada me escapa. — Parece fácil quando falo.

Neil estende a mão para acariciar meu pulso. Mesmo seus toques mais leves parecem inacreditavelmente intensos.

— Certo. A gente consegue. E aí... e aí resolve tudo depois?

Nossa aposta. Dividir o prêmio.

Já conquistei mais coisas hoje à noite do que jamais pensei que conseguiria. O segundo lugar nunca soou tão maravilhoso.

— É — digo, seguindo Brady até uma vaga na extremidade do estacionamento e parando o carro. — *Vai!*

Invocando quaisquer habilidades atléticas adormecidas que deixei no campo de futebol do ensino fundamental e qualquer força adquirida ao carregar uma mochila enorme durante os últimos quatro anos, abro a porta e pulo em Brady. Do outro lado do carro, Neil salta para o gramado e segue em direção a Logan.

— Rowan... o quê...? — Brady tenta perguntar, mas estou me esticando em direção à sua bandana, envolvendo-a com os dedos, arrancando-a.
— Ah, *merda.*

Desabamos no asfalto, as pernas emaranhadas. Brady me amortece até certo ponto, bastante experiente ao se tratar de interceptações, mas ainda assim bato o joelho na queda. Estou muito empolgada com a adrenalina para me importar, principalmente quando ouço os gritos e aplausos a alguns metros de distância. O sopro de um apito. A risada atordoada de Neil.

Respirando com dificuldade, ergo a bandana de Brady no ar como uma bandeira da vitória.

Conseguimos.

— Meeeeerda — geme Brady debaixo de mim, e não tenho certeza se é de dor ou por causa da agonia da derrota.

Dou um jeito de me sentar, então tento ficar de pé. *Ai.* Não estou sangrando, mas com certeza vou ganhar um hematoma.

— Desculpa. Você tá bem? — pergunto.

— Vou ter um hematoma na bunda do tamanho de Júpiter, mas estou. E você?

— Também — respondo com uma careta, então manco em direção ao ginásio.

Quando Neil me vê, corre na minha direção, e praticamente desfaleço nos seus braços.

— Seu joelho — diz ele, mas faço pouco-caso com um aceno. Neil me agarra com mais força, os lábios roçando minha orelha ao falar. — Você é incrível. Não acredito que fizemos isso. A gente *ganhou.*

— Você ganhou.

Deslizo uma das mãos pela sua nuca e cabelo, sem me importar com o que Logan, Nisha ou Olivia estão pensando sobre nós dois nos abraçando desse jeito.

Ele se afasta e arqueia uma sobrancelha.

— Fala sério! Eu jamais conseguiria ter feito tudo sozinho. Acho que formamos uma ótima equipe, afinal.

Não tem como não beijá-lo depois disso.

Agora acredito que sempre estivemos destinados a ficar juntos, e mesmo assim minha mente não dá conta de processar tudo o que aconteceu. Nós vencemos, e acho que a sensação não seria tão boa se eu tivesse conseguido sozinha.

As três garotas do terceiro ano se aproximam.

— Parabéns de novo! — diz Logan, os olhos disparando entre mim e Neil como se soubesse exatamente o que estava rolando entre nós na zona segura. Seu potencial para se tornar uma boa política um dia é assustador. Ela se vira e abre a porta do ginásio. — Sua festa espera por vocês. Quero dizer... assim que anunciarmos pra todo mundo.

Ela acena para Nisha e Olivia, que pegam os telefones, provavelmente para enviar outra mensagem de texto.

— Nossa o quê? — pergunta Neil.

O ginásio está iluminado e festivo, decorado com bandeiras, faixas e luzes nas cores azul e branca da Westview. Há barracas de jogos e de comida, e um pequeno palco em uma extremidade. Alguns alunos ainda estão terminando a montagem.

— Tinha um dinheiro sobrando e a gente queria dar a todos os veteranos mais uma oportunidade de comemorar. Íamos divulgar quando o jogo terminasse, então estávamos só aguardando...

— ... e rezando pra conseguir dormir em algum momento — intervém Olivia.

— Mas valeu a pena! — exclama Nisha.

Não consigo parar de encarar, boquiaberta, a cena diante de mim. Talvez esteja delirando, mas nunca vi o ginásio tão bonito.

— Obrigada. A todas vocês.

Neil parece hipnotizado pela banda ajeitando a bateria e conectando os amplificadores no palco.

— Ai, meu Deus — diz ele. — Filhotes Grátis!

É a melhor festa da minha vida. Quase todos os veteranos estão presentes, além da banda favorita de Neil, que acaba de ganhar cinco mil dólares, cuja metade vou recusar se ele me oferecer. Alguns professores aparecem para supervisionar, mas não damos muito trabalho. Acho que estamos todos cansados demais para causar problemas.

Quando nos veem juntos, Mara se sobressalta e Kirby imediatamente corre para nos esmagar em um abraço de urso.

— Eu sabia, eu sabia, eu sabia! — grita ela.

A maioria das reações é bastante parecida. Neil e eu não conseguimos parar de sorrir, não conseguimos parar de nos tocar: mãos dadas, a palma dele nas minhas costas, um beijo furtivo quando achamos que ninguém está olhando. Acontece que tem sempre alguém olhando.

As paredes estão cobertas com cartazes de eventos passados, e há uma sensação de nostalgia no ar, mas, pela primeira vez esta noite, não evoca tristeza. O Uivo sempre foi uma despedida da Westview e de Seattle. Uma tradição de último dia que envolve muito mais que vencedores e perdedores.

Savannah se aproxima enquanto esperamos a Filhotes Grátis! começar a tocar. Fico tensa.

— Parabéns, acho — diz ela, sem emoção.

— Obrigado — responde Neil, educado.

Sempre sincero, apesar do sorrisinho torto.

Mas minha educação desaparece quando se trata de Savannah Bell.

— Ei, sabe o que estou morrendo de vontade de comer? Pizza de boliche. Como a do Hilltop. Acha que vão servir pizza aqui? — pergunto a Neil.

— Você… comeu pizza no Hilltop Bowl? — questiona Savannah, as sobrancelhas se unindo em uma expressão de preocupação.

— Não. Mas sei que você comeu.

Então encontro seu olhar, sem piscar, e ergo o dedo indicador direito para tocar meu nariz uma, duas vezes. Seu rosto cora. Fica óbvio que ela sabe do que estou falando.

Neil pega a deixa.

— Também sou judeu. — Sua mão pousa nas minhas costas. — E talvez seja estranho pra você, mas esse dinheiro vai fazer uma grande diferença pra mim.

Eu gosto muito, muito dele.

— Isso é… ótimo — Savannah consegue dizer, depois dá alguns passos para trás até desaparecer na multidão.

Kirby e Mara param ao lado, dividindo um pretzel açucarado gigantesco, e os amigos de Neil se reúnem do outro. Parecem tão surpresos com nosso envolvimento romântico quanto Kirby e Mara: ou seja, nem um pouco.

— O que vocês vão fazer com o dinheiro? — pergunta Adrian. — E não me venham com algo responsável do tipo "colocar na poupança". Vocês têm que se divertir *um pouco*.

Neil olha para mim, e eu viro gelatina.

— Ah, a gente vai. E eu já tenho algumas ideias.

McSórdidas, Kirby diz para mim, sem emitir sons.

— O que foi isso? — pergunta Neil.

— Kirby sendo inconveniente.

— Achou que isso me deixaria menos curioso?

— Ah, a gente vai se divertir muito nesse verão — declara Kirby.

Mara, no entanto, não é uma boa perdedora.

— Só faltavam duas pistas pra mim — lamenta ela, meio brincando.

Ainda assim, nós três e às vezes nós sete tiramos selfies e fazemos planos de ir ao festival de música Block Party em Capitol Hill daqui a algumas semanas. Não sei se vamos ficar bem na faculdade. Mas temos o verão, e, depois, vamos fazer o possível. É o suficiente por enquanto.

Um ruído no microfone atrai nossa atenção para o palco.

— Bom dia, Westview! — grita o vocalista de cabelo neon. A plateia explode em gritos. — Estamos muito felizes por terem ficado acordados a noite toda por nossa causa. A primeira música se chama "Stray", e, se vocês não dançarem, a gente vai pegar as coisas e ir embora.

Como Neil disse, a banda é mesmo excelente ao vivo. Ele afasta meu cabelo para depositar um beijo atrás da minha orelha, e, quando me pergunto se sabe como sou sensível nessa região, ele me lança um sorriso maroto para provar que sabe muito bem.

Eu não imaginava que era possível me sentir assim.

Quando há uma pausa, Neil e eu vagamos pela multidão, recebendo os parabéns e parando para brincar em algumas barracas, embora, depois de cerca de dez minutos, estejamos um pouco esgotados. Meu joelho está começando a doer, e acho que não consigo ficar de pé por muito mais tempo.

— Estou tentando pensar em um jeito inteligente de dizer isso, mas... quer sair daqui? — pergunto a ele.

— Quero, e, na verdade, tenho um lugar em mente, se você estiver a fim de mais uma aventura.

Respondo com um "sim" enfático, então o sigo em meio aos nossos quase ex-colegas. Vai rolar mais festas na próxima semana. Certeza. Mas tem muita coisa por aí além do ensino médio, tantas que não consigo sequer começar a refletir a respeito. Estou tentando ao máximo continuar assim. Neste verão, vou dar muitos adeus: aos meus amigos, aos meus pais, à parede de chiclete, ao troll de Fremont e aos rolinhos de canela do tamanho da minha cara. Não vão ser despedidas definitivas. Eu volto, Seattle. Prometo.

Então, quando saímos, dou uma última olhada para a escola. Mais tarde, Neil e eu vamos conversar sobre o que esse nosso lance significa, sobre o que fizemos hoje à noite e o que vai acontecer amanhã. Mas agora só quero curtir o momento com ele, tanto o silêncio quanto o jeito com o qual me olha, como se estivesse contando os segundos até nos beijarmos como fizemos no museu.

Talvez este seja o jeito certo de dar adeus ao ensino médio: não com uma lista aleatória ou uma noção preconcebida de como as coisas deveriam ser, mas com a percepção de que somos realmente melhores juntos.

Neil aperta minha mão.

— Pronta? — pergunta ele.

— Acho que sim.

Então respiro fundo... e deixo rolar.

AS CINCO MELHORES MÚSICAS DA FILHOTES GRÁTIS!, DE ACORDO COM NEIL MCNAIR

1. "Pawing at Your Door"
2. "Enough (Is Never Enough)"
3. "Stray"
4. "Darling, Darling, Darling"
5. "Little Houses"

2h49

— A MELHOR VISTA de Seattle — diz Neil ao sairmos do meu carro no lado sul de Queen Anne Hill.

O parque Kerry não é grande, apenas uma estreita faixa de grama com uma fonte e algumas esculturas. A visão do Space Needle, a famosa torre de observação, se desenrola diante dos olhos. O lugar parece irreal daqui, enorme, brilhante e glorioso, principalmente à noite. Ele está certo: é a melhor vista de Seattle.

— Foi aqui que você veio mais cedo? — pergunto, e ele assente.

Manco ao seu lado até a beirada do mirante.

— Não acredito que você fez isso. — Ele aponta para minha perna. — Tem certeza de que não precisa de gelo ou algo assim?

Balanço a cabeça.

— Sacrifícios foram necessários.

Nós nos sentamos na beirada, as pernas pendendo na colina gramada abaixo. Mais uma vez, estou impressionada com a naturalidade da nossa nova relação. Ele faz parte da minha vida há tanto tempo que tenho uma sensação de aconchego misturada à novidade, e mal posso esperar para conhecê-lo de todas as maneiras que deixamos escapar.

— Quando você soube? — Descanso a cabeça no seu ombro. — Que você não me odiava?

— Não foi uma ocasião propriamente dita — diz ele, passando o braço pela minha cintura. — Comecei a ficar a fim de você no começo do terceiro ano, mas achei que não fazia sentido. Você não me suportava, e eu aparentemente não suportava você.

— Você escondeu tão bem…

— Eu precisei. Se começasse a agir de forma diferente do nada, você ficaria desconfiada.

— Então você gostava de mim na época daquela reunião do conselho estudantil que durou até a meia-noite por causa daquele incidente do *Homem branco em perigo*?

— O quê?

— Ah… *Homem branco em perigo*. É assim que eu chamo seus clássicos, já que são todos sobre, bem…

— Homens brancos em perigo — finaliza ele, rindo. — É. Sim, eu gostava. E você?

— Três horas atrás? — digo, e, com a mão livre, ele aperta o peito como se estivesse sofrendo. — Quinze horas atrás, quando vi seus braços nessa camiseta?

— Agradeço a Deus pela minha rigorosa rotina de exercícios.

— É assim que você chama aqueles pesos de oito quilos na sua escrivaninha?

— Eu… é… guardo os maiores no guarda-roupa. São realmente enormes. De vinte, trinta quilos. Não quero que ninguém fique muito intimidado, sabe como é.

— Isso é muito atencioso da sua parte. — Eu me aconchego mais perto. — Mas, sendo bem sincera… não sei dizer. Percebi hoje, mas acho que gosto de você há um tempo.

Depois de um momento em silêncio, ele pergunta:

— Lembra daquela eleição pra representante da turma do primeiro ano?

— É óbvio. Foi uma vitória esmagadora pro meu lado.

— Pelo que me lembro, você ganhou por uma margem bem apertada. — Ele enrola uma mecha do meu cabelo. — Eu ganhei o concurso de redação e você ganhou a eleição. E aí continuamos nessa, tentando superar um ao outro.

— Passamos todos esses anos brigando, sendo que a gente podia estar… não brigando.

Neil se afasta, e, quando levanto a cabeça, ele está me olhando de um jeito estranho.

— Na verdade, eu estava pensando o contrário. Acho que não estávamos prontos pra isso. Eu definitivamente não estava.

— Talvez não — admito.

Ainda assim, é devastador pensar no que poderíamos ter compartilhado. Visões de uma linha do tempo alternativa passam pela minha mente: jogos de futebol, bailes, fotos desajeitadas e...

Eu me forço a deixar para lá. Não é nossa realidade.

— No entanto, é meio poético que esteja acontecendo hoje — diz ele. Com uma pontada de preocupação na voz, continua: — Esse lance não é só por uma noite pra você, é? Porque quero pular de cabeça nisso, se você topar.

— Eu topo. Parece... parece verdadeiro. Eu quero ficar com você.

Estou ciente, mais uma vez, de todas as conversas que ainda não tivemos. As conversas de que de repente estou com medo de ter quando ter Neil ao meu lado parece tão *certo*.

Ele traça o contorno da minha sobrancelha com a ponta do dedo. Primeiro uma, depois a outra, como se estivesse tentando memorizar meu rosto.

— Eu queria te contar uma coisa. Decidi que não vou ver meu pai nesse verão. Talvez um dia eu mude de ideia e queira algum tipo de relacionamento com ele, mas a ferida ainda tá aberta. Não estou pronto.

— Você tá bem com isso?

Ele assente.

— Estou. E... fiz o agendamento. Pra mudar meu sobrenome. Chegou a hora.

— Neil — digo, colocando a mão no seu joelho. — Isso é... incrível.

— É a decisão certa pra mim. Por muitas razões.

— Vou ter que arranjar outros apelidos pra você. — Quando ele faz uma cara desconfiada, acrescento: — Não vejo a hora.

Eu me inclino e o beijo. É tão fácil me deixar levar pelo momento ao seu lado, fazer o mundo lá fora desaparecer.

— Eu... hum... trouxe algo pra você — diz ele depois de alguns instantes, então se mexe para pegar a mochila. — Depois que nos separamos, passei por um supermercado, e achei que pelo menos poderia fazer você

sorrir, caso falasse comigo de novo. E que talvez você estivesse com fome.
— Ele revela o presente: um pote de cream cheese Philadelphia amarrado com uma fita vermelha e um saco compostável com dois bagels dentro. — Também tenho uma colher, se preferir.

— Você nunca vai me deixar esquecer isso, né? — digo, embora meu coração esteja descompassado por causa deste presente inesperado.

É ridículo, sim, mas também é fofo demais.

— Não. Eu amo isso. Eu...

Neil para, como se percebesse que pode revelar algo para o que não tem certeza se estou pronta.

— Eu também te amo — declaro, e o pavor no seu rosto se transforma em tranquilidade. É tão fácil dizer e me dá tanta energia que imediatamente quero dizer de novo. — Eu... li o que você escreveu no meu anuário. Em minha defesa, já era outro dia, e eu estava achando que você me odiava. Mas estou apaixonada por você, Neil McNair... Neil Pearlman... e acho que talvez esteja apaixonada por você há muito tempo. Só demorou um pouco pro meu cérebro entrar em sintonia com meu coração. Não sei como não percebi, mas você é incrível.

Ver alguém se desmanchar na sua frente é perfeito. O rosto de Neil se suaviza e seus lábios se abrem. Ele me puxa para tão perto que posso sentir nossos corações batendo um contra o outro.

— Sei que escrevi, mas tenho que falar em voz alta agora também — diz ele. Eu me preparo. Sonhava em ouvir essas palavras desde que encontrei meu primeiro livro de romance em um bazar de garagem. — Eu estou apaixonado por você. Você é a pessoa mais interessante que conheço, e nunca consegui falar com alguém do jeito que consigo falar com você. Passei os últimos quatro anos empenhado em deixar Seattle, mas você... você é a melhor coisa da cidade. Vai ser a mais difícil de deixar. Eu te amo muito.

Depois de todos os livros que li, achei que entendia o conceito de amor, mas, *caramba*, eu não sabia de nada. Eu me aninho em Neil, não porque desejo o calor do seu corpo, mas porque quero estar ainda mais perto. Pensei que estivesse preparada para ouvir isso. Afinal, já tinha visto por escrito. Mas suas palavras me preenchem por inteiro, a ponto de meu peito quase doer. Ofereci minhas partes mais caóticas a este garoto, e tudo o que ele fez foi me convencer de que vai ser cuidadoso com elas.

Com olhos estrelados, nós nos beijamos, observamos o céu e mergulhamos os bagels no cream cheese. Quando terminamos de comer, enfio a mão na mochila e tiro o Guia de Rowan Roth para o Sucesso no Ensino Médio.

— Então isso foi meio idiotice, né?

— Não foi idiotice — diz ele. — Mas talvez não seja a coisa mais encorajadora ou inspiradora.

— Não sei se quero rasgá-lo. — Estico a folha na amurada, alisando-a. — Mas talvez a gente possa escrever um novo, que tal?

Guia de Rowan Roth para o Sucesso na Faculdade... e Além!

Por Rowan Luisa Roth, 18 anos
e Neil (Perlman) McNair, 18 anos

1. Abandonar a ideia de "perfeição" porque isso não existe. Ninguém quer um rolinho de canela perfeito: as pessoas querem um rolinho de canela torto, deformado e besuntado de cobertura. De cream cheese, óbvio.

2. Terminar meu livro. Escrever outro.

3. Cursar o maior número possível de matérias que pareçam interessantes. Escrita criativa, talvez espanhol e algumas outras coisas também. Manter a MENTE ABERTA!

4. Ouvir mais músicas alegres, embora as músicas melancólicas também tenham seu momento.

5. Aproveitar o maior número possível de noites como esta.

3h28

A ENERGIA ainda não voltou, Neil McNair está no meu quarto, e isso de alguma forma não é a coisa mais estranha que aconteceu hoje.

Depois de terminarmos nossa lista, perguntei se ele queria voltar para minha casa, uma vez que nem teve a chance de ver meu quarto. É o final certo para o dia de hoje: deixá-lo entrar no meu pedacinho do mundo, do jeito que Neil me deixou entrar no dele.

Sou extremamente grata pelos meus pais estarem no andar de baixo e terem um sono pesado. Tenho certeza de que vão acordar só depois do meio-dia, mas não quero correr nenhum risco, então entramos na ponta dos pés e me obrigo a falar sussurrando.

Meu celular está com um pouco de bateria graças ao carregador do carro, então encontro uma música tranquila, mas não muito triste, dos Smiths, e dou play.

— Então esse é o quarto de Rowan Roth — diz ele, passando a mão pela escrivaninha.

Adoro como Neil fica bonito no meu quarto, iluminado de modo suave por uma lanterna. Ele olha das colagens de fotos e prêmios acadêmicos nas paredes para os livros empilhados na mesa de cabeceira e os vestidos escapando do guarda-roupa.

— Pois é. Toda a magia acontece aqui.

— Eu gosto. É muito você. — Ele se vira de costas para a escrivaninha. — Quer fazer o quê?

— Hum… eu estava pensando em jogar Banco Imobiliário.

— Banco Imobiliário? — O sorriso preguiçoso surge. — Beleza, mas eu sou muito bom nesse jogo, e vai ser vergonhoso se eu te vencer de no...

Meus lábios já estão nos dele. Este beijo é mais intenso do que os que rolaram no museu, no ginásio, no parque Kerry. Como se alguém nos ligasse na tomada ou nos incendiasse. Neil enterra as mãos no meu cabelo e me empurra para trás. Quando a parte de trás dos meus joelhos bate na cama, ele sussurra um pedido de desculpas, e preciso segurar o riso enquanto o puxo para mim. Subo no seu colo. Então estamos nos beijando novamente, e seus óculos não param de cair, até que ele os tira e os coloca na mesa de cabeceira. Neil é tão lindo, tão gostoso e tão *gentil*, sempre muito gentil.

— Quero ver você — digo, meus dedos flertando com a bainha da sua camiseta.

— Vou logo avisando: são muitas sardas.

Mas ele a tira, revelando, para meu deleite, a barriga maravilhosamente sardenta que vislumbrei antes.

— Eu amo as sardas. Amo de verdade.

Deixo marcas de mãos invisíveis por todo seu peito enquanto aprendo os lugares exatos onde ele sente cócegas. Neil desliza as mãos até meus joelhos, meus quadris, sob o vestido, que de repente se tornou uma camisa de força. Eu me contorço no seu colo na tentativa de alcançar o zíper. Ele me ajuda, e juntos conseguimos abri-lo.

Assim que estou apenas de calcinha e sutiã, ele me encara.

— Eu não sou feia, né? — digo, porque provocá-lo nunca vai deixar de ser divertido.

— Agora você sabe por que eu era totalmente incapaz de te elogiar. Você é espetacular — diz ele, inclinando-se para beijar meu pescoço. — E deslumbrante. E... sexy.

Neil faz uma pausa antes de dizer a última palavra, que me faz estremecer. *Meu Deus.*

— Você vai acabar comigo — sussurro.

Estar sem roupa me faz beijá-lo com ainda mais urgência. Passo a mão na parte da frente da sua calça jeans, e ele suga o ar entre os dentes. Talvez seja o melhor som que já ouvi na vida, pelo menos até eu abrir o zíper, desabotoar e baixar sua calça por completo, pressionando-o com mais força contra a cama, e ele soltar outro gemido ofegante. É, Neil vai *mesmo* acabar comigo.

Por um tempo nos dissolvemos em uma confusão de lábios, suspiros e toques. Há o ocasional rangido do colchão quando mudamos de posição, separados apenas por uma fina camada de tecido. Ele começa cada novo toque de modo tímido, e isso me mata.

Sua mão desliza entre minhas pernas, acariciando o interior da minha coxa e vai subindo, subindo.

— Tudo bem?

— Tudo. *Tudo.*

O que realmente quero dizer é *por favor.*

Levei um tempinho para aprender sozinha, então dou algumas orientações. Acontece que Neil é um excelente ouvinte. Sussurra meu nome no meu ouvido, lentamente me desfazendo, e de repente estou no limite e caindo, caindo...

Ainda estou me recuperando quando a energia volta de repente e a casa ganha vida, com todas as luzes do quarto acendendo ao mesmo tempo.

Ele tem sardas por toda parte.

Eu amo isso em um grau...

Passamos uma parte tão grande da noite no escuro que não posso deixar de rir. Ele também ri, semicerrando os olhos por causa das luzes fortes.

— Shhh — digo, mas não adianta.

— Tá claro demais. Tem muita luz natural vindo de fora.

E está certo, então saio da cama para desligar tudo e espero um minuto para ter certeza de que meus pais não estão se movendo no andar de baixo. Quando estou convicta de que ainda estão refestelados no seu coma escocês, volto para Neil.

Ele estende a mão para mim, mas pouso a mão sobre seu peito com delicadeza.

— Espera — digo. — Até onde a gente vai, exatamente? A gente devia falar sobre... o que vai fazer. Ou não vai fazer. — Ansiosa, ajeito a franja.

— Porque meio que estou de boa em ir até o fim, mas você nunca... sabe como é. Transou.

O peso das palavras paira entre nós. Neil ergue o tronco para se sentar, os lençóis embolados ao redor dos nossos tornozelos. Este momento não é igual ao que rolou com Spencer, quando, porque eu já tinha transado com Luke, pensei apenas "Por que não?". Eu quero isso, com Neil. Quero falar sobre isso, e quero que ele se sinta à vontade para falar sobre isso comigo. A ideia de estar com ele assim me deixa zonza de desejo. Quero mais do que esta única noite, mas não consigo pensar no futuro agora.

— Vai por mim — diz ele, a mão pousando na minha cintura como se fosse a coisa mais natural do mundo —, não existe literalmente nada que eu deseje mais que você. Nem ser orador.

— Não sei se transar é melhor do que ser orador. E também não tenho certeza se esse é o uso correto de "literalmente". Você deveria saber.

— Com você, pode ser. — Percebo uma pontada de preocupação no seu rosto. — Preciso ser sincero. Estou um pouco nervoso. Com medo de, tipo, estragar tudo ou algo assim, ou de ser horrível pra você. E aí você nunca mais vai querer fazer de novo, o que seria devastador, levando em conta que eu gosto muito de você.

O nervosismo o torna ainda mais incrível aos meus olhos. Gosto do fato de que ele não se transforma automaticamente em um cara tranquilão e superconfiante.

— Também estou nervosa. Excitada, mas nervosa, o que é normal. É por isso que vamos conversar. Sempre fomos bons nisso, certo? — digo, e ele assente. — A primeira vez não costuma ser perfeita. É parte do que torna o sexo divertido: descobrir juntos como acertar.

— Não vai ser a perfeição digna de um livro de romance — diz ele, mas não está me repreendendo.

— Não vai. Não na primeira vez, e talvez também não seja na segunda nem na terceira. Talvez nunca seja, na verdade, mas vai ser algo *nosso*. E... isso pode ser melhor.

Seu polegar desenha círculos no meu quadril.

— Tem certeza de que quer também? A gente não... a gente se conhece há algum tempo, mas só se beijou hoje, e...

Neil McNair se enrolando é quase fofo demais para meu coração.

É uma decisão fácil.

— Tenho certeza.

— E, olha só, você ainda tem uma camisinha na mochila.

Solto um gemido.

— Ai, meu Deus. Eu fiquei com tanta vergonha...

— A camisinha de Tchekhov — diz ele, e então estamos ambos dando risada.

— Na verdade, tenho algumas que não estavam no armário de Kirby há Deus sabe quanto tempo.

Leva só um segundo para sair da cama e pegá-las, um segundo para tirar nossas roupas íntimas. Mais alguns segundos para ajudá-lo a colocar uma antes de perceber que está do avesso. Ela vai para o lixo e depois tentamos de novo.

Depois que acertamos, não dura lá muito tempo, ou porque estamos cansados, ou porque é a primeira vez de Neil, ou uma combinação das duas coisas. De vez em quando, ele me pergunta se ainda está bom, se *eu* ainda estou bem. E sim. *Sim.* Tentamos fazer silêncio, mas não conseguimos parar de sussurrar um para o outro. Acabamos de nos tornar amigos, amigos de verdade, e temos muito a dizer.

Ele termina primeiro, e então seus dedos deslizam entre nós e me fazem chegar lá pela segunda vez no mesmo dia. Outra coisa que aprendi: Neil McNair é extremamente generoso.

Então ficamos quietos, mais quietos do que minha casa adormecida e escura. É um tipo de silêncio relaxado e prazeroso. Eu me aproximo dele, descansando a bochecha no seu peito enquanto ele brinca com meu cabelo.

— De abalar as estruturas — diz ele.

— O que acabou de acontecer? Concordo.

Ele beija o topo da minha cabeça.

— É, também, mas eu estava falando de *você*.

bom dia 😌

quem avisa amigo é: você tem um
(1) minuto antes de eu te acordar

5h31

ASSIM QUE ACORDO, sou dominada por aquela sensação de pânico que às vezes a gente tem nos fins de semana, quando acha que se atrasou para a escola.

Mas não estou atrasada, não tenho mais aula, e Neil McNair está na minha cama.

Ele está de lado, com um braço jogado sobre o travesseiro e o outro em volta da minha cintura. A luz do sol banha seu rosto, deixando o cabelo em chamas. Ele é lindo. O céu é uma tela azul-clara, sem o menor vestígio da tempestade de ontem.

Finalmente parece verão.

Como se sentisse que estou acordada, ele me puxa para mais perto e dá um beijo na minha nuca. A realidade vai se assentando aos poucos. Neil e eu fizemos sexo ontem à noite. Na verdade... uma hora atrás, tecnicamente hoje de manhã. E foi *bom*.

— Isso realmente aconteceu? — pergunto em voz alta.

— Aconteceu, a não ser que você e eu tenhamos tido o mesmo sonho intensamente erótico.

— Prefiro a realidade. — Eu me aninho mais perto do seu corpo. — Foi bom pra você? Se sente diferente?

— Vamos precisar fazer mais algumas vezes para eu ter certeza — diz ele com aquele sorrisinho torto maravilhoso. — Sim. Foi incrível. Não sei se me sinto diferente. Basicamente, acho que estou apenas feliz. E... não foi horrível pra você?

Respondo me aconchegando no seu abraço e deixando beijos na sua mandíbula, no seu pescoço.

— Você me faz muito, muito feliz também. Espero que saiba.

Ele me agarra mais forte.

— Eu te amo, Rowan Roth. Não acredito que posso dizer isso.

Acho que nunca vou me cansar de ouvir. Retribuo, sussurrando contra sua pele. Passo a mão pelo seu braço sardento, então a puxo para conferir o relógio de pulso.

— Por pior que seja ouvir isso, a gente devia levantar antes dos meus pais.

Ele beija meu ombro nu enquanto eu me esforço para me sentar.

— Não pense que só porque transamos eu não estou esperando seu fichamento do livro na minha escrivaninha amanhã.

— De que livro?

— Hum. *A época da inocência? Moby Dick? A volta do parafuso?* — Ele reflete por mais um momento, o sorriso maroto e preguiçoso surgindo outra vez. — *Tempos difíceis?*

— Isso é uma autobiografia?

— Não, é do Dickens. Pelo menos três páginas, por favor — diz ele antes de eu empurrá-lo de volta para a cama.

Cerca de dez minutos depois, ele pega a camiseta e a veste.

— Então... o que você acha? Banco o descolado e fujo pela janela?

— Acho que é o jeito.

— Então te vejo na KeyArena pra formatura. Que já é amanhã. Uau. Preciso trabalhar no meu discurso de orador.

— No dia seguinte a gente pode fazer uma maratona de *Star Wars*. Ou ter um encontro de verdade.

— E isso? — diz ele, apontando para os lençóis. — Com certeza a gente devia fazer isso de novo.

— Definitivamente a gente deve fazer muito isso. Pelo menos até agosto. — O peso repentino me afunda na cama. — Então... tá aí uma coisa que vamos ter que encarar.

Neil deve notar a mudança no meu rosto, porque para de afivelar o cinto e se aproxima.

— Artoo. Ei. A gente vai dar um jeito.

O apelido me derrete.

— Eu só… não estou pronta pra me despedir — digo, surpresa com a falha inesperada na minha voz. — Posso me despedir do resto, da escola, dos professores e de todo mundo, mas não posso me despedir de você.

— Não precisa. — Ele segura meu rosto, passando o polegar pela minha bochecha. — Isso não é o fim. Muito pelo contrário, espero. Se não nos irritarmos até a morte até o final do verão, então por que não podemos continuar juntos? A distância entre Nova York e Boston não é tão grande assim.

— Um pouco mais de quatro horas, de trem.

Explorar outras cidades com Neil… soa maravilhoso demais.

— E a gente vai voltar pra cá nos recessos — diz ele. — Você e eu temos que ser sempre os melhores, certo? Então vamos ser os melhores no namoro a distância, se quisermos. Mas agora… — Ele gesticula para o quarto. — Agora a gente tem isso.

Levo um momento para assimilar, tentando ficar de boa com a incerteza. Por mais que tenha idealizado o "felizes para sempre", não posso negar que Neil está certo. Hoje não é meu epílogo com ele… é um começo.

Vou deixar os "felizes para sempre" nos livros.

— Acho que dou conta — afirmo, e me aproximo dele outra vez.

O amor que eu queria tão desesperadamente não é como eu pensei que seria. Esse amor me deixa zonza e me estabiliza. Esse amor me faz rir quando nada é engraçado. Esse amor bilha e solta faíscas, mas também pode ser confortável, um sorriso sonolento, um toque delicado e uma respiração calma e constante. E é óbvio que este garoto, meu rival, meu despertador, meu aliado inesperado, é o centro desse amor.

O que, de alguma forma, é ainda melhor do que eu imaginava.

Nota da autora

SEATTLE NEM SEMPRE morou no meu coração.

Construída sobre as terras dos Duwamish, Seattle é uma cidade habitada há milhares de anos. Foi incorporada em 1869, depois que os pioneiros notaram uma falta de "mulheres casáveis" e recrutaram cerca de cem da Costa Leste para servirem como noivas para os primeiros moradores. A cidade floresceu após a corrida do ouro, mas perdeu o distrito comercial para o Grande Incêndio de Seattle de 1889. Após o desastre, foi rapidamente reconstruída. Duas feiras mundiais do século XX foram fundamentais para seu progresso: primeiro a Exposição Alasca-Yukon-Pacífico, em 1909; depois a Expo 62 ou Exposição do Século XXI, em 1962, que nos deu o Space Needle. Hoje, Seattle é um polo de startups e grandes empresas de tecnologia.

Morei aqui a vida inteira, primeiro em um subúrbio conhecido pela conexão com a Microsoft, depois em um bairro universitário, e agora em uma colina no norte não muito diferente de onde Rowan mora. Na adolescência, ficava encantada com a ideia de me reinventar do outro lado do país e não via a hora de cair fora. Estava cansada das árvores, das nuvens e dos céus sombrios. Quando ficou óbvio que eu faria faculdade em Seattle, concentrei toda a minha energia em me candidatar a estágios e, depois, a empregos fora do estado.

Não que eu tenha me resignado a amar Seattle quando nenhuma dessas coisas se concretizou. Não me sentia empacada. O que aconteceu foi uma apreciação gradual dos pontos turísticos, da cultura e das pessoas. Da música também — estou para conhecer alguém que seja mais esnobe em relação à música do que alguém que cresceu aqui. Gosto de pensar que Seattle e eu temos um relacionamento em que posso tirar sarro dela e ela não se importa. Faço isso por amor.

Quando Seattle aparece na cultura pop, em geral só vislumbramos uma parte: a chuva, o Space Needle e as camisas de flanela. Minha intenção era ir mais fundo, e daí surgiu o jogo do Uivo. Embora este livro se passe em uma cidade bastante real, é uma colcha de retalhos da Seattle atual com a Seattle em que cresci. Muitos dos pontos turísticos citados estão intocados: o Cinerama, o Pike Place Market, a parede de chiclete, a Great Wheel, a Biblioteca Pública, o troll de Fremont, o parque Kerry. Com alguns deles tomei liberdades artísticas. Infelizmente, a exposição noturna do zoológico Woodland não está mais aberta. Foi fechada durante a Grande Recessão na década de 2000 e, embora houvesse planos para reformas, um incêndio no prédio os suspendeu. O Museu dos Mistérios de fato existiu em Capitol Hill, mas agora é apenas on-line e pode ser acessado no site nwlegendsmuseum.com. Também devo mencionar que Rowan e Neil dão uma sorte danada para encontrar lugares para estacionar.

Quando comecei a escrever *Hoje, depois, amanhã*, era importante para mim que Rowan amasse Seattle, mesmo que estivesse decidida a deixá-la para trás por causa da faculdade. Este livro é uma carta de amor ao amor, mas primeiro foi uma carta de amor à Seattle.

As cidades são eternas obras em andamento, e é possível que alguns dos detalhes dos cenários tenham mudado no momento em que você estiver lendo. Um número crescente dos meus pés-sujos favoritos estão se tornando condomínios e casas geminadas, e, antes de serem meus pés-sujos favoritos, eram alguma outra coisa favorita de alguém.

Este é o meu terceiro livro que se passa em Seattle, mas ainda há muito que não sei sobre o lugar que sempre foi meu lar. Se e quando eu deixar este cenário para trás, ele vai para sempre estar nas minhas veias e na minha alma de contadora de histórias.

Seattle, você é esquisita e maravilhosa, e eu não gostaria que fosse de outra maneira.

Agradecimentos

ESTE É UM livro alegre, mas comecei a escrevê-lo durante um período difícil. Embora sempre tenha sido atraída por histórias sombrias e pesadas, após a eleição de 2016, passei meses sem conseguir abrir nenhum dos muitos destruidores de corações à espera na minha prateleira. Queria ler — não sei quem sou se não estiver no meio de três livros ao mesmo tempo —, mas nada me atraía. E foi aí que encontrei os romances comerciais.

Sempre adorei subtramas românticas, mas não estava familiarizada com esse tipo de livro, e, quanto mais eu lia, mais percebia que era isso que eu queria fazer. Meus dois primeiros livros tinham finais agridoces e muita frivolidade, mas também havia muito desalento. Não sabia se conseguiria escrever um livro divertido — até meus manuscritos engavetados são sombrios —, mas, ainda assim, de repente, era tudo o que eu queria escrever.

No primeiro rascunho, Rowan não era uma autora de romances comerciais, mas, depois de passar tanto tempo aprendendo sobre isso, parecia certo transformá-la em uma. Nora Roberts, Meg Cabot, Christina Lauren, Alyssa Cole, Tessa Dare, Alisha Rai, Sally Thorne, Courtney Milan: sem seus livros, eu não teria sido capaz de escrever um romance sobre romance.

Tenho vergonha de admitir que meu eu mais jovem era muito parecido com Neil, com as pessoas que julgam uma seção inteira da cultura pop antes de ler, assistir e ouvir. A verdade é que romances comerciais me deixavam genuinamente *feliz* de uma maneira que outros livros nunca tinham feito. Sempre vou amar histórias sombrias, e a melancolia também tem seu lugar nos romances, mas é reconfortante saber que um "felizes para sempre" está esperando por você. E, no entanto, ainda consegue abalar as estruturas toda vez.

Não há adjetivos suficientes para minha editora fenomenal, Jennifer Ung. Obrigada por abraçar de primeira um livro com um tom tão diferente dos dois primeiros. De alguma forma, você entende exatamente o que estou tentando fazer, mesmo quando minhas intenções se perdem entre meu cérebro e a página. Meus livros são infinitamente melhores por sua causa.

Obrigada à Mara Anastas e à brilhante equipe da Simon Pulse: Chriscynethia Floyd, Liesa Abrams, Michelle Leo, Amy Beaudoin, Sarah Woodruff, Ana Perez, Amanda Livingston, Christine Foye, Christina Pecorale, Emily Hutton, Lauren Hoffman, Caitlin Sweeny, Alissa Nigro, Savannah Breckenridge, Nicole Russo, Lauren Carr, Anna Jarzab, Chelsea Morgan, Sara Berko, Rebecca Vitkus e Penina Lopez. Laura Eckes, obrigada por criar a capa dos meus sonhos, e Laura Breiling, obrigada pelas ilustrações perfeitas. Para completar a tríade de Lauras, agradeço à minha agente, Laura Bradford, por acalmar minha ansiedade de escritora e fazer o lado comercial caminhar tão bem.

Kelsey Rodkey, talvez seja adequado que este livro comece e termine com você. As observações perspicazes, as conversas estimulantes, a agitação, os memes... obrigada por tudo. Eu te adoro, e sua amizade é valiosa para mim. Tenha um verão maravilhoso! Sou imensamente grata aos amigos que ofereceram feedback em vários estágios do desenvolvimento da história: Sonia Hartl, Carlyn Greenwald, Tara Tsai, Marisa Kanter, Rachel Griffin, Rachel Simon, Heather Ezell, Annette Christie, Monica Gomez-Hira e Auriane Desombre. Obrigada às minhas confidentes editoriais Joy McCullough, Gloria Chao, Kit Frick e Rosiee Thor, e obrigada à minha colega de trabalho favorita, Tori Sharp. Nunca vou abrir mão de nenhuma de vocês!

Compartilhei a primeira versão deste livro em um seminário da Djerassi em junho de 2017, dirigido pela espetacular Nova Ren Suma. Obrigada, Nova, e obrigada a Alison Cherry, Tamara Mahmood Hayes, Cass Frances, Imani Josey, Nora Revenaugh, Sara Ingle, Randy Ribay e Kim Graff. Aquela semana nas montanhas foi um dos pontos altos da minha carreira.

Ivan: estes são os primeiros agradecimentos em que posso te chamar de "meu marido"! Estou muito feliz por você ser minha pessoa, e obrigada por preparar a melhor refeição no fim de um prazo.

É sempre um pouco assustador mandar um livro para o mundo, mas o apoio de leitores, blogueiros, livreiros, bibliotecários e professores tem tornado essa experiência muito menos aterrorizante. Vocês todos são IN-CRÍVEIS, e sou muito grata pelos posts, tuítes, e-mails e o boca a boca que têm me ajudado a seguir fazendo meu trabalho dos sonhos. De todo meu coração, obrigada.

Este livro foi composto na tipografia
Adobe Garamond Pro, em corpo 11,5/15,3,
e impresso em papel off-white no Sistema Cameron
da Divisão Gráfica da Distribuidora Record.